Laurence CAMIGLIERI

Contes et légendes des chevaliers de la Table ronde

NATHAN

Loi n° 49-956 du 16 juillet 1949 sur les publications destinées à la jeunesse : juin 1994.

ISBN 978-2-266-09282-1

AVANT-PROPOS

C'était il y a bien longtemps... Des femmes, sous le nom de fées, exerçaient un merveilleux empire, des nains jouaient des rôles étranges ainsi que des géants, des châteaux disparaissaient sans laisser de traces, des dragons voisinaient avec les hommes et les bêtes...

L'Armorique se nommait alors Petite Bretagne ou Bretagne bleue, car elle était devenue le refuge de nombreux Bretons de Grande Bretagne, fuyant l'invasion des Angles et des Saxons, et ces Bretons, tout naturellement, l'avaient ainsi baptisée. Ils apprirent aux habitants de cette Petite Bretagne (notre Bretagne actuelle), affranchie de l'autorité romaine, le parler gaélique.

Incluse dans la Gaule, elle était en fait indépendante et se composait de petites souverainetés héréditaires. Il y avait le roi Ban de Bénoïc, le roi Bohor de Gannes, le roi Claudias de la Terre Déserte et combien d'autres... Tous ces petits souverains élirent un chef des chefs, autrement dit un roi, qui résidait à Londres. Et la Grande Bretagne et la Petite Bretagne devinrent un seul pays.

C'est ainsi que fut nommé Artus, roi demi-légendaire du VIe siècle, qui anima la résistance victorieuse des Celtes de Grande Bretagne à l'invasion des Anglo-Saxons.

Sachez que ce fut un roi guerrier qui fit beaucoup de conquêtes et porta au plus haut degré de gloire l'Ordre des Chevaliers de la Table ronde, ainsi nommé d'après une table mystérieuse que leur avait donnée l'enchanteur Merlin.

Artus possédait une épée magique, Escalibor, à laquelle nulle arme ne pouvait résister. Rivalisant d'audace au cours d'épreuves extraordinaires, Artus et ses chevaliers obéissaient toujours aux volontés de leur dame.

Tous ces petits souverains d'alors vivaient avec leur famille et les officiers de leur maison dans des châteaux forts où se trouvaient deux pièces principales : la Salle et la Chambre. Dans la Salle se déployait la vie publique : le seigneur y tenait ses assises, y recevait des messagers et y donnait des fêtes.

Leur magnificence ne se manifestait que dans certaines occasions. C'était ordinairement aux trois ou quatre grandes fêtes religieuses de l'année. Des hérauts et des messagers allaient les annoncer dans les villes et y invitaient non seulement les barons et seigneurs relevant du prince, mais même les étrangers. De grands festins s'y donnaient.

Artus résidait à Carduel, au pays de Galles, où était la fameuse Table ronde, et à Londres. Keu était son sénéchal, c'est-à-dire qu'il portait à la guerre la lance lui servant d'enseigne, et il remplissait l'office de Grand Maître de sa maison. Gauvain, son neveu, lui servait de conseiller et fut l'un des plus fameux chevaliers de la Table ronde, avec Lancelot, dont la fidélité pour la reine sera cause de bien des aventures.

Guenièvre, la reine, blonde et belle, allait, comme toutes les femmes de cette époque, tête nue, les cheveux fixés par une couronne de fleurs ou des bandeaux d'or ou d'argent.

Tous ces chevaliers aimaient les jeux violents, tels que les joutes et tournois, qui étaient des combats à cheval, et prétextes aux fêtes les plus brillantes.

La grand-place était destinée à cet effet. On y dressait des estrades pour les spectateurs qui venaient nombreux.

À côté des jeux, il y avait les terribles batailles où Artus et son armée vainquirent les Saxons. Le roi, malgré sa générosité et sa magnificence, eut des ennemis parmi les siens et se trouva obligé de tirer l'épée contre les Bretons presque aussi souvent que contre l'étranger.

Personne ne voulut croire à la mort de ce roi fabuleux. Durant des siècles, la Grande Bretagne, qui avait aimé Artus, ne se découragea pas de l'attendre. Tantôt l'on disait que des pèlerins venant de Terre sainte l'avaient rencontré en Sicile, au pied de l'Etna, tantôt qu'il était apparu dans la Petite Bretagne ou bien que les gardes forestiers du roi d'Angleterre, en faisant leur ronde au clair de lune, entendaient souvent un grand bruit de cors et rencontraient des troupes de chasseurs faisant partie de la suite du roi Artus...

Jamais on ne trouva sa tombe.

Et jamais on ne se lassa d'écouter son histoire...

MERLIN L'ENCHANTEUR

IL était une fois, en Bretagne, une jeune femme qui mit au monde un bébé si velu qu'on n'en avait jamais vu de semblable. Elle demanda aux personnes qui l'assistaient de le porter immédiatement à l'église pour qu'il reçût le baptême.

— Quel nom voulez-vous lui donner ?

— Celui de son aïeul maternel, répondit la jeune femme.

C'est ainsi que le bébé fut appelé Merlin.

Or, Merlin avait pour père un diable, ce que sa maman n'osait avouer. Tout en le berçant dans ses bras, elle l'embrassait malgré sa laideur et lui dit un jour :

— Parce que je ne peux désigner ton père, mon bébé chéri, tu seras appelé : « enfant sans père » et moi, selon la loi, je vais être condamnée et mise à mort. Pourtant, je ne l'ai pas mérité...

— Tu ne mourras certainement pas à cause de ma naissance.

Merlin avait alors tout juste neuf mois. La stupéfaction de sa mère en l'entendant parler fut si grande qu'elle le laissa choir. Aussitôt, l'enfant se mit à hurler, ameutant tous les voisins qui voulurent connaître la cause de ce vacarme.

La mère de Merlin aurait-elle voulu par hasard le tuer ?

— Figurez-vous que Merlin parle comme une grande personne, expliquait-elle à tous ceux qui l'interrogeaient.

Comme Merlin gardait la bouche close, à présent, cela rendait la chose encore plus extraordinaire et plus mystérieuse.

À la fin, certaines personnes, espérant l'entendre, le rudoyèrent.

— Ah ! dirent-elles, il eût mieux valu pour ta mère que tu ne fusses jamais né.

— Taisez-vous ! cria aussitôt le nourrisson, rouge de colère. Laissez ma mère en paix. Nul ne sera assez hardi, tant que je vivrai, pour lui faire du mal ou justice, hors Dieu.

Si jamais gens connurent l'ébahissement, ce furent bien ceux qui ouïrent ces mots. Et tous, sans exception, s'empressèrent de colporter la nouvelle à travers le village, tant et si bien qu'elle parvint aux oreilles du juge.

Or le juge se dit : « Peut-être ferais-je bien de me débarrasser de cette affaire que j'avais oubliée et de convoquer cette mère que je dois condamner à être brûlée vive. » Au demeurant, le juge ne croyait en rien tout ce qui se racontait.

Aux questions gênantes qu'il lui posa, la mère ne put que baisser la tête jusqu'à ce que Merlin, qu'elle tenait dans ses bras, éternuât bruyamment et s'écriât :

— Ce n'est pas de sitôt que vous la condamnerez, monsieur le juge...

— Ah ! fit le magistrat qui n'en croyait pas ses oreilles. Et tu vas me dire pourquoi, j'espère...

— Certainement, répondit Merlin imperturbable, car si l'on condamnait toutes les personnes qui ne peuvent avouer le nom du père de leur enfant, il y aurait ici quantité de gens qui seraient brûlés. Je le ferais bien voir, si je voulais. Et, ajouta le poupon belliqueux, je connais mieux mon père que vous le vôtre, monsieur le juge, ne vous en déplaise...

À ces mots, le magistrat, le rouge au front, se leva, regardant fixement le singulier bébé, se demandant à qui il pouvait bien avoir affaire.

— Qui donc est ton père ? dit-il enfin de sa voix la plus douce.

— Un de ces diables qui ont nom incubes et qui habitent l'air. De lui, j'ai la science infuse et celle des choses faites, dites, et passées. Je connais également celles qui doivent arriver...

— Les choses faites, dites et passées... répéta le juge en tremblant.

Et comme il ne devait pas avoir la conscience bien tranquille, il décida de laisser la mère de Merlin en liberté.

L'enfant vécut heureux et choyé auprès d'elle jusqu'à l'âge de sept ans.

La tour croulante

Il y avait alors en Bretagne un roi qui se nommait Constant. Il mourut bientôt en laissant deux enfants en bas âge : Moine et Uter Pendragon.

Or, le sénéchal du royaume, un certain Voltiger, homme féroce et plein d'ambition, pensa qu'il n'était pas fait pour s'entendre avec ces enfants et donna l'ordre de les tuer.

Uter Pendragon eut la chance d'échapper à cet ordre en partant clandestinement, avec de fidèles amis, pour une ville étrangère. Et Voltiger, se croyant sûr de pouvoir agir à sa guise, ne tarda guère à se faire couronner roi de Bretagne.

Mais il n'était pas digne d'une aussi haute charge. Il n'aimait que les honneurs et point du tout ses sujets. Et ses sujets le savaient bien, qui haïssaient ses petits yeux au regard méchant, et sa bouche large et mince qui ne s'ouvrait que pour blâmer et punir.

Voltiger, en dépit de cette impopularité qu'il sentait grandir autour de lui, était décidé à demeurer roi coûte que coûte. Aussi voulut-il, pour se protéger, faire bâtir aux portes de la ville une tour si haute et si forte qu'elle ne pût jamais être prise. Les maçons se mirent donc à l'œuvre, mais à peine la tour commençait-elle de s'élever de trois ou quatre toises au-dessus du sol, qu'elle s'écroula. Voltiger convoqua ses maîtres maçons et, contenant à peine son mécontentement, il leur commanda d'employer la meilleure chaux et le meilleur ciment qu'ils pourraient trouver. Et gare à eux si le travail ne s'accomplissait pas correctement ! Ainsi firent-ils, vous le pensez bien.

Hélas ! quand elle fut presque achevée, une seconde fois, la tour s'écroula. Puis une troisième, et une quatrième. Si bien que les châtiments tombaient dru sur les maçons et que le roi enrageait de plus en plus. Finalement, dans la crainte de ne jamais voir sa tour édifiée, Voltiger s'avisa qu'il valait mieux s'adresser aux mages et aux astronomes qu'aux maçons. Après onze jours de graves discussions, ceux-ci persuadèrent le roi que la tour ne tiendrait jamais si l'on ne mélangeait au mortier le sang d'un enfant de sept ans, né sans père.

— Que douze messagers partent immédiatement à travers la Bretagne et ramènent un enfant qui réponde à ces conditions, ordonna Voltiger.

Un beau matin, l'un de ces messagers rencontra sur sa route des jeunes garçons en train de s'amuser. Parmi eux se trouvait Merlin. Et Merlin, qui connaissait toutes choses, s'avança vers lui et dit :

— Je suis celui que tu cherches, messager. Enfant sans père dont tu dois rapporter le sang à ton roi.

— Qui t'a dit cela ? demanda le messager interloqué.

Ce garçon ne ressemblait pas tout à fait aux autres. Il n'avait pas le regard rieur et naïf des jeunes enfants.

— Si tu me certifies que tu ne me feras aucun mal, j'irai avec toi et je t'expliquerai pourquoi la tour ne tient pas, poursuivait Merlin. Mais je pourrais d'abord te montrer que je sais bien d'autres choses, ajouta-t-il négligemment.

— Vraiment ? dit le messager. Allons ! Parle...

Et il regardait Merlin avec une méfiance non déguisée.

— Eh bien, il s'agit d'une tour que le roi Voltiger voudrait bâtir, mais la tour s'écroule toujours. Alors il a réuni des mages...

Du geste, le messager l'interrompit. Il se disait : « Ce garçon est extraordinaire. Non, je ne puis le tuer. »

— Viens avec moi, ordonna-t-il à Merlin. Et, saisissant le bras de l'enfant, il ajouta plus doucement :

— N'aie pas peur.

Merlin, lisant dans sa pensée, accepta volontiers de le suivre. Auparavant, il alla embrasser sa mère qu'il rassura pleinement.

Tout au long du chemin, le messager acquit la conviction que Merlin était l'être le plus prodigieux qui eût jamais foulé le sol breton et qu'il se devait, en conséquence, de le maintenir en vie. Seulement, quand il arriva à quelques kilomètres du palais, il se demanda comment il s'y prendrait avec Voltiger. Merlin aurait-il une idée ?

— Dis au roi la vérité, répondit Merlin. Donne-lui l'assurance que je lui expliquerai pourquoi il ne parvient pas à bâtir sa tour.

Ainsi fit le messager, si bien que le roi, intrigué au plus haut point, manda Merlin, lequel prononça alors ces mots :

— Sous les fondations de la tour, habitent deux dragons. L'un est rouge et l'autre est blanc. Quand le poids de la tour devient trop pesant pour eux, ils éprouvent le besoin de se retourner. C'est à ce moment que les murs s'écroulent.

— Dans ce cas, il ne reste qu'une chose à faire, dit le roi, creuser le sol.

Et aussitôt des ouvriers se mirent au travail. Dès qu'ils atteignirent la base des fondations, ils trouvèrent deux énormes dalles qu'ils soulevèrent. Merlin avait raison : deux dragons en sortirent qui se jetèrent sauvagement l'un contre l'autre.

Stupéfaits, intrigués, Voltiger, sa cour et tous les ouvriers suivirent la bataille, qui dura deux jours. Le dragon rouge parut d'abord avoir le dessus, mais le blanc, plus agile parce que plus jeune, finit par le tuer. Cependant, son triomphe fut bref, car il se coucha et mourut à son tour.

S'adressant à Voltiger, Merlin lui dit :

— Maintenant, tu peux faire édifier une tour.

Voltiger hocha la tête. Après un temps de réflexion, il demanda :

— Saurais-tu me dire ce que signifie la bataille des deux dragons ?

Merlin sourit :

— Promets-moi d'abord de ne point me malmener pour t'avoir dit la vérité.

— Je te le promets.

— Alors, écoute bien : le dragon rouge, c'est toi, Voltiger ; le dragon blanc, c'est Uter Pendragon. Dans quelques jours, vous entrerez en lutte : toi pour garder, lui pour reconquérir son royaume usurpé. Et le dragon blanc sera vainqueur du dragon rouge.

À ces mots, le roi pâlit. Uter Pendragon était-il donc encore un vivant avec lequel il fallait compter ? Le cœur lourd d'angoisse, il décida par prudence d'envoyer une armée à Winchester. Pouvait-il se douter que lorsque ses gens verraient luire au soleil les bannières d'Uter Pendragon sur le bateau qui l'amenait de Petite Bretagne au-devant de cette armée menaçante, ils le reconnaîtraient aussitôt pour leur roi légitime ? C'est ce qui arriva pourtant et Voltiger, abandonné de ses soldats et de ses amis, n'eut que le temps de s'enfuir dans un de ses châteaux forts.

Il y demeura quelques jours en proie à la peur, puis, ainsi que l'avait prédit Merlin, il mourut pendant l'assaut qu'Uter Pendragon donna à la forteresse.

Jeux de Merlin

Il advint qu'Uter Pendragon, devenu roi de Grande Bretagne, entendit parler de l'extraordinaire Merlin, qui non seulement connaissait toutes choses, mais possédait encore de singuliers pouvoirs.

Le roi décida donc de le faire vivre à sa cour, et envoya des messagers à sa recherche, sachant qu'il se cachait dans la forêt de Northumberland.

Un jour que l'un des messagers parcourait cette forêt épaisse et toute bruissante du murmure des feuilles, il aperçut un homme très maigre, vêtu d'un bliaut élimé, les cheveux hirsutes, la barbe longue, et portant sur l'épaule la cognée des bûcherons, qui l'aborda en ces termes :

— Beau sire, vous ne faites guère, me semble-t-il, la besogne dont vous a chargé votre seigneur...

Amusé autant que déconcerté par cette remarque, l'enquêteur s'arrêta et, d'un ton de plaisanterie, demanda au bûcheron de quoi il se mêlait.

Sans répondre directement à la question, celui-ci déclara :

— Si je cherchais Merlin, il y a belle lurette que je l'aurais trouvé ! Cependant, il m'a recommandé de vous dire qu'il se rendra au palais si le roi en personne vient le quérir en cette forêt.

Ce qui eut pour résultat de faire ouvrir des yeux tout ronds de stupéfaction à l'enquêteur.

— Merlin ! répétait-il. Tu connais donc Merlin... ?

Le bûcheron hocha la tête, puis il disparut dans un fourré après une pantomime compliquée autant qu'intraduisible.

Quand le roi Uter Pendragon apprit la chose, il n'hésita pas une seconde :

— Je pars au-devant de Merlin, dit-il.

Et c'est ainsi que le roi et ses gens chevauchaient, un beau matin d'automne, à travers feuilles et buissons odorants et jaunis. Parvenus à une clairière, ils virent un troupeau de moutons, puis le jeune berger qui les gardait. Ils l'interrogèrent.

— Connaîtrais-tu Merlin, par hasard ?

— Certes, répondit le berger.

— Tu es son ami ?

— J'attends un roi et si ce roi venait, je saurais bien le mener à Merlin.

— Eh bien, conduis-nous à lui...

Comme le berger se grattait la tête et paraissait hésiter, Uter Pendragon s'avança et se nomma.

— Je suis le roi lui-même, dit-il.

— Et moi je suis Merlin, dit le berger.

Les compagnons du roi poussèrent des cris d'indignation. Quoi ! ce berger presque contrefait, se prendre pour... Mais ils n'eurent pas le temps de terminer leur phrase : à la place du berger apparut le jeune enfant qui avait expliqué à Voltiger devant tous ses courtisans ce que signifiait la bataille des deux dragons. Alors, le roi et ses compagnons, fort impressionnés, le saluèrent et l'entourèrent.

C'est ainsi qu'on apprit, en Grande Bretagne, que Merlin possédait le pouvoir de se transformer à sa guise et de prendre l'apparence d'un autre.

Cependant, Uter Pendragon eut beau lui promettre monts et merveilles, Merlin refusa de vivre à sa cour. Comme il était un sage, il se contenta de remercier le roi et de l'assurer de son aide, préférant laisser aller les choses et ne point donner aux courtisans des sujets de jalousie, ce dont il eût été le premier à pâtir.

Le roi s'inclina, mais dès qu'un problème se posait, qu'une question restait sans réponse, il appelait Merlin qui accourait. C'est ainsi que grâce à lui, Uter Pendragon put vaincre des ennemis redoutables, les Saines, et grâce au pouvoir de l'enchanteur, donner aux soldats morts, près de Salisbury, un cimetière aux pierres tombales venues d'Islande, si longues et si lourdes que nul homme n'aurait pu les soulever, même avec un engin.

Et tant que le monde durera, ces pierres seront là...

La duchesse de Tintagel

Uter Pendragon était maintenant fort et puissant ; cependant, au milieu de ses soldats, il lui arrivait de s'ennuyer. Il songeait alors à la présence d'une reine auprès de lui, mais aucune femme ne lui paraissait assez belle ni assez sage pour lui plaire.

Un jour, pourtant, il décida de rassembler pour une grande fête, dans son château de Carduel, au pays de Galles, les seigneurs des environs, avec les dames et damoiselles.

Il vint beaucoup d'invités, et parmi eux, Ygerne, l'épouse du duc Hoel de Tintagel. Dès que le roi la vit, il en tomba amoureux. Mais il n'y avait place, dans le cœur de la belle Ygerne, que pour son mari, en dépit des amabilités de toutes sortes que lui prodigua son suzerain. Convaincu qu'il ne pourrait jamais la conquérir, Uter Pendragon en éprouva un si profond chagrin qu'il en serait peut-être mort, si Merlin...

Oui, si Merlin l'enchanteur n'était accouru à son secours.

— Que faire ? Que faire ? gémissait le roi.

— Sire, pourriez-vous me promettre un don... ?

— Je n'ai rien à te refuser, Merlin...

Merlin souriait.

Le roi songeait déjà, à son intention, à quelque récompense, mais à sa grande surprise, Merlin fit simplement préparer les chevaux.

— Voudrais-tu voyager ? demanda le roi.

— Nous allons partir tout de suite pour Tintagel, répondit Merlin.

Peu avant d'arriver au château, Merlin descendit de son palefroi et cueillit une touffe d'herbe au bord du ruisseau. Puis, la donnant au roi :

— Il serait bon, sire, que vous vous en frottiez la figure, dit-il.

Se demandant ce qui allait bien lui arriver, le roi se hâta d'obéir et aussitôt, il prit la taille et les traits du duc Hoel de Tintagel. Quand il se regarda dans le ruisseau, il n'en croyait pas ses yeux.

À la porte du château, les guetteurs n'éprouvèrent aucun doute, et le firent entrer, le reconnaissant pour leur maître. Il était tard et la nuit ne se parait ni de lune ni d'étoiles.

Qui fut encore trompé par les apparences et accueillit Uter Pendragon en croyant recevoir son époux ? Ygerne, bien sûr, pour le plus grand bonheur du roi.

Hélas ! la semaine n'était pas terminée, qu'Ygerne apprenait que son mari avait été tué au cours d'un combat la nuit même où elle l'avait cru de retour. Jugez de son désarroi. La pauvre duchesse de Tintagel pleura toutes les larmes de son corps.

Cependant, Uter Pendragon l'aimait toujours et même davantage. Il s'empressa donc de solliciter sa main. Désemparée et libre désormais, Ygerne la lui accorda.

Mais, honnêtement, elle tint à ce que le roi sache ce qui lui était advenu, certaine nuit très sombre, comment elle avait cru voir son mari. Le roi hocha la tête et sourit mystérieusement.

— Ce n'est pas tout, dit Ygerne.

— Quoi donc, ma belle amie ?

Et Ygerne avoua qu'elle serait bientôt mère. Alors le roi soupira et dit doucement :

— Il ne faut en parler à personne. Quand votre enfant sera né, nous le confierons à quelqu'un qui s'en occupera.

C'est alors que Merlin rappela au roi la promesse qu'il lui avait faite, et sollicita, en guise de don, le nouveau-né.

— C'est entendu, dit Uter Pendragon, cet enfant est tien.

Et Merlin le remit à l'un des plus honnêtes chevaliers du royaume, Antor, qui le fit baptiser sous le nom d'Artus et qui l'éleva en compagnie de son propre fils que l'on appelait Keu.

Personne, sauf Merlin, ne se doutait du fabuleux destin qui attendait Artus.

La pierre merveilleuse

Seize années s'écoulèrent sans histoire. Uter Pendragon mourut, deux ans après Ygerne. Comme il n'avait point d'héritier direct, les barons du royaume trouvèrent une solution très simple : demander à Merlin de leur en désigner un.

— Attendez le jour de Noël, répondit Merlin.

Donc, la veille de Noël, les barons se réunirent à Londres et parmi eux se trouvait Antor avec Keu et Artus, ses deux enfants dont il ne savait à présent lequel il préférait.

En procession, ils allèrent tous à la messe de minuit, puis, selon la coutume, à la messe du jour. Quand ils sortirent de l'église, ils entendirent des cris, tout un brouhaha et ils demandèrent ce qui se passait d'extraordinaire.

On leur montra une grosse pierre au milieu de la place, venue on ne savait d'où, qui ne ressemblait à rien, avec à son sommet une enclume de fer dans laquelle une épée se trouvait fichée jusqu'à la garde. Vous pensez si les langues allaient bon train. Chacun cherchait une explication à ce phénomène.

— Cela vient du ciel, disaient les uns.

— Du ciel ou de l'enfer, répliquaient les autres.

— D'où qu'elle soit, il nous faut bénir cette pierre, dit l'évêque.

Tout en s'apprêtant à accomplir ce geste pieux, il se baissa et fronça les sourcils : ce qu'il venait de découvrir le laissa quelques secondes sans voix. Puis il lut clairement, de telle façon qu'ils fussent ouïs de tous, ces mots inscrits en lettres d'or sur la pierre :

« Celui qui ôtera cette épée sera le roi. »

Il y eut alors une véritable bousculade. Tous les barons, puissants et hauts seigneurs, se précipitèrent pour lire à leur tour ces mots magiques et certains voulurent tirer au sort pour décider qui en ferait le premier l'essai. Une querelle s'ensuivit et l'on entendait déjà le cliquetis des armes, quand l'évêque intervint en choisissant lui-même deux cent cinquante chevaliers pour tenter l'aventure.

Or, pas un, malgré beaucoup de force, d'adresse et de bonne volonté, non, pas un ne parvint à faire bouger l'épée.

Qui en fut amusé ? Keu et Artus, ces deux grands adolescents de seize ans qui observaient la scène d'un œil critique. Estimant qu'eux aussi avaient droit à cette étrange « course à l'épée », la prenant comme un jeu, ils s'approchèrent de la pierre fabuleuse. Artus dit :

— Voyons si je pourrai...

Mais avant qu'il eût achevé sa phrase, il tirait l'épée par la poignée et la montrait à Keu et à Antor médusés.

— Beau fils, est-ce toi qui serais désigné... ? murmurait Antor.

Déjà des barons accouraient, déjà des protestations véhémentes s'élevaient. Avait-on jamais vu un homme de naissance obscure devenir roi de Bretagne ?

Il fallut, une fois encore, l'intervention de l'évêque pour calmer les esprits.

— Or çà, messieurs, que diriez-vous de la Chandeleur pour recommencer l'expérience ? fit le prélat.

La proposition fut adoptée, et — avec quelle impatience ! — tous attendirent la Chandeleur. Quand ils purent de nouveau tenter leur chance, il n'y en eut aucun qui ne montrât joyeux visage.

Seul Artus tira, avec autant de facilité que si elle avait été enfoncée dans une motte de beurre, la fameuse épée...

Pouvait-on imaginer, dès lors, qu'il n'était pas l'élu de Dieu ?

Artus fut donc sacré roi de Bretagne et la pierre merveilleuse disparut.

Cependant, à cette lointaine époque comme aujourd'hui, l'unanimité n'était pas facile à faire. Et des esprits chagrins contestèrent la légitimité du roi Artus. Voilà pourquoi onze des plus puissants barons s'assemblèrent bientôt ; ils décidèrent alors de lui déclarer la guerre.

Déterminés à vaincre ou à mourir, ils firent le siège du château de Kerléon où Artus s'était enfermé. Ils allaient lancer un dernier assaut contre la forteresse, quand Merlin intervint, les regardant de travers comme quelqu'un qui est très mécontent.

Du haut d'une tour, il leur expliqua qu'Artus n'était pas le fils d'Antor, ni le frère de Keu, mais qu'il appartenait, par sa naissance, à un rang beaucoup plus élevé qu'aucun d'entre eux... Et pour confirmer ce qu'il avançait, il leur conta l'histoire d'Uter Pendragon et d'Ygerne.

Allez donc convaincre des barons bretons ! Ceux-ci s'entêtèrent à déclarer qu'ils ne voulaient pas d'Artus pour roi, car c'était un bâtard.

Merlin, qui les voyait réunissant déjà leurs bannières pour reprendre le combat, fit alors un grand geste, jetant ainsi un enchantement. Instantanément, toutes les tentes des barons rebelles se mirent à flamber. L'incendie crépitait pendant que, dans une terrible mêlée, les gens d'Artus et les gens des barons luttaient et s'entre-tuaient. Artus eut sa lance rompue. Et quoiqu'il fût assez mal en point, il tira aussitôt son épée, celle qu'il avait arrachée à la pierre merveilleuse. Elle portait un nom : Escalibor, ce qui signifie en hébreu « tranche fer et acier », et elle jetait autant de clarté que deux gros cierges allumés. Tout ragaillardi, Artus s'élança de nouveau dans le combat et tailla en pièces l'armée des rebelles, aidé de Keu devenu son sénéchal, d'Antor, et de beaucoup d'autres de ses fidèles, si bien qu'à la fin de la journée, les barons avaient fui, si honteux que plus ne se peut, laissant armes et vaisselles d'or et d'argent sur le terrain.

Départ pour la Carmélide

Quand le roi Artus constata les grands pouvoirs de Merlin, songeant qu'il ne pouvait se passer d'un aussi précieux concours, il l'invita à venir vivre à la Cour, laquelle se tenait alors à Londres.

Merlin lui conseilla de faire don, en quantité, de vêtements, d'argent et de chevaux, et d'armer nombre de nouveaux chevaliers. Artus se rendit à cet avis et ainsi se gagna les cœurs. Tous acquirent alors la conviction qu'ils ne pouvaient vivre ailleurs.

Un jour, Merlin, qui connaissait l'avenir, dit à Artus :

— Sire, le moment est venu de vous engager comme simple chevalier au service du roi Léodagan de Carmélide. Vous en tirerez grand avantage.

Il se garda bien d'en dire plus, bien que le roi poussât de grands cris. Quoi ! laisser sa terre pour prêter main-forte au vieillard qu'était Léodagan, lequel avait maille à partir avec de redoutables voisins... Merlin n'y pensait pas. Or, Merlin s'obstina.

— Partez, sire, sans tant vous inquiéter, et vous verrez ce qui arrivera. Cependant...

Il s'interrompit, se lissa la barbe, et lorsque Artus lui eut demandé de poursuivre, il dit :

— Cependant, emmenez donc avec vous le roi Ban de Bénoïc et le roi Bohor de Gannes, qui sont du reste en route, à cette heure, pour vous rendre hommage. Ces deux frères, rois de Petite Bretagne, ont toutes les qualités des chevaliers.

Artus fut sage et vit bien que son intérêt était de faire ce que lui conseillait Merlin. Aussi se réjouit-il de la visite des deux rois et il annonça qu'il allait immédiatement donner des ordres pour qu'il y eût en leur honneur fêtes et tournois.

Merlin, cependant, soupira.

— Eh bien, dit Artus, ne dois-je point faire tendre de soieries et de tapisseries, et joncher d'herbe et de fleurs les rues de Londres ?

— Certes, répondit Merlin. Il vous sied de recevoir magnifiquement. Et je gage qu'il ne manquera à votre accueil qu'une reine...

Artus ne dit mot, se demandant vaguement pourquoi Merlin regrettait aujourd'hui l'absence d'une reine, et s'il était vraiment urgent d'en donner une au royaume de Bretagne.

Quelques semaines plus tard, quarante preux, parmi lesquels se trouvaient Artus, Ban de Bénoïc et Bohor de Gannes, parvenaient en Carmélide et se présentaient, en se tenant par la main, au roi Léodagan, qu'ils saluèrent l'un après l'autre.

Le roi Ban, qui était le plus éloquent et le plus bavard de tous, dit à Léodagan que ses compagnons et lui-même lui offraient leur service, mais à une condition.

— Messire, fit Léodagan intrigué, quelle est cette condition ?

Alors Ban lui demanda de promettre de ne jamais chercher à savoir leurs noms véritables. Comme c'était là coutume assez courante, Léodagan s'inclina.

Bientôt, les guetteurs donnaient le signal, apercevant au loin les premiers coureurs ennemis et la fumée des incendies. Il y eut grand branle-bas de combat. Artus et ses compagnons s'assemblèrent sous la bannière de Merlin, où un petit dragon à longue queue et une tortue semblaient lancer des flammes.

La bataille fut violente, les assaillants paraissant décidés à tout mettre en œuvre pour obtenir la victoire : et les lances se heurtèrent et les épées frappèrent les heaumes et les écus, dans un tel tintamarre que le tonnerre n'eût pu se faire entendre.

Or, il advint que les gens de Léodagan furent, un moment, en mauvaise position, enfoncés par les gens du redoutable roi Claudias de la Terre Déserte. Léodagan fut même renversé de son cheval et pris par ses ennemis. Merlin le sut dans le même instant.

— À moi, francs chevaliers ! s'écria-t-il en apparaissant sur le champ de bataille et en levant son enseigne flamboyante.

Artus et ses compagnons, qui luttaient avec rage, arrivèrent aussitôt au grand galop.

— On verra qui preux sera ! cria encore Merlin.

Puis il donna un coup de sifflet, et un vent impétueux se leva qui fit tourbillonner un immense nuage de poussière derrière lequel nos quarante compagnons, lâchant le frein et piquant des deux, coururent sus aux ennemis aveuglés. Ceux-ci abandonnèrent le roi Léodagan sur le champ de bataille, et, tête baissée, sous une grêle de traits, s'enfuirent à toutes jambes.

Les gens de Léodagan s'empressèrent alors de lui donner un cheval et de nouvelles armes, puis tous repartirent à bride abattue derrière leur porte-enseigne. À ce moment, le dragon de l'enseigne de Merlin se mit à vomir des brandons enflammés, si bien que tout s'embrasa et que les derniers combattants qui résistaient encore lâchèrent pied.

Seul un géant, le duc Frolle, eut encore le courage de prendre à deux mains sa masse de cuivre, si lourde que peu d'hommes eussent pu la soulever, et se mit à en assener des coups autour de lui. Artus s'élança à sa poursuite, son épée Escalibor à la main. Frolle tira la sienne ; elle avait nom Marmiadoise. Dès qu'elle jaillit hors du fourreau, si grande était la clarté qu'elle répandait, que le champ de bataille en fut illuminé et qu'Artus fit un pas en arrière.

— Sire chevalier, dit alors le géant, je ne sais qui tu es, mais pour ta bravoure, je te ferai grâce. Rentre ton arme et je te laisserai aller.

À ces mots, le roi Artus sentit le rouge de la honte lui monter au visage.

— C'est à toi de mettre bas cette épée, dit-il, et sache que le fils d'Uter Pendragon ne recule pas devant la mort.

— Serais-tu donc le roi Artus ?

Et aussitôt le géant se jeta sur lui, mais Artus sut adroitement l'éviter et se défendit grâce à Escalibor ; il lui en donna un si grand coup sur le bras que Frolle laissa choir son épée. Étourdi, il fut emporté par son cheval dans la forêt immense. Quand la nuit s'installa, le calme régnait.

Les rois Ban et Bohor demandèrent à Artus s'il n'avait point trop de mal.

— J'ai réussi au-delà de toute espérance, dit-il. C'est ainsi qu'en plus de mon épée Escalibor, qui a fait merveille, j'ai pu ramasser Marmiadoise, l'épée du géant Frolle, qui étincelle comme un diamant dans l'ombre.

Guenièvre de Carmélide

Déjà les tables étaient mises pour le repas quand arrivèrent au palais de Léodagan nos trois rois et Merlin. Léodagan, les attendant, s'était appuyé à une fenêtre. Et dès qu'il les vit venir, il alla à leur rencontre et leur fit fête. On leur prit leurs chevaux, on les désarma, et on les conduisit par la main dans une salle richement ornée où une damoiselle d'une grande beauté leur présenta l'eau chaude dans un bassin d'argent. C'était la fille de Léodagan, Guenièvre, et on ne pouvait alors trouver plus belle personne en Bretagne. De sa main, elle leur lava le visage et le cou, qu'ils avaient couverts de poussière du champ de bataille, et elle leur passa à chacun un fort élégant manteau.

Dès l'instant où Artus en fut revêtu, il plut à Guenièvre, qui ne fut pas longue à comprendre que lui aussi l'observait à la dérobée, avec un intérêt mêlé d'admiration. Ses grands yeux très bleus pétillèrent alors de gaieté, ce qui la rendit encore plus attrayante, si la chose se pouvait.

Léodagan conduisit ses hôtes à table, et il remarqua qu'Artus prenait place entre Bohor et Ban. Ignorant, d'après leurs conventions, qui ils étaient, il supposa qu'Artus était le seigneur des deux autres. « Plût à Dieu qu'il épousât ma fille, c'est un parfait chevalier et un homme de haut rang », songea-t-il.

Cependant, Guenièvre offrait le vin à Artus dans la coupe du roi, agenouillée devant lui, et il la trouva si belle qu'il en oubliait de boire et de manger. Il se tourna légèrement pour que ses voisins ne vissent point son émoi, mais Guenièvre, elle, s'en aperçut très bien.

— Messire, buvez, lui dit-elle, et ne m'en veuillez pas si je ne vous appelle point par votre nom, car je l'ignore. Ne soyez pas distrait à table, ne l'étant point aux armes, comme nous avons pu le constater aujourd'hui.

Alors, il prit la coupe et but.

Les nappes ôtées, Ban vint s'asseoir à côté de Léodagan. Et lui qui aimait tant discourir, il lui fit maints compliments de Guenièvre.

— Sire, lui dit-il encore, il arrive un moment où il nous faut songer à l'avenir. Or, vous n'avez pas d'autre enfant qui puisse hériter de vos terres. N'est-ce point imprudent de ne pas la marier ?

— Il y a sept ans que le roi Claudias de la Terre Déserte me fait la guerre, répondit Léodagan en soupirant. Et je n'ai pas trouvé le temps de penser à ma fille. Mais s'il se présentait quelque gentilhomme qui puisse me défendre, je la lui donnerais volontiers et il aura ma terre après moi, je ne regarderai ni au lignage ni au rang.

En entendant ces propos, une lueur de malice passa dans les yeux de Merlin, qui émit un petit grognement amusé. Puis, ayant accompli sa mission, il partit.

Viviane

En ce temps-là, il y avait au cœur de l'Armorique une vaste forêt qui allait de Fougères à Quentin, de Corlay à Camors, et du Faouët à Redon. C'était la forêt de Brocéliande. Le vent y jouait constamment et les arbres s'inclinaient en des révérences sans fin, sur une étendue qui mesurait bien trente lieues de longueur et vingt de largeur.

À travers cette forêt erraient des créatures extraordinaires comme fées et sylphes. Il y avait Dyonas, qui était filleul de Diane, la déesse des bois, et dont la fille, Viviane, rôdait jour et nuit parmi les arbres et s'amusait avec les papillons.

Un jour qu'elle se trouvait assise près d'une source où les korrigans et les fées venaient habituellement se mirer, elle vit passer un très beau jeune homme, haut de taille et brun de cheveux, qui allait à pas de promenade, fredonnant pour lui-même. Arrivé près d'elle, il s'arrêta, s'appuyant sur une branche, et la salua, mais sans un mot de plus.

C'était Merlin, qui sentait battre si fort son cœur devant la grande beauté de cette jeune fille, qu'il redoutait de perdre sa liberté d'esprit. Eh ! oui, Merlin savait qu'il venait de rencontrer Viviane, il savait qu'il était désigné pour l'aimer et être aimé d'elle, et qu'il lui serait soumis entièrement dès qu'ils se seraient entretenus tous deux.

Or, Viviane, comme toute femme, était curieuse, et elle lui demanda :

— Qui êtes-vous, beau sire ?

— Je suis un valet errant et vais chercher le maître qui m'a appris mon métier.

— Peut-on savoir quel métier ?

Merlin s'assit au bord de la source, prenant place près de Viviane, et répondit :

— Par exemple, à soulever un château fort, fût-il assiégé par des soldats. Ou bien à marcher sur un étang sans se mouiller les pieds, ou bien encore à faire naître une rivière et beaucoup d'autres choses...

Viviane battit des mains :

— Quel beau métier ! Ah ! je voudrais vous voir à l'œuvre. Je serais alors votre amie, en tout bien tout honneur, ajouta-t-elle, coquette.

À ces mots s'augmenta l'émoi de Merlin, qui accepta de lui montrer une partie de ses jeux et de ses talents. Il y mit pourtant une condition :

— Que j'aie votre amour, sans vous demander plus.

Viviane jura qu'elle y consentait. Alors, avec la branche sur laquelle il s'appuyait, Merlin traça un cercle sur le sol. Ce geste étonna Viviane ; elle promenait ses yeux autour d'elle et ne voyait rien d'extraordinaire, mais, quelques secondes plus tard, surgirent de belles dames et de beaux messieurs qui faisaient une grande ronde et chantaient joyeusement. Certains se mirent à danser sous les arbres soudainement chargés de fruits, tandis qu'au loin se profilait un château devant lequel s'étendait une pelouse avec de grands parterres de fleurs. On eût dit que Merlin avait fait naître le paradis.

Fascinée, Viviane observait lentement toutes choses, s'arrêtant devant les danseurs, tentant de fredonner leurs refrains.

— Que vous en semble ? dit Merlin. Êtes-vous toujours prête à tenir votre serment ?

— Certes, messire, et de cœur je vous appartiens. Mais vous ne m'avez encore rien appris...

— Je le ferai un jour, c'est promis.

Dès que la lune brilla, les belles dames et leurs cavaliers disparurent, ainsi que le château, seul demeura le verger, à la prière de Viviane, qui le nomma « Repaire de joie et de liesse ».

— Maintenant, dit Merlin, je dois partir.

— Êtes-vous donc si pressé de me quitter ? Et sans m'avoir rien enseigné encore...

— Il faut du temps, gentille damoiselle...

Mais Viviane voulait connaître tout de suite le secret de Merlin : elle était prête à demeurer là toute la nuit et même à consentir à tout ce que Merlin exigerait, quand elle saurait comment on accomplissait de tels prodiges.

Alors Merlin lui expliqua la manière de faire couler une rivière où il lui plairait. Viviane contemplait cette eau merveilleuse avec extase, après avoir écrit la recette sur un parchemin. À peine s'aperçut-elle que Merlin la saluait en lui promettant de revenir bientôt.

Fiançailles d'Artus

Merlin s'en retourna en Carmélide, où le roi Léodagan l'accueillit avec joie. Mais il se demandait toujours qui pouvaient bien être ceux qui l'avaient si courageusement aidé à vaincre ses ennemis. Le seul moyen de faire taire sa légitime curiosité était, lui semblait-il, de poser la question à Merlin. Ce qu'il fit un beau jour.

— Sire, répondit Merlin, en désignant Artus, sachez que ce jeune homme est de plus haut rang que vous-même, qui êtes un roi couronné. Nous allons de par le monde pour le mieux connaître et en espérant trouver une épouse digne de ce jeune homme...

Vous vous doutez bien que Léodagan songea immédiatement à lui offrir sa fille, la plus belle et la plus sage qui fût... Comme Merlin l'assurait qu'elle serait acceptée de bon cœur, il la fit quérir à l'instant même.

Quand Guenièvre fut là, il manda tous les chevaliers qui étaient au palais et dit, en mettant la main de la jeune fille dans celle d'Artus :

— Messire, dont j'ignore encore le nom, recevez ma fille pour femme avec tout ce qu'elle aura d'honneurs et de biens après ma mort.

Artus, radieux, s'inclina.

Merlin révéla alors le nom des quarante preux, tous fils de roi et de reine, qui avaient accompagné Artus, roi de Bretagne, celui-là même qui venait de se fiancer. À cette nouvelle, la joie de Léodagan et des assistants fut immense, et tous firent hommage au roi Artus.

Cependant, quelques jours après, Artus annonça qu'il se voyait dans l'obligation de s'éloigner quelque temps, car il lui restait encore des ennemis à vaincre.

Alors, Guenièvre lui donna un heaume pour se couvrir la tête, et il partit à cheval, suivi de ses quarante compagnons.

Artus et les chevaliers

Après avoir chevauché quelques heures, ils éprouvèrent le désir de se reposer. On était au printemps. La beauté du ciel, le chant des oiseaux, la fraîcheur de la verdure naissante les plongèrent dans une douce rêverie. Ils n'en sortirent que pour s'apercevoir que quatorze jeunes gens, tous beaux et bien vêtus, les regardaient. Ces jeunes gens demandèrent où était le roi Artus.

Aussitôt désigné, le roi les vit s'agenouiller devant lui pour lui dire qu'ils désiraient tous recevoir de lui l'ordre de la chevalerie, afin de le servir loyalement et fidèlement. Déjà, durant son absence, ils avaient défendu ses terres contre de terribles agresseurs.

L'air noble des jeunes gens, cette prévenance en sa faveur, inclinèrent Artus à demander qui ils étaient. Celui qui les conduisait se présenta d'abord : c'était Gauvain, fils du roi d'Orcanie. Puis il nomma ses compagnons. Artus leur fit le meilleur accueil et embrassa Gauvain, qui se trouvait être son neveu.

— Je vous octroie la charge de connétable, lui dit-il.

Et il l'investit par son gant gauche. Quelques jours après, ils arrivèrent tous à Logres. Et là, le roi Artus prit Escalibor, la bonne épée, et la pendit au flanc gauche de Gauvain, puis il lui chaussa l'éperon droit, tandis que le roi Ban lui bouclait le gauche. Enfin, il lui donna la colée[1]. Il adouba de même, c'est-à-dire revêtit d'une armure, ses compagnons, et leur distribua des épées. Seul l'un d'eux, Sagremor, neveu de l'Empereur de Constantinople, ne voulut point d'autre épée que celle de son pays. Puis, chacun des nouveaux chevaliers adouba à son tour les gens de sa maison. Et pour finir, ils allèrent tous ouïr la messe.

Au retour, Merlin, devant le roi, les seigneurs et les nouveaux chevaliers assemblés, leur conta l'histoire du Graal[2]. Pour finir, il dit, s'adressant à Artus :

— Sire, il vous appartiendra à présent de dresser la table du Graal, d'où il adviendra quantité de merveilles.

— La table sera dressée au château de Carduel, en Galles, répondit Artus, et le jour de Noël, j'élirai les chevaliers qui auront droit d'y siéger.

1. Coup de poing sur la nuque donné au futur chevalier par son parrain lors de la cérémonie de l'adoubement.

2. Coupe dans laquelle Jésus avait bu le soir de la Pâque, instituant l'Eucharistie. C'est dans cette coupe qu'aurait été recueilli ensuite le sang du Christ, à sa mort sur la croix. Les chevaliers de la Table ronde se mirent à sa recherche car elle passait pour posséder des vertus merveilleuses.

Une seconde fois, Merlin s'en alla rejoindre Viviane, ainsi qu'il le lui avait promis. Vous devez croire qu'il avait grand désir de s'y rendre très vite. Pourtant, il fit un détour au royaume de Bénoïc, en Petite Bretagne, puis au royaume de Gannes, où il conta ce qui s'était passé en Carmélide. Et sachant toutes choses, il demanda aux rois de ces pays de prendre la mer avec des soldats afin d'aider Artus à chasser les Saines du royaume de Logres.

Alors, satisfait de leur réponse, il s'en fut donc en forêt de Brocéliande. Quand Viviane l'aperçut, elle courut à lui, et tous deux éprouvèrent une grande joie à se retrouver.

Sans plus tarder, Viviane voulut connaître de nouveaux jeux.

— Beau sire, lui dit-elle, dites-moi comment je pourrais faire dormir un homme aussi longtemps qu'il me plairait...

Elle se garda bien de lui révéler pour qui elle désirait cette science, car elle croyait que Merlin ne la lui aurait pas enseignée. Mais Merlin lisait dans sa pensée. Et il savait qu'elle invoquait une fausse raison quand elle ajouta :

— J'aimerais endormir mon père Dyonas, et ma mère, quand vous viendrez me voir, pour être tout à fait libre.

Merlin refusa. Viviane n'en parut que peu contrariée. Déjà, elle était sûre d'elle-même et de son pouvoir sur Merlin, et, quand arriva le dernier jour, ainsi qu'elle le prévoyait, Merlin céda. Ils se trouvaient alors tous deux dans le verger nommé « Repaire de joie et de liesse », et Merlin lui apprit non seulement ce qu'elle désirait, mais beaucoup d'autres choses encore, par exemple trois mots qu'elle prit par écrit et qui avaient cette vertu de l'empêcher d'appartenir à un homme lorsqu'elle les portait sur elle. Merlin se munissait ainsi contre lui-même, mais il se savait si amoureux de Viviane qu'il lui céderait toujours.

Alors qu'il s'en revenait à Logres, il prit l'aspect d'un vieillard affublé d'un costume démodé, mais pimpant. Sa grosse tête, qu'une couronne de fleurs ornait bizarrement, se prolongeait en une barbe si longue qu'elle traînait à terre. Or, le jour était extrêmement beau, et Gauvain, dans le dessein d'en profiter, avait demandé son cheval et avait pris le chemin de la forêt.

C'est ainsi qu'il rencontra Merlin, monté sur un palefroi blanc. Mais avant qu'il pût se demander qui était cet être étrange, celui-ci l'aborda et le ramena à la réalité :

— Messire Gauvain, lui dit-il, si tu m'en croyais, tu laisserais là promenade et rêverie, car il vaudrait mieux pour ton honneur faire la guerre aux ennemis de ton roi.

Gauvain, éberlué, allait répondre, mais Merlin avait déjà disparu.

La guerre aux Saines

C'est qu'en effet l'instant était grave. Les Saines, redoutables guerriers, plus nombreux que les flots de la mer, assiégeaient la ville de Clarence.

Or, un jour où le ciel était couleur de plomb, enveloppé de brume, les Saines furent réveillés par une multitude de lances qui, telles des bêtes sauvages, se jetèrent avec fureur sur leurs tentes, abattant les mâts, renversant les pavillons et massacrant tout ce qui se trouvait sur leur passage. L'armée des chevaliers, qui avait pour enseigne la bannière blanche à croix rouge, avançait ainsi inexorablement, chassant les Saines, qui tentaient vainement de se rallier au son de leurs cornes et de leurs buccines.

Gauvain tua le roi Ysore et lui prit son cheval, le « gringalet », qui pouvait courir dix lieues sans connaître la fatigue. Les rois Artus, Ban et Bohor, et combien d'autres, firent merveille. Merlin jeta des enchantements, si bien que les Saines cédèrent et s'enfuirent de toute la vitesse de leurs chevaux, s'embarquant sur des bateaux pour une destination inconnue.

Alors Artus partagea entre les chevaliers le riche butin laissé par l'ennemi, puis il fit duc de Clarence Gasselin, l'un de ses chevaliers. Et il y eut cinq jours de grande liesse.

Mariage d'Artus

Le sixième jour, ils partirent pour la Carmélide, où Guenièvre attendait Artus.

Le jour du mariage, il y eut plus de joie que jamais en un jour de fête. La salle fut tapissée de joncs, d'herbes vertes et de fleurs qui embaumaient. L'été débutait, et un vent chaud avait lustré le ciel qui débordait de soleil.

Guenièvre apparut aux yeux éblouis de tous, le visage découvert, ses cheveux blonds couronnés d'or et de pierreries, vêtue d'une robe lamée d'or, si longue qu'elle traînait à plus d'une demi-toise. En cortège, les fiancés, les rois et leur cour, les barons du royaume de Carmélide, les nobles et les bourgeois se rendirent à l'église pour la bénédiction nuptiale.

Ensuite, tout ce monde fit bombance, après avoir entendu les ménestriers jouer du violon, de la flûte et des chalumeaux, puis les chevaliers se divertirent à l'escrime et autres jeux, et tous dansèrent et prolongèrent ces plaisirs fort tard dans la nuit. Pas un convive n'oublia de sa vie une aussi belle journée.

Une semaine après, les rois Ban et Bohor prenaient congé d'Artus, qu'ils n'avaient pas quitté depuis qu'ils guerroyaient contre les Saines, et regagnèrent leurs terres. Ils partirent en compagnie de Merlin et, ensemble, ils traversèrent la mer pour arriver en Petite Bretagne, où ils furent accueillis avec des transports d'allégresse.

Cependant, Merlin poursuivit son chemin pour aller voir Viviane, dans la forêt de Brocéliande.

Le lac de Diane

Viviane reçut son ami avec beaucoup de tendresse, si bien qu'il en devint plus amoureux encore, si la chose se pouvait. Ayant pris la peine de lui expliquer la plupart de ses jeux, c'était elle maintenant qui lisait dans ses yeux et dans sa pensée, de telle façon qu'il n'eut jamais aucun secret pour elle.

Un après-midi qu'ils se promenaient tous deux dans la forêt, Merlin conduisit Viviane au lac de Diane et lui fit remarquer une tombe, en marbre, où l'on voyait en lettres d'or ces mots : « Ci-gît Faunus, l'ami de Diane. »

Puis il lui conta cette histoire : Faunus aimait loyalement Diane, la déesse des bois. Hélas ! celle-ci lui préféra Félix et elle n'hésita point, un jour que Faunus blessé voulut se baigner dans l'eau enchantée qui se trouvait alors à l'emplacement de la tombe, à faire renverser une pierre sur lui, celle-là même qui fermait à présent le tombeau, où gisait écrasé le pauvre Faunus. Alors, Félix, indigné par l'acte criminel de Diane, la prit par sa tresse, et lui coupa la tête de son épée.

— Et qu'est donc devenu le manoir que Diane avait fait bâtir ? demanda Viviane, après un grand moment de silence.

— Le père de Faunus le détruisit dès qu'il connut la mort de son fils.

Or, devinez quelle idée vint brusquement à Viviane ? Elle émit le désir d'avoir un manoir aussi beau et aussi riche que celui de Diane.

Et aussitôt, pour lui complaire, Merlin faisait jaillir, à la place du lac, un château, si merveilleux qu'il ne s'en trouvait point de semblable dans toute la Petite Bretagne.

— C'est votre manoir, ma mie, lui dit-il. Jamais personne ne le verra qui ne soit de votre maison, car il est invisible pour tout autre et aux yeux de tous, il n'y a là que de l'eau. Si, par envie ou par traîtrise, quelqu'un de vos gens révélait le secret, aussitôt le château disparaîtrait pour lui, et il se noierait en y croyant entrer.

— Mon Dieu ! fit Viviane éblouie, jamais on n'entendit parler d'une demeure plus secrète et plus belle.

À la voir si heureuse s'augmenta encore la joie de Merlin, qui lui apprit plusieurs autres enchantements, au point qu'il devint d'une imprudence folle.

— Beau sire, lui dit-elle un jour, il y a encore une chose que je voudrais savoir. C'est comment je pourrais enserrer un homme sans tours, sans murs, sans fers, de manière qu'il ne pût jamais s'échapper sans mon consentement...

Merlin, qui lisait dans sa pensée, répondit :

— Ma belle amie, de grâce, ne me demandez plus rien. Vous voulez m'enfermer ici pour toujours, et je vous aime si fort qu'il me faudra faire votre volonté.

Viviane lui sourit tendrement :

— Je n'ai sans vous ni joie ni biens, dit-elle, et j'attends tout de vous. Puisque je vous aime autant que vous m'aimez, ne devez-vous pas faire ma volonté et moi la vôtre ?

— La prochaine fois que je viendrai vous voir, je vous enseignerai ce que vous désirez.

Il y avait obligation pour Merlin de retourner, à présent, au royaume de Logres, auprès du roi Artus qui réunissait beaucoup de monde à Carduel, au moment de Noël.

Fondation des Chevaliers de la Table ronde

Et il y eut, en effet, grande réception et festin en ce jour, au château de Carduel, en pays de Galles.

Merlin amusa les invités du roi en prenant diverses apparences, puis, quand les tables furent enlevées, après le repas, il rappela l'histoire du Graal, ce vase contenant le sang du Christ. Or, d'après la légende, ce vase avait été transporté en Petite Bretagne.

— Et, dit Merlin, il est écrit que le roi Artus doit établir ici même une table, qui sera ronde pour signifier que tous ceux qui devront s'y asseoir ne jouiront d'aucune préséance. À la droite du roi demeurera toujours un siège vide, en mémoire du Christ. Qui se risquerait à le prendre, sans être l'élu, serait puni de mort, car il est réservé au chevalier qui aura conquis le Graal.

— Qu'il en soit ainsi ! déclara Artus.

Et aussitôt qu'il eut parlé, surgit, au milieu de la salle, une table ronde autour de laquelle se trouvaient cent cinquante sièges de bois. Et sur la plupart d'entre eux, on lisait en lettres d'or : « Ici doit s'asseoir Un Tel. » Mais sur celui qui était à la droite du fauteuil du roi, aucun nom n'était inscrit.

Artus et les chevaliers désignés vinrent prendre place. On remarquait Messire Gauvain, et tous ceux qui avaient défendu le royaume durant l'absence du roi.

Puis Gauvain, en sa qualité de connétable, prononça, au nom de tous, le serment solennel : que jamais dame, damoiselle ou homme ne viendrait demander aide à la cour sans l'obtenir, et que, si l'un des chevaliers présents disparaissait, les autres, tour à tour, se mettraient sans trêve à sa recherche, pendant un an et un jour.

Tous les chevaliers de la Table ronde jurèrent, sur des reliques de saints, de tenir le serment qu'avait fait pour eux Messire Gauvain.

Ensuite, la reine Guenièvre proposa que quatre clercs fussent à demeure dans ce château de Carduel pour mettre par écrit toutes les aventures des chevaliers.

Le roi Artus l'approuva. Et à l'unanimité, les chevaliers manifestèrent grande joie.

Quête de Merlin

Pour la quatrième fois, Merlin quitta la cour du roi Artus pour se rendre dans la forêt de Brocéliande.

Le roi et la reine en furent peinés, car il était pour eux un excellent ami. Et d'autant plus que Merlin leur avait dit qu'il ne reviendrait pas. Était-ce possible ? se disaient-ils, en le voyant disparaître au loin, sur un cheval superbement harnaché.

Ayant retrouvé Viviane, Merlin céda enfin à sa prière et il lui donna les moyens de le faire prisonnier d'amour pour toujours. Mais cela, on l'ignorait à Carduel et quand trois mois furent écoulés, sans que Merlin parût, Gauvain dit au roi, qui se montrait très triste :

— Sire, je vous jure, par le serment que je fis, pour Noël, que je le chercherai, partout où cela me sera possible, durant un an et un jour.

Et tous les chevaliers l'imitèrent, et partirent en quête de Merlin à la même heure. Ils se séparèrent à une croisée de chemins.

Or, un jour que Gauvain traversait une forêt après avoir longtemps erré sur les terres de Logres et ne savait où se diriger, il croisa une damoiselle montée sur un beau palefroi noir, harnaché d'une selle d'ivoire aux étriers dorés. Elle-même était richement vêtue. Mais Gauvain, plongé dans une sombre rêverie, passa auprès d'elle sans la voir ni la saluer, ce qui représentait, pour un chevalier, une faute grave.

Profondément choquée, la damoiselle fit tourner son palefroi et aborda Gauvain, pour lui reprocher son manque de courtoisie. Et, pour le punir, elle lui souhaita de ressembler au premier homme qu'il rencontrerait.

Gauvain s'inclina, ne dit mot et repartit, mais à peine eut-il chevauché quelques lieues, ses yeux s'arrêtèrent sur un nain qui marchait en compagnie d'une damoiselle. Se rappelant la leçon qu'il venait de s'attirer, il s'empressa de la saluer.

À quelque distance, il ne comprit pas, ou il ne comprit que trop, ce qui lui arrivait : les manches de son haubert lui venaient maintenant bien au-delà des mains, et les pans lui couvraient les chevilles. Eh oui, Gauvain avait tellement diminué de taille qu'il n'était plus qu'un nain, dont les pieds n'atteignaient pas les étriers ni la tête son écu... Sa peine fut si vive, qu'il se demanda, un moment, s'il n'allait pas en finir avec la vie.

Mais que dirait-on, à la cour du roi Artus, d'un chevalier qui n'aurait su faire face à l'épreuve ? Et déjà, s'aidant d'un tronc d'arbre coupé pour descendre de cheval, il raccourcissait ses étrivières, relevait les manches et les pans de son haubert et aussi ses chausses de fer. Puis, courageusement, il reprit la route pour être fidèle à son serment.

Mais de Merlin, point ne se présentait. Personne ne l'avait vu ni ne le connaissait. Et vous devinez aisément l'angoisse de Messire Gauvain, qui continuait à parcourir des lieues.

Un jour, il entra dans la forêt de Brocéliande, et c'est là qu'il découvrit un étrange phénomène : une sorte de vapeur... Il ne pouvait croire que son cheval ne franchirait pas un obstacle transparent et aérien. Mais non. Obstinément, le cheval refusa d'avancer... Et, soudain, il s'entendit appeler par son nom, et reconnut la voix de Merlin.

— Où êtes-vous ? demanda Gauvain. Je vous supplie de m'apparaître...

— Non, répondit Merlin, vous ne me verrez plus jamais, et après vous je n'adresserai la parole qu'à ma mie, Viviane. Le monde n'a pas de tour si forte que la prison d'air où elle m'a enserré.

Et il raconta comment, alors qu'il dormait, Viviane avait fait un cercle de son voile, autour du buisson ; et comment, quand il s'éveilla, il comprit qu'il ne pourrait plus sortir de ce cercle enchanté où Viviane le retenait prisonnier. Il dit encore :

— Saluez pour moi le roi, et Madame la reine, et tous les chevaliers et barons, et contez-leur mon aventure. Puis il ajouta : — Ne vous désespérez pas de ce qui vous est advenu, Gauvain. Vous retrouverez la damoiselle qui vous a enchanté ; cette fois, n'oubliez pas de la saluer, car ce serait folie.

À tout ce discours, le nain Gauvain ouvrit de grands yeux. Cependant, il reprit la route de Carduel, tout à la fois heureux et mécontent, heureux de ce que Merlin lui prédisait la fin de sa mésaventure, et mécontent de penser que son ami s'était montré, pour la première fois, plus fol que sage.

Quand il traversa la forêt où il avait croisé la damoiselle qui lui avait jeté ce mauvais sort, il craignait tant de la rencontrer et de ne pas la saluer, qu'il ôta son heaume pour mieux la voir. Et soudain, il l'aperçut aux prises avec des chevaliers félons qui lui voulaient du mal. Gauvain s'élança alors sur eux et les combattit si bien, malgré sa petite taille, qu'il les mit en déroute.

En reconnaissance de son dévouement et de sa bravoure, la damoiselle, sur la promesse qu'il lui fit d'être toujours courtois, lui permit de redevenir ce qu'il était avant leur première rencontre.

Alors Messire Gauvain chevaucha si vite qu'il arriva à Carduel en même temps que les chevaliers qui étaient partis comme lui pour chercher Merlin et qui revenaient, comme lui, après un an et un jour. Tous firent au roi et à la reine le récit de leurs aventures et quand vint le tour de Gauvain d'apprendre l'enserrement de Merlin, il provoqua chez tous une grande tristesse.

Des clercs mirent ces récits par écrit. Grâce à eux, nous les connaissons aujourd'hui.

L'ENFANCE DE LANCELOT

LA puissance et la renommée d'Artus étaient grandes, et ce roi libéral autant que magnifique avait répandu à pleines mains les bienfaits et les présents sur tous ceux qui le servaient. Cependant, il se vit obligé de combattre sans cesse ses belliqueux voisins, les Saxons, les Pictes et les Scots. Il en triomphait toujours, grâce à ses chevaliers dont certains étaient venus prendre place autour de la Table ronde, où le siège réservé à celui qui aurait l'honneur de reconquérir le Graal demeurait vacant.

Ce fut aussi le commencement des temps aventureux. Partout où il y avait danger, on voyait les chevaliers montés sur leur destrier, défiant les traîtres, protégeant les faibles, ramenant les méchants à de meilleurs sentiments.

Or, un jour que le roi Artus se promenait à Camaaloth, il apprit qu'un géant ravageait la Petite Bretagne. Ce monstre n'était guère visible et se cachait, disait-on, sur un rocher entouré de mer.

(C'est aujourd'hui le mont Saint-Michel.) Au moment où l'on s'y attendait le moins, il arrivait et il terrorisait les habitants du pays, qui avaient fini par s'enfuir dans les bois.

— Messire Keu, dit alors le roi à son sénéchal, ces gens méritent qu'on leur vienne en aide et nous irons sur ce fameux rocher abattre ce géant.

Ils partirent donc sur un bateau, accompagnés d'un chevalier et, hardiment, escaladèrent un petit mont, non loin du rocher en question. Ils y découvrirent une vieille femme qui pleurait à chaudes larmes près d'une tombe fraîchement creusée.

Ils la saluèrent. L'air noble des trois hommes l'impressionna et elle s'écria :

— Messires, vous ne méritez pas d'aller à la mort ! Fuyez avant que le géant ne vous voie.

Le roi Artus demanda à la femme qui elle était et sur qui elle se lamentait ainsi. Elle répondit que le géant venait de tuer Élaine. C'était une toute jeune fille, morte d'horreur à la vue du monstre qui, pour abuser d'elle, l'avait ravie à ses parents. Cette vieille femme avait été la nourrice d'Élaine, et elle reprit :

— Fuyez, messires, s'il vient ici, vous êtes morts.

Mais Artus et ses deux compagnons étaient résolus à tenter l'aventure. Ils remontèrent donc dans leur bateau et allèrent aborder au rocher isolé par la mer. Dès qu'ils parvinrent au sommet, ils virent le géant de dos, illuminé par la flamme d'un bûcher sur lequel rôtissait de la viande embrochée à un grand pieu. Nos trois héros s'approchèrent le plus doucement qu'ils purent, quand, se retournant soudain, le géant s'empara d'un tronc de chêne qui lui servait de massue et se jeta sur Artus pour lui en donner un terrible coup. Heureusement, Artus fut assez souple et assez vif pour éviter le choc, et, en même temps, assez adroit pour frapper le géant avec son épée Marmiadoise et l'aveugler.

Un combat s'ensuivit pourtant, qui se termina à l'avantage des trois chevaliers. Le monstre eut la tête tranchée. Quand Artus et ses deux compagnons se retrouvèrent en Grande Bretagne, les barons accoururent pour les féliciter et la victoire sur le monstre fut célébrée le jour même par des fêtes et des divertissements.

Depuis ce temps, le rocher du mont fut appelé : « la Tombe Élaine ».

La Dame du Lac

Un jour, comme le roi Artus s'en revenait de la chasse, il vit venir à lui tout un cortège. En tête se trouvaient deux garçons, à pied, portant, l'un un riche pavillon de campement, et l'autre de beaux coffres à vêtements. Après, venaient quatre écuyers, tenant qui un écu à boucle d'argent, qui un heaume argenté, qui une lance, qui une grande épée, et après eux encore d'autres écuyers, enfin trois jeunes filles et une dame, laquelle était accompagnée d'un beau jeune homme et de deux valets. Et sachez que les robes, les armes, les écus, les chevaux, tout était blanc comme neige.

Le roi, jetant un regard sur la dame et sa suite, demanda :

— Qui est-ce donc ?

À cet instant, la dame s'avançait vers lui, et Artus, qui remarquait sa grande beauté, rehaussée par un manteau blanc, fourré d'hermine, s'arrêta. Le visage de la dame était en partie caché par un voile, qu'elle écarta dès qu'elle fut devant Artus. Celui-ci se hâta de la saluer, en gentilhomme courtois qu'il était.

— Sire, lui dit-elle alors, je suis heureuse de vous rencontrer, car je viens de bien loin pour vous demander une faveur. Vous ne me la refuserez pas, j'espère, puisqu'elle ne peut vous être néfaste et ne vous coûtera rien.

— Damoiselle, répondit le roi, pourvu qu'elle ne soit pas cause d'ennui pour un ami, je suis tout disposé à vous l'accorder, quelle qu'elle soit.

— Sire, je vous en remercie donc. Veuillez faire chevalier mon écuyer lorsqu'il vous le demandera.

— Volontiers, madame. Je lui donnerai ses armes et la colée. Dieu ajoutera le surplus, c'est-à-dire la bravoure.

La dame remercia encore le roi et se présenta. On l'appelait « la Dame du Lac ». Puis elle se mit en devoir de repartir chez elle, laissant le roi tout étonné, car il n'avait jamais entendu prononcer ce nom et ne connaissait pas son histoire.

La fuite et la mort du roi Ban

Il fallait remonter à quelque quinze années en arrière pour connaître cette histoire.

En ce temps-là, en Petite Bretagne, régnaient deux frères, Ban de Bénoïc et Bohor de Gannes, dont nous avons déjà entendu parler. Ces deux frères avaient épousé les deux sœurs. Hélène était la femme de Ban. Sa beauté, sa gentillesse et sa vaillance la faisaient fort estimer de tous. Le bonheur aurait été sans nuage, en Bénoïc, si Claudias, roi de la Terre Déserte, dont le royaume touchait celui de Ban, n'avait tant aimé la guerre. Il n'avait aucun voisin qui ne suât d'angoisse et ne tremblât à cause de lui, qui se montrait, comble de tout, sans parole.

Or, à cette époque, le roi Artus, engagé à combattre ses barons en Angleterre, ne pouvait apporter son aide au roi Ban. Si bien que celui-ci se voyait en grand péril d'être pris par la famine, assiégé qu'il était par Claudias depuis un certain temps. Un jour, il confia à la reine Hélène son projet d'aller en Angleterre pour expliquer sa situation au roi Artus, estimant que mieux qu'un messager, il pourrait plaider sa cause.

Hélène l'approuva, et quelques jours après, il sortait par une issue secrète en compagnie de la reine et d'un écuyer qui portait leur enfant au berceau ; suivait un garçon à pied, qui menait en main le destrier et tenait la lance.

Le roi Ban et la reine, montés sur des palefrois bien éprouvés ainsi que leur suite, traversèrent sans encombre des marais, puis ils s'enfoncèrent dans une épaisse forêt. Ils y découvrirent un lac que l'on nommait « le lac de Diane ». Le roi, séduit par la tranquillité et la beauté du lieu, décida d'y faire reposer la reine et leurs gens pendant la nuit.

Cependant, bien avant le chant impatient des coqs, le roi Ban voulut revoir, une fois encore, son château assiégé. Il quitta donc la reine et se dirigea, monté sur son palefroi, vers la plus proche colline. Et de là, il regarda une partie de ses terres. Soudain, il aperçut une fumée monter, des étincelles, et enfin des bâtiments flamber. Le feu se propageait rapidement et faisait tout rouge le ciel de l'aube. Ban, désespéré, comprit que son château ne serait bientôt plus que cendres. C'était là son dernier atout, il y avait mis son espoir à recouvrer un jour ses terres.

Alors, se cachant les yeux de sa main, il ressentit une si grande douleur qu'il tomba, foudroyé par la mort.

Lancelot

Cependant, Hélène attendait le roi Ban, au pied de la colline, non loin du lac. Elle avait pris son enfant dans ses bras et lui parlait, tout en le serrant contre elle : « Puisses-tu vivre assez pour atteindre vingt ans, lui disait-elle, tu seras alors le plus beau de tous, car Dieu m'a donné un superbe bébé. »

Soudain, elle se tut pour regarder, ahurie, le palefroi de son époux bondir à travers les sentiers de la colline. En hâte, sur son ordre, l'écuyer s'en alla chercher son maître. Et bientôt, Hélène l'entendit qui poussait de grands cris. Alors, déposant l'enfant dans son berceau pour être plus à l'aise, aussi vite qu'elle le put, elle courut vers l'endroit d'où provenaient ces cris. Quand elle comprit le malheur qui la frappait, Hélène pleura longuement, et si grand fut son désarroi qu'elle ne se souvint de son fils que plusieurs heures après. À toutes jambes, elle revint sur le lieu où elle l'avait laissé.

Or, le berceau était vide... Hélène se mit à crier comme une folle, appelant à tous les échos, lorsqu'une damoiselle apparut, tenant contre elle le bébé qu'elle câlinait. Aussitôt, la reine se précipita :

— Je vous en prie, lui disait-elle, rendez-moi mon enfant. Son père est mort et il a perdu son royaume, il n'a plus que moi...

La damoiselle, comme si de rien n'était, semblait ne pas la remarquer. Elle avança au bord du lac et, les pieds joints, s'élança sur les eaux. Je vous laisse à penser l'angoisse de la pauvre mère... Pouvait-elle savoir que celle qui emportait son fils pour toujours était une fée ? Eh oui, la Dame du Lac elle-même, qui n'était autre que Viviane, la belle amie de Merlin.

Hélène, folle de chagrin, alla se réfugier dans un couvent, selon la coutume de l'époque. Quant à la Dame du Lac, elle éleva l'enfant, qu'elle appela Lancelot, en ce palais extraordinairement beau qu'avait fait surgir Merlin et que personne, sauf elle et ses gens, ne pouvait voir.

À cinq ans, elle lui donna un maître, qui lui apprit le maniement de l'arc et des flèches ; quand on lui renforça ses armes, il eut un cheval sur lequel il se promenait, aux environs du lac, toujours accompagné de valets et de seigneurs. Plus tard, il se montra si bien doué qu'il apprit tout ce qu'on pouvait savoir.

Dans chacun de ses mouvements, on sentait un gentilhomme, et un athlète connaissant sa force. Visiblement, il n'avait peur de personne ; pourtant, il savait être doux et généreux, car si son corps était bien fait, son cœur ne l'était pas moins.

Saraide

Mais avant que Lancelot ne devînt ce bel adolescent, la Dame du Lac voulut qu'il connût l'amitié des camarades de jeux. Pour cela, elle chargea une de ses dames, laquelle, chose assez rare, était belle, sage et mondaine, tout à la fois, d'une mission à Gannes. Or, sachez qu'en ce royaume, le roi Bohor était mort comme était mort son frère, le roi Ban. Et le terrible roi Claudias, leur voisin, n'avait eu aucune peine à s'emparer de ses terres.

La dame, qui se nommait Saraide, partit donc, un beau matin, chevauchant sur un superbe palefroi, et quand elle arriva à destination, elle y trouva Claudias, entouré de toute sa baronnie. On lui fit place, ainsi qu'aux deux lévriers qu'elle tenait par leur chaîne, et elle, qui voulait être entendue de tous, dit très haut :

— Roi Claudias, je suis envoyée à toi par une très haute dame, qui t'estime plus que beaucoup en ce monde, mais certaines choses sont revenues à ses oreilles qui lui font craindre que tu ne sois pas celui qu'elle croyait.

Alors, le roi Claudias haussa la tête et répondit :

— Damoiselle, soyez la bienvenue. Et apprenez-moi ce que j'ai fait de mal, selon vous...

Vous devez croire que le roi n'avait guère envie, ni les barons qui étaient là, assemblés, d'entendre ce qu'allait révéler Saraide. Pourtant, sans broncher, ils l'écoutèrent, disant que Claudias tenait en prison les deux fils du roi Bohor, deux enfants pour lesquels il ne montrait aucune pitié et qui jamais n'avaient été traités en fils de roi.

— Vous dites vrai, damoiselle, répondit Claudias, qui était devenu blême. Puis, ne voulant point prolonger un entretien épineux, il donna ordre à son sénéchal d'aller quérir les enfants et de les amener, accompagnés d'une suite digne de leur rang.

Bientôt donc, les deux petits princes, dont l'un se nommait Lionel parce qu'il portait sur la poitrine une tache en forme de lion, et l'autre Bohor comme se nommait leur père, arrivèrent au palais, montés sur des palefrois, avec tout un cortège. Le peuple, en les voyant passer, leur fit fête. Et bien des chevaliers du royaume de Gannes qui avaient appartenu à leur père eurent la larme à l'œil.

Claudias était assis sur un riche fauteuil ; placés sur un support d'argent, se trouvaient, à côté de lui, sa couronne et son sceptre d'or, plus une épée, droite et tranchante. Le roi était sans doute très puissant, mais son regard donnait à sa figure l'expression des gens cruels et félons.

Quand il vit les deux enfants, pour faire bonne impression, il leur tendit une coupe en les invitant à boire. Lionel et Bohor ne dirent mot. L'épée luisante les subjuguait.

Alors, Damoiselle Saraide s'avança vers eux, leur mit une couronne de fleurs odorantes sur la tête et leur passa au cou un pendentif d'or et de pierres précieuses, puis elle les invita à boire la coupe.

— Damoiselle, je boirai, répondit Lionel, mais il m'est avis qu'un autre paiera le vin.

Et, tout en parlant, il prit la coupe et la jeta au visage de Claudias qui, sous le choc, sentit qu'il chancelait. Lui, à qui un tel affront n'était jamais arrivé, se mit à trembler, tandis que Bohor, profitant de son désarroi, saisissait la couronne, la jetait sur le pavé et l'écrasait du talon.

Instantanément, les gens et les barons se levèrent pour intervenir, les uns défendant Claudias, les autres les enfants. Lionel avait ramassé l'épée, Bohor le sceptre, et tous deux s'en servaient pour se préserver des coups qui pleuvaient sur eux, et s'ils ne furent pas blessés, ils le durent à la vertu des fleurs enchantées que Saraide leur avait données.

Ils purent ainsi gagner la sortie sous la conduite de la damoiselle, qui vit soudain le roi Claudias courir sus aux enfants, les regardant avec une haine accrue. Alors, elle jeta un enchantement, qui donna aux enfants l'apparence de ses deux lévriers et aux chiens l'apparence des enfants. Et quoiqu'elle eût peur et qu'elle fût blessée par la main même du roi, elle lui dit :

— Claudias, j'ai payé cher ma venue en votre cour. Vous m'avez, d'un coup de poing, ouvert la tempe et vous voulez tuer mes lévriers qui sont les plus beaux du monde.

Le roi ne l'entendit même pas : il voyait deux ombres s'enfuir, et c'était les lévriers qui se sauvaient, effrayés du tumulte. Alors, il fit saisir ce qu'il croyait être les petits princes et les mit en prison.

Pendant ce temps, Saraide, tenant en laisse ce que chacun prenait pour des lévriers, arrivait dans un bois, non loin du palais, où elle retrouva ses écuyers. Ceux-ci accoururent dès qu'ils la virent, et voulurent panser sa blessure à la tempe.

Puis, comme le soleil se couchait, elle monta de nouveau sur son palefroi ; devant elle, elle plaça le lévrier Lionel et l'un de ses gens prit Bohor sur l'arçon.

La petite troupe, chevauchant à grande allure, vit s'allumer et s'éteindre le couchant. Alors, elle s'arrêta pour dormir dans une maison amie, et Saraide défit aussitôt son enchantement, ce qui eut pour conséquence de faire apparaître deux enfants à la place des lévriers, au grand ébahissement de ses gens.

« Qui sont-ils ? » fut immédiatement leur question. Mais Saraide regardait les étoiles scintiller l'une après l'autre dans le ciel et ne répondit pas.

Je ne saurais dire si Lionel et Bohor eurent une bonne nuit : ils se rappelèrent tous les événements de cette journée et ne finissaient pas d'en parler entre eux. Au matin, ils se remirent en route pour la forêt de Brocéliande.

Et lorsque la Dame du Lac les vit, elle sourit si joyeusement qu'il eût été difficile de ne pas répondre à ce sourire. Lionel et Bohor, ainsi mis en confiance, furent présentés à Lancelot, mais tous trois ignoraient qu'ils étaient cousins germains, ce qui ne les empêcha nullement d'être les meilleurs camarades du monde.

Pharien et Lambègue au lac

Quelques semaines s'écoulèrent. Et qui fut étonné ? La Dame du Lac, car les deux nouveaux venus ne paraissaient pas tout à fait heureux. Apparemment, ces garçons se portaient bien, mais il semblait que dans leur tête devait rouler une seule idée. La Dame du Lac les interrogea et ils firent de la main un geste vague.

Alors, elle en toucha un mot à Lancelot, qui partit tout de suite d'un rire joyeux et lui révéla que ses camarades avaient à Gannes deux maîtres, Pharien et Lambègue, et qu'ils s'ennuyaient sans eux.

— Eh bien, dit la Dame du Lac, j'enverrai chercher les deux maîtres cette nuit même.

En effet, Saraide, qui connaissait le chemin, fut de nouveau envoyée à Gannes pour en ramener Pharien et Lambègue, mais si secrètement que personne ne pût avoir le moindre soupçon. Et Lionel lui donna sa ceinture et celle de son frère, afin qu'elle n'eût aucun mal à se faire reconnaître.

Jugez si les deux maîtres se montrèrent ébahis et heureux quand ils surent ce qu'on attendait d'eux. Mais ce fut bien un autre étonnement quand, arrivés en forêt de Brocéliande, auprès des eaux profondes du lac, ils virent celui-ci disparaître, et surgir à sa place un château. Jamais ils n'avaient entendu parler de pareille aventure et ils auraient eu peine à y croire si Lionel et Bohor, dès la porte franchie, n'eussent sauté à leur cou pour les embrasser.

Sur ces entrefaites, arriva Lancelot pour le repas, coiffé d'un chapeau de roses vermeilles. En cette chaude journée d'août, cela pouvait surprendre, mais les deux maîtres, de plus en plus stupéfaits, apprirent qu'en ce lieu privilégié, été comme hiver, Lancelot trouvait à son chevet des roses fraîches. Et chaque matin, il partageait ces fleurs avec Lionel et Bohor.

La Dame du Lac conduisit ses hôtes à table et, après que Lancelot eut fait son service pour sa dame, il s'assit et tous les convives l'imitèrent. Vous vous doutez que les deux maîtres remarquèrent que nul n'osa prendre place avant lui, même pas Lionel et Bohor, qui étaient pourtant fils de roi.

Alors, un jour, Pharien dit à la Dame du Lac :

— Pour Dieu, dame, gardez bien ces deux enfants. Et si vous ne pensez pas pouvoir les mettre à l'abri de leurs anciens ennemis, donnez-les-moi ainsi qu'à Lambègue. Nous nous enfuierons et, s'il plaît à Dieu, ils retrouveront leur héritage, car sitôt qu'ils pourront porter les armes, il ne se trouvera pas un homme, au royaume de Gannes, qui ne risque pas sa vie pour eux.

Lionel, qui se tenait non loin de son maître, quand il entendit ces mots, sentit de grosses et chaudes larmes couler sur ses joues.

— Qu'as-tu ? lui demanda Lancelot.

— Je pense à la terre de mon père que je voudrais bien recouvrer...

— Fi ! beau cousin, ne pleure pas par crainte de manquer de terre. Tu en gagneras si tu as du cœur. Songe à être assez vaillant pour conquérir ton bien par bravoure.

À ce discours, Pharien et la Dame du Lac se regardèrent, admirant qu'un enfant pût s'exprimer ainsi. Mais la Dame du Lac s'étonna surtout de l'avoir entendu appeler Lionel « beau cousin ». Il ignorait pourtant la vérité et nul, sauf elle, ne savait son véritable nom. Beaucoup l'appelaient Beau Trouvé, et lui, ne croyait-il pas que la Dame était sa mère ? Toutes ces choses la troublèrent si bien qu'elle fut un moment sans prononcer un mot.

Revenue un peu à elle, elle assura Pharien qu'elle saurait garder en sûreté les fils du roi Bohor et le pria de rester auprès d'eux, au lac, avec Lambègue. Puis elle ajouta :

— Cependant, ne tentez jamais de savoir qui je suis.

Pharien, qui maintenant ne cherchait plus à comprendre l'étrangeté et les merveilles du lieu, accepta sans répliquer.

Peu après, la Dame appela Lancelot et, le prenant à part, lui demanda :

— Pourquoi avez-vous appelé Lionel « cousin » ?

— Le mot m'est venu à la bouche par hasard...

— Alors, encore une question : vous croyez-vous d'un rang supérieur à lui ?

— J'ignore si je suis gentilhomme de naissance, mais pour moi n'existe qu'une noblesse, celle qu'on mérite. Et si le grand cœur faisait les gentilshommes, je voudrais être l'un des mieux nés.

La Dame du Lac sourit, et assura Lancelot que ce n'était pas le manque de générosité qui pouvait lui faire perdre sa noblesse.

Lancelot grandissait et approchait du temps où il deviendrait chevalier et où il lui faudrait partir chercher des aventures aux pays lointains. La Dame du Lac songeait à cette séparation avec un pincement au cœur. Et elle se disait qu'après Lancelot, Lionel puis Bohor s'en iraient à leur tour...

La chevalerie

Lancelot habitait donc toujours avec la Dame du Lac, Lionel et Bohor et un certain nombre de gentilshommes, quand il eut quinze ans.

Un jour qu'il faisait très beau, il partit dans les bois pour chasser et il tua un très grand cerf. Aussitôt, il l'envoya à la Dame du Lac par deux valets, mais lui-même, voulant profiter du chant des oiseaux et de l'ombre protectrice d'un chêne, s'étendit sur l'herbe et s'abandonna à une douce rêverie, puis au sommeil. Il n'en sortit que pour s'apercevoir qu'il était grand nuit.

Alors, il revint au galop de son cheval et quand il se présenta à la Dame du Lac, vêtu d'une courte cotte verte, couronné de feuillage, son carquois à la ceinture, elle le prit, au premier coup d'œil, non pour un adolescent, mais pour un homme. Quand elle le reconnut, des larmes lui vinrent aux yeux.

— Qu'avez-vous donc ? lui demanda Lancelot. Si l'on vous a fait quelque ennui, dites-le-moi, car je ne souffrirais pas que l'on puisse vous peiner.

Elle lui répondit par un tendre reproche sur le danger auquel il s'était exposé en demeurant si tard dans le bois. À sa grande surprise, Lancelot traversa vivement la pièce et s'apprêta à sortir.

— Où voulez-vous aller ? lui dit-elle.

— À la cour du roi Artus, servir sans souci du danger quelque seigneur, jusqu'à ce qu'il me fasse chevalier.

— Beau fils, dit la Dame en soupirant, désirez-vous donc si fort d'être fait chevalier ?

— Certes. Il n'est rien qui me fasse plus envie.

— Si vous saviez, Lancelot, quels devoirs impose la chevalerie...

— Ces devoirs seraient-ils donc plus grands que la force et le cœur d'un homme ?

— Quelquefois... Car, sachez-le, tous les cœurs ne sont point à la fois vaillants et courtois...

Mais Lancelot ne paraissait nullement convaincu par les paroles de la Dame ; alors elle le fit asseoir près d'elle et lui dit :

— Écoutez-moi, Lancelot. Les premiers chevaliers ne le furent point à cause de leur naissance. Mais quand Envie et Convoitise commencèrent à grandir dans le monde, quand les plus forts écrasèrent les autres et qu'il n'y eut plus nulle part ni sûreté, ni commerce possible, les femmes étant enlevées, les orphelins dépouillés, les voyageurs volés sur le chemin ou dans les bois, les marchands rançonnés sur les ponts, gués ou passages, bref, quand vint s'établir le régime de la violence, du brigandage et de la guerre, il fallut des hommes généreux pour maintenir et défendre le droit, secourir les veuves, les orphelins et tous les opprimés. Ce furent les chevaliers qui remplirent cet office, c'est-à-dire des hommes forts, loyaux, hardis et braves. On exigeait d'eux d'être encore généreux, sauf envers les traîtres, bons juges sans amour ni haine, courant au péril de leur vie, partout où il y avait des oppresseurs à détruire et des torts à redresser. Ils devaient aussi protéger l'Église catholique, en fils de cette Église, se dévouant avec serment...

Lancelot, qui avait été très attentif à ce discours, répondit aussitôt :

— Dame, si je trouve quelqu'un qui consente à me faire chevalier, je ne craindrais pas de l'être, car j'y mettrais tout mon cœur, et mon corps et ma peine et mon travail.

— Puisqu'il en est ainsi, dit la Dame après un silence, votre désir sera accompli sous peu. Je m'en doutais, et c'est pourquoi, en vous voyant si beau, les larmes me sont venues aux yeux. Vous serez donc adoubé par le meilleur seigneur qui soit...

Depuis longtemps, elle avait préparé un haubert blanc, léger et fort, un heaume argenté, et un écu couleur de neige, à boucle d'argent. Si l'épée, essayée en maintes occasions, était grande et tranchante à souhait, la lance était courte, grosse, en fer bien aiguisé, comme il se devait, le destrier jeune, puissant et vif...

Et ce fut ainsi que la Dame du Lac, Lancelot, Lionel et Bohor, tous montés sur des chevaux blancs, partirent en cortège pour la cour du roi Artus, qui se tenait à Carduel, en Grande-Bretagne.

Artus, qui n'avait jamais entendu parler de la Dame du Lac, regretta beaucoup, après avoir écouté son histoire, qu'elle ne voulût pas demeurer quelque temps à Carduel.

Après avoir versé quelques larmes, Lancelot l'escorta un moment sur la route du retour. La bruine commençait à tomber. Toute la suite de la Dame avançait sur une route rocailleuse. Alors, la Dame du Lac dit doucement :

— Fils de roi, il faut nous séparer. Mais auparavant, je veux que vous sachiez, vous que j'ai élevé, que je ne suis pas votre mère. Un jour, vous apprendrez le nom de vos parents et ce nom vous emplira de fierté. Demain soir, vous prierez le roi Artus de vous faire chevalier ; avant la nuit, vous quitterez son palais, et vous irez errant par tous pays, cherchant aventure, car c'est le moyen pour vous de gagner félicitations, louanges et valeur. Ne vous arrêtez en aucun lieu ou le moins possible. Et aux curieux, répondez que vous ignorez votre nom.

Alors, elle tira de son doigt une bague, qu'elle passa au doigt de Lancelot. Et, tout en le recommandant à Dieu, elle l'embrassa en lui disant :

— Vous mènerez à bien de périlleuses aventures, mais mon cœur se serre et je ne puis plus parler...

Lancelot pleura en la voyant s'éloigner. Puis il se retourna vers les deux écuyers que la Dame du Lac lui avait laissés :

— Allons rejoindre le roi Artus, commanda-t-il.

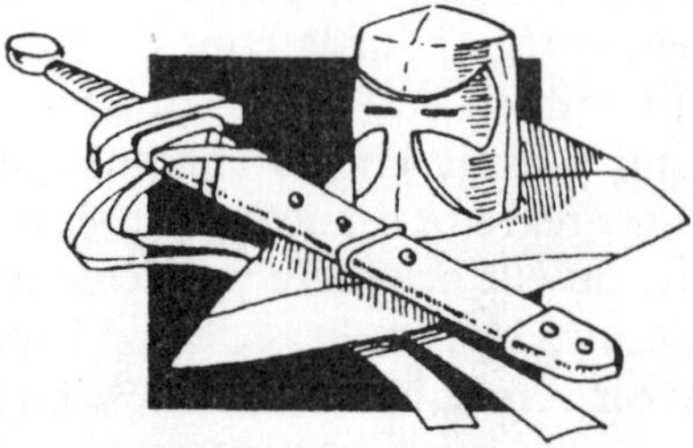

LES AMOURS DE LANCELOT DU LAC

DÈS qu'il le put, Lancelot s'en alla trouver Messire Yvain, chez qui il logeait, pour le prier de transmettre au roi Artus sa demande de l'armer le lendemain.

— Déjà ! s'exclama son hôte, mais mon ami, vous n'avez point encore appris le métier des armes, ce me semble. Chaque chose en son temps, et rappelez-vous que l'oisillon qui s'élance avant de savoir voler tombe à terre...

La remarque n'affecta aucunement Lancelot, et vous vous doutez bien qu'il insista. Tant et si bien que Messire Yvain consentit à se rendre chez le roi. Celui-ci, quel que fût son désir d'avoir un nouveau chevalier, et de tenir sa promesse envers la Dame du Lac, hésita un moment, puis il dit :

— Allez le quérir, messire Yvain, et recommandez-lui de s'habiller le mieux qu'il pourra. Je pense que la chevalerie lui siéra, car il est beau et fort et semble de bonne race...

On l'attendait donc au palais. Dans la ville, la nouvelle s'était répandue du « damoisel » qui était venu en cortège tout blanc, de sorte que les rues se trouvèrent pleines de monde, lorsqu'il les traversa, en croupe sur le cheval de Messire Yvain.

On le mena dans la salle où se tenaient le roi et la reine, qui l'accueillirent avec amitié et le placèrent en face d'eux, sur l'herbe verte qui recouvrait le sol.

Or, la reine ne fut pas sans remarquer bien vite la tête droite et fière, le visage avenant, l'élégance de ce tout jeune homme. Et Lancelot, toutes les fois qu'à la dérobée il pouvait jeter les yeux sur la reine, se sentait ébloui et troublé, comme s'il n'avait de sa vie vu une aussi belle personne, et, en vérité, la beauté de Guenièvre était parfaite. Elle demanda soudain comment il se nommait. Ce fut Yvain qui répondit :

— Je ne sais, dame. Peut-être vient-il de la Gaule, car il en a le parler.

Alors Guenièvre prit la main de Lancelot.

— Où êtes-vous né ? dit-elle.

Cette question et cette main dans la sienne furent pour Lancelot chose si inattendue, qu'il eut un sursaut et recula d'un pas. Puis il dit en soupirant qu'il l'ignorait. Comme il ignorait son nom.

La reine, interdite, ne savait que penser. Néanmoins, elle soupçonna qu'elle l'intimidait et peut-être plus encore... Alors, après avoir regardé Messire Yvain d'un air perplexe, elle se leva et se retira dans ses appartements.

Le jour de la Saint-Jean

La nuit venue, Messire Yvain conduisit Lancelot à l'église. Quand l'aube se montra, il le ramena chez lui pour qu'il pût prendre quelque repos. Enfin, au matin, avec ceux qui devaient être adoubés ce jour de la Saint-Jean, il reçut du roi la colée, puis ils assistèrent tous à la messe, enfin le roi commença de ceindre l'épée aux nouveaux chevaliers.

Il ne lui restait plus à armer que Lancelot, quand il vit une blonde damoiselle entrer dans la salle et, sans se presser, avancer vers lui, en retroussant légèrement sa robe longue et scintillante ; arrivée devant Artus, elle le salua gracieusement. Le roi constata qu'il n'était point seul à trouver belle la damoiselle, chevaliers et dames qui se trouvaient là ne la quittaient pas des yeux. Un silence se fit. Et, toute souriante, la damoiselle prononça ces mots :

— La Dame de Nohant m'envoie pour vous demander secours, roi Artus, car le roi de Northumberland a envahi sa terre. Tous deux ont convenu que ma dame pourra faire défendre son droit par un chevalier contre un, ou par deux contre deux...

Alors, à l'étonnement de tous, Lancelot vint aussitôt s'agenouiller devant le roi et le pria de lui permettre d'être ce chevalier.

— Sire, ajouta-t-il en le voyant hésiter, vous ne pouvez me refuser la première faveur que je vous demande après mon adoubement. Je serais peu prisé et moi-même je m'estimerais moins, si vous n'acceptiez de me donner à accomplir ce que peut faire un chevalier.

Messire Yvain et Messire Gauvain intervinrent alors, en faisant remarquer au roi qu'il ne pouvait décemment l'éconduire. Si bien qu'à la fin, celui-ci octroya la faveur, tout en craignant pour un si jeune homme le lourd poids de la chevalerie.

— Sire, grand merci, dit Lancelot.

Et il s'en fut dans son logis pour se faire armer.

Or, après avoir parcouru quelques lieues, Lancelot se souvint qu'il n'avait pas salué la reine avant son départ. Il voulut la revoir à tout prix et exigea de Messire Yvain, qui l'accompagnait, de rebrousser chemin.

La reine vit donc s'agenouiller devant elle le nouveau chevalier, dont elle ne savait vraiment que penser. Quoi ! Il partait déjà ! Et quand on lui eut expliqué la faveur que le roi venait de lui octroyer, elle trouva la chose si déraisonnable qu'elle s'écria :

— Mon Dieu ! malgré son jeune âge... mais peut-être est-il meilleur gentilhomme qu'on ne le suppose... je ne sais qui il est...

Il y eut un silence. Puis Lancelot éleva la voix :

— Dame, si vous vouliez, je me tiendrais toujours pour votre chevalier...

Et Guenièvre, émue plus qu'elle ne l'aurait désiré, accepta en lui donnant la main. À cet instant, Messire Gauvain s'aperçut que Lancelot n'avait pas d'épée, le roi Artus ne l'ayant pas armé.

— Sire, répondit Lancelot, je n'en voudrais pas d'autre que la mienne ; mes écuyers me l'ont apportée du Lac.

Il se garda bien d'ajouter, en saluant et en regardant une dernière fois la reine, qu'il espérait être fait chevalier d'une autre main que celle du roi. Puis, soupirant de bonheur, il sauta sur son cheval et partit à toute bride, oubliant Messire Yvain, qui le guetta pendant des heures jusqu'à ce que la lune fît des taches de lumière.

La Dame de Nohant

Or, sachez que la Dame de Nohant, tout en regardant par une fenêtre de son palais ses terres ravagées, aux maisons incendiées et pillées par les hommes du roi de Northumberland, se demandait comment elle pourrait défendre son bien, car beaucoup de ses chevaliers étaient morts ou avaient été blessés dans les combats, quand arriva Lancelot...

En voyant ce tout jeune homme vêtu de blanc, qui se présenta comme un nouveau chevalier qui n'avait point encore connu le feu des batailles, elle prit une mine languissante, soupira profondément, et avant qu'il eût le temps d'en dire plus, le pria d'aller se reposer.

Bientôt sonna l'heure du souper, l'eau fut cornée[1] et les tables mises. Or, personne, ni la Dame de Nohant, ni les chevaliers qui habitaient son palais, ne songea à Lancelot. Celui-ci, indigné, se tint à l'écart, dans l'embrasure d'une fenêtre, les bras croisés sur la poitrine, un pied en avant, fixant dédaigneusement ces gens si peu courtois. De sa vie, il n'en avait rencontré de pareils.

Puis il sortit de la salle, et commanda à ses valets de préparer un grand festin et de faire crier par la ville que pauvres, ménestrels et faiseurs de tours étaient conviés à souper. Vous pensez si une telle invitation fut suivie d'effets ! Jongleurs, danseurs, bouffons, acrobates ne se firent point prier pour se mettre d'un côté de la table, et le menu peuple de l'autre. On fit bombance, puis les ménestrels chan-

1. Tirée.

tèrent en s'accompagnant de la vielle ou de la harpe. Et le bruit de ces divertissements finit par parvenir aux oreilles des chevaliers, qui ne comprenaient pas de quoi il s'agissait. Alors, ils s'en vinrent en curieux regarder par la porte. Mais Lancelot feignit de ne pas les voir.

La Dame de Nohant, intriguée elle aussi par tout cet entrain, s'informa de ce qui se passait en son palais et apprit ainsi que l'envoyé du roi Artus y festoyait joyeusement. Et comme elle n'était point sotte, elle se repentit aussitôt d'avoir négligé son hôte. Accompagnée de son sénéchal, elle vint à son tour vers Lancelot, qui commença par poser sur elle un regard indifférent, puis, devant sa mine contrite, lui souhaita la bienvenue et lui fit place à sa table.

— Sire chevalier, dit-elle, je vous prie de ne pas me tenir rancune et de me pardonner un accueil peu aimable.

Lancelot répondit qu'il n'avait point de rancune, n'ayant rien demandé à personne, car nul ne lui devait rien. Puis, sur les instances de la Dame, il consentit à loger en son palais jusqu'au lendemain.

Alors devait avoir lieu le fameux combat.

Délivrance de Nohant

Cependant, le lendemain, plus embarrassée que la Dame de Nohant aurait été dificile à trouver. Car si la façon d'agir de Lancelot lui semblait celle d'un chevalier, la venue au palais de Keu, le sénéchal, envoyé par le roi Artus, la troubla fort. Or, Lancelot fit aussitôt valoir, pour le combat, son droit de premier arrivé. Et la Dame de Nohant, se souvenant comment il l'avait traitée, la veille, en gentilhomme courtois, se sentait encline, malgré tout, à lui confier sa défense, mais elle savait la valeur de Keu et l'estime dans laquelle le tenait Artus, et elle avait grand besoin de son seigneur. Alors, lequel choisir ? se disait-elle. Elle ne trouva qu'une solution :

— Vous combattrez tous les deux, leur enjoignit-elle.

Pourtant, quand à l'heure convenue, elle vit les deux chevaliers en selle, dans le lieu choisi pour la bataille, et qu'elle constata que les seules armes de Lancelot étaient une lance et un écu, elle regretta amèrement sa décision.

— Je ne puis ceindre l'épée, lui expliqua Lancelot, qu'après en avoir reçu l'ordre de quelqu'un.

Mon Dieu ! que va-t-il arriver ? songeait la Dame avec grande appréhension, tout en suivant des yeux les quatre combattants, après que le signal eut été donné. Elle les vit ainsi charger deux contre deux, aussi vite que leurs chevaux purent aller. Et puis... en dépit de tout ce qu'on aurait pu croire, Keu et son adversaire perdirent leurs étriers et roulèrent à terre. Alors que Lancelot triomphait avec aisance, relevait Keu le sénéchal, qui ne daigna point le remercier, et, par un coup de masse adroitement appliqué, finissait par réduire son propre adversaire à l'impuissance.

— Regardez, sire Keu ! cria-t-il tout joyeux. Maintenant, je vais m'occuper de votre rival.

— Certes non, répondit Keu, si fort humilié qu'il assena un coup terrible à son adversaire, pour qui ce fut un coup fatal.

Sur ce, voyant ses deux hommes vaincus, le roi de Northumberland s'empressa de demander la paix. Et la Dame de Nohant vint séparer les combattants.

Puis Messire Keu repartit pour Carduel, où il conta tout ce qui s'était passé à Nohant. Quand la reine sut que le nouveau chevalier avait voulu combattre sans épée, elle s'empressa d'en choisir une très bonne, claire et gravée de lettres, à pommeau d'or, qu'elle lui envoya par un valet.

On aurait cherché bien loin un homme aussi heureux que Lancelot, le jour qu'il la reçut. Il se mit à rire et à chanter, comme s'il n'avait plus tout à fait sa raison.

Troublée et surprise par l'attitude de Lancelot, la Dame de Nohant, aux yeux de qui il était désormais le plus parfait chevalier qui fût, tenta de le retenir en son palais, allant même jusqu'à lui offrir sa terre...

Mais Lancelot n'en fut aucunement touché et partit comme il l'avait prévu.

Les trois écus

Il cheminait depuis un certain temps déjà, quand du sommet d'une petite colline, il aperçut un grand feu qui brûlait au loin. Les flammes excitèrent sa curiosité et l'amenèrent à se diriger de leur côté. Il arriva ainsi à l'entrée d'un village où se dressait un énorme bûcher. C'était assez étrange.

La première personne qui passait, il l'aborda aussitôt pour lui demander des explications, mais celle-ci s'offrit d'abord à le conduire chez elle pour y passer la nuit, disant qu'elle était munie de tout ce qui convenait aux chevaliers errants. Lancelot la suivit donc et trouva, en effet, le meilleur accueil qui pût être.

Après avoir revêtu une fort belle robe, il fut conduit dans la salle par la jeune fille de la maison. Or, une damoiselle magnifiquement parée s'y trouvait déjà et, à la lueur des cierges qui illuminaient la pièce, Lancelot reconnut Saraide, qu'il n'avait pas revue depuis son départ du Lac.

Tout heureux, il vint la saluer, et lui demander des nouvelles de la Dame du Lac. Saraide le rassura, puis, sans quitter Lancelot des yeux, l'attira à part.

— C'est elle qui m'envoie vous dire que demain, vous connaîtrez votre nom et celui de votre père et de votre mère, dit-elle tout bas.

— Mon nom ? fit Lancelot en sursautant.

— Au-dessus du village s'élève un fier et orgueilleux château qu'on appelle « La Douloureuse Garde » parce que nul chevalier errant ne s'y est jamais présenté qu'il n'y ait été brûlé, retenu, torturé ou pris, poursuivait Saraide qui demanda : — Avez-vous remarqué le brasier ?

— Bien sûr, répondit Lancelot, et je voudrais bien savoir à quoi il sert.

— Il brûle chaque nuit pour attirer les chevaliers, car les gens du village espèrent qu'un jour viendra celui qui mettra fin à l'aventure et les délivrera. Mais sachez que la forteresse a deux murailles, chacune percée d'une porte que défendent dix chevaliers, et pour réussir, il vous faudra les vaincre tous.

Lancelot hocha la tête.

— Voilà trois écus, dit encore Saraide, et elle lui montra trois écus pendus au mur. Tous sont peints d'argent, l'un a une bande vermeille, l'autre deux bandes, le troisième en a trois. Que je vous donne l'explication : le premier ajoute la force d'un homme à celle de qui le porte ; le second, la force de deux hommes ; le troisième à triple bande, celle de trois hommes. Croyez-moi, vous en aurez besoin demain. Et rappelez-vous encore ceci : vous ne devez apprendre votre nom à personne avant que vos exploits vous aient fait connaître en plusieurs contrées.

Lancelot s'inclina ; il se sentait très ému.

Dès le lever du soleil, Lancelot se fit donc armer. Lorsque le jour prit la place de l'aube, il parvenait devant la porte de la fameuse forteresse. Vous vous doutez que son cœur battait.

Un chevalier parut bientôt sur la muraille.

— Que demandez-vous ? fit-il.

— Qu'on ouvre le château, répondit Lancelot.

— Ah ! Messire, puissiez-vous mener à bien cette aventure, car notre épreuve n'a que trop duré. Mais il nous est impossible d'agir autrement, nous nous devons d'être loyaux et de tenir nos serments.

Cependant, le pont-levis s'abaissa, et Lancelot vit dix chevaliers franchir la porte un par un, suivis chacun de son destrier qu'un écuyer tenait par la bride. Comment ne pas se souvenir des paroles de Saraide ? Lancelot ne détachait pas ses yeux de ces dix hommes qui, lorsqu'ils furent montés à cheval, se rangèrent au bas d'un tertre. Puis, à la vitesse d'un oiseau, ils s'élancèrent sur lui.

Plus brave que Lancelot et plus rude que ces chevaliers n'existait pas. Mais quelle bataille ! Tous roulèrent dans la poussière. Les cuirasses se heurtèrent, les lances étincelèrent. Lancelot se démenait vaillamment, bien que blessé, et grâce aux deux écus à bandes vermeilles qui lui décuplèrent ses forces, il parvint à éliminer sept de ses adversaires. Les trois qui restaient, assez mal en point, et le heaume faussé, luttèrent encore, puis tendirent leurs épées pour se constituer prisonniers. Ils jugeaient le combat inutile.

Et la porte du château s'ouvrit alors à grand fracas. Lancelot gravit rapidement le tertre. Il était si heureux qu'il fredonnait quand il passa le seuil du château, mais là, il se trouva devant une seconde muraille et une seconde porte gardée par dix chevaliers.

— Ah ! fit-il en soupirant, il faut donc recommencer à se battre.

À ce moment, il s'entendit appeler, se retourna et vit Saraide à ses côtés. Aussi vite qu'elle le put, elle lui délaça son heaume, qui était tout bosselé et fendu, et lui en ajusta un autre, puis elle lui passa au cou les courroies de l'écu à trois bandes.

— Peut-être vous sera-t-il nécessaire, lui souffla-t-elle.

— Voulez-vous donc que je sois vainqueur sans mettre ma bravoure à l'épreuve ? riposta Lancelot rageur.

Mais Saraide se garda bien de répondre et fit signe à un valet de hisser Lancelot sur un destrier frais et de lui mettre dans la main une grosse lance au fer tranchant.

— Je veux maintenant vous voir jouter, mon doux ami, dit-elle, car je sais avec quelle aisance vous vous servez de l'épée. Mais auparavant, regardez donc au-dessus de la seconde porte...

Lancelot aperçut alors la statue en cuivre d'un chevalier tout armé et monté qui tenait en main une hache.

— Qu'est-ce donc ? fit-il en ouvrant des yeux immenses.

— Cette statue est enchantée, dit Saraide, si vous êtes le futur conquérant du château, dans une seconde elle va tomber...

Et aussitôt, en effet, la statue oscilla, puis croula sur le sol avec un bruit infernal, entraînant dans sa chute ceux qui étaient alignés au-dessous d'elle. La situation parut à Lancelot curieuse, sans plus, et il ne s'écoula pas une seconde qu'il baissait sa lance, piquait des deux et fondait comme une tempête sur les chevaliers, lesquels, pris de panique, se demandant s'il s'agissait d'un diable ou d'un homme, s'enfuirent à toutes jambes.

Alors la deuxième porte s'ouvrit devant Lancelot, le blanc chevalier.

La tombe de Lancelot

Il vit bientôt venir à sa rencontre une foule de dames, de damoiselles et de bourgeois, qui manifestaient une grande joie. Ils parlaient tous à la fois en riant, racontant que Brandus des Îles, le méchant seigneur de la Douloureuse Garde, venait de s'enfuir au galop de son cheval. Ah ! qu'ils en étaient heureux.

— Ai-je encore quelque chose à faire pour terminer l'aventure ? demanda Lancelot.

Sans répondre, ils lui prirent la main et le menèrent non loin de là, dans un cimetière. Lancelot, étonné, regardait la crête du mur d'enceinte parsemée de heaumes, et sous chacun d'eux, il y avait une tombe qui portait une inscription : « Ci-gît Un Tel... » Mais ces tombes n'étaient pas seules pour donner un aspect singulier au cimetière ; sur d'autres tombes, on pouvait lire : « Ici sera enterré Un Tel », et c'était le nom d'un chevalier bien vivant au royaume de Bretagne ou d'ailleurs. Lancelot fit quelques réflexions auxquelles il ne lui fut pas répondu, car on l'entraînait déjà au milieu du cimetière. Jugez de sa stupéfaction, quand il vit une grande lame de métal merveilleusement ornée d'or et de pierreries et sur laquelle étaient gravés ces mots en lettres d'azur :

« Cette tombe ne sera levée par main d'homme, sinon de celui qui conquerra la Douloureuse Garde. »

Brandus des Îles avait souvent tenté par force ou par engin de desceller cette lame, mais en vain, apprit-on à Lancelot, qui, appuyant presque machinalement sa main sur un des côtés de la tombe, la souleva le plus aisément du monde. Alors, il aperçut d'autres lettres qui disaient : « Ici sera enterré Lancelot du Lac, fils du roi Ban de Bénoïc. »

C'est ainsi qu'il apprit son nom. Aussitôt, il laissa retomber la lame, mais Saraide, qui était à son côté, avait lu en même temps que lui.

En sortant du cimetière, on le mena dans un palais petit, mais très riche, qui avait été celui de Brandus des Îles. Et là, il fut désarmé et ses blessures soignées par de bons mires[1].

Cependant, les gens du château soupiraient, en se demandant s'il consentirait à demeurer quarante jours parmi eux : c'était le délai exigé pour que cessent les enchantements qui, nuit et jour, les tourmentaient ; devenus la proie de terreurs mystérieuses, nul d'entre eux ne connaissait toute une heure en paix.

Fin cœur ne peut mentir

Or, un valet[2], frère d'un chevalier de la Table ronde, avait assisté à la prise de la Douloureuse Garde. Pensant à la joie qu'en aurait le roi Artus, il prit un bon cheval et partit pour Carduel. Deux jours plus tard, il se présentait au palais.

— Roi Artus, Dieu te sauve ! Si tu savais la nouvelle que je t'apporte...

— Dis-la vite, bel ami...

— La Douloureuse Garde est conquise, j'ai vu un chevalier passer par les deux portes grâce à sa bravoure et à ses armes.

— Est-ce bien vrai ?

1. Médecins.
2. Jeune écuyer, au service d'un seigneur.

— Sire, pendez-moi si je mens !

Là-dessus entra Aiglain, chevalier de la Table ronde et frère du valet qu'il salua.

— Si c'est votre frère, Aiglain, dit alors le roi, il faut donc le croire : « fin cœur ne peut mentir ». Quelles armes portait ce chevalier ?

— Blanches, sire, comme son cheval. Il est capable de mettre à merci, à lui tout seul, plus d'hommes qu'on ne pourrait l'imaginer.

— C'est probablement le nouveau chevalier que j'ai adoubé à la Saint-Jean, fit le roi soudain pensif.

Et il prit la décision d'aller lui-même à la Douloureuse Garde, avec la reine et ses damoiselles, sans oublier Keu, le sénéchal. Ce nouveau chevalier l'intriguait.

Départ de la Douloureuse Garde

Quatre jours plus tard, il arrivait au château, avec sa suite.

— Qui êtes-vous ? demandèrent les guetteurs.

— Je suis le roi Artus.

— Et qui est cette dame ?

— C'est la reine Guenièvre.

— Sire, pour vous et pour la reine, je ferai ce que je dois, répondit le guetteur.

Et il envoya un valet prévenir le nouveau seigneur du château de l'arrivée du roi, qui se tenait présentement devant la porte. Lancelot sauta sur un cheval pour aller à la rencontre des souverains de Bretagne. La porte ouverte, il se trouva, soudain, face à face avec la reine. Il tressaillit, puis fixa son regard sur elle, comme s'il se fût senti sous le coup d'un choc et, s'abandonnant au sentiment de la beauté que lui inspirait la reine, il fit reculer son cheval presque sous la voûte sans même s'en apercevoir. Le guetteur, ne comprenant pas son manège, crut opportun de baisser la grille armée de pointes et de fermer ainsi la porte. Et Lancelot demeura là, oubliant où il se trouvait, n'entendant rien, regardant seulement à travers la grille la belle reine Guenièvre.

— Messire, s'écria alors Keu très en colère, vous agissez comme un mal élevé !

Et comme Lancelot regardait toujours la reine et ne répondait pas, Saraide le tira par le pan de son manteau pour le ramener au sens des réalités. Lancelot sursauta alors violemment, et demanda ce que désirait Messire Keu.

— Je dis que vous offensez notre roi et notre reine en leur fermant la porte au nez, riposta Keu, et moi, en ne me répondant pas.

À ces mots, Lancelot pâlit. Très vite, il tira son épée et cria au guetteur en jurant :

— Ne t'ai-je point ordonné de laisser entrer Madame la reine ?

— Messire, jamais vous ne m'avez dit pareille chose.

— Allons ! Ouvre et ne t'avise plus de fermer cette porte.

Puis il se sauva au galop vers le château. Artus et sa suite passèrent donc les deux enceintes et pénétrèrent dans les cours. Là, ils écarquillèrent les yeux, car toutes les fenêtres étaient garnies de dames, de damoiselles, de chevaliers et autres gens, qui pleuraient à chaudes larmes.

— Quelle joyeuse compagnie ! s'écria Artus au comble de la stupéfaction. Va-t-on enfin m'expliquer ce qui se passe...

— Sire, dit la reine, je crois qu'ici, il n'y a que des gens qui souffrent. Espérons cependant...

Mais avant qu'elle eût achevé sa phrase, Lancelot, tout armé, le heaume en tête, traversait la cour sur son destrier, si honteux qu'il était résolu à s'éloigner à jamais du château. En le voyant partir, tous ceux qui, silencieusement, pleuraient aux fenêtres se mirent à crier de toutes leurs forces :

— Roi ! Arrêtez-le ! Roi, arrêtez-le !...

— Que dites-vous ? Que voulez-vous ? fit Artus, de plus en plus ahuri et qui n'avait jamais vu pareille chose.

— C'est par lui seul que peuvent être défaits les enchantements du château, lui fut-il répondu.

Mais quand le roi se retourna, Lancelot était déjà sorti de la Douloureuse Garde et s'éloignait au galop de son cheval vers la vaste forêt. Cependant, Saraide s'était approchée de la reine pour lui confier :

— Ce chevalier a nom Lancelot du Lac, fils du roi Ban de Bénoïc. Dame, il faudra vous en souvenir...

Retour à la Douloureuse Garde

Lancelot passa la nuit à la belle étoile, rêvant à la reine Guenièvre, qu'il aimait plus que tout au monde. Et il en rêvait encore au matin quand il reprit sa course errante, se reprochant de l'avoir offensée, se demandant comment et quand il pourrait la revoir. Ah ! si seulement cette maudite porte était demeurée ouverte... mais le présent n'a aucune force sur le passé.

Soudain, le bruit de sabots galopant à toute vitesse l'arrêta.

— Messire, si vous saviez ce qui se passe ! lui cria un valet.

— Et quoi donc ?

— Madame la reine est en prison à la Douloureuse Garde. Les gens du château jurent qu'elle y demeurera jusqu'à ce que le chevalier qui conquit le château ait défait les enchantements. Aussi, Madame la reine a-t-elle dépêché des messagers par tout le pays pour le chercher…

— La reine en prison, rugit Lancelot… Allons vite lui dire que le chevalier qui conquit le château sera ce soir auprès d'elle…

— Sire, serait-ce vous qui…

— Peut-être… Peut-être…

Et tous deux prirent le chemin de la Douloureuse Garde, laissant derrière eux un nuage de poussière.

Le soleil descendait à l'horizon et les ombres du soir teintaient la forteresse quand ils y entrèrent, épuisés. Cependant, Lancelot commanda qu'on le mène chez la reine.

— Messire, suivez-moi, lui dit le valet.

Dans son agitation, Lancelot ne prit garde où on le conduisait, à travers cours et couloirs. Une lourde grille s'ouvrit et le valet, tout en s'effaçant pour laisser entrer Lancelot, le pria d'allumer les cierges, car on n'y voyait goutte. Et tandis qu'il s'apprêtait à donner de la lumière, la porte brusquement se referma derrière lui. Eh ! oui, le voilà qui était bel et bien prisonnier dans un cachot.

Lancelot demeura quelques instants interdit. Puis il pensa qu'il n'en sortirait pas facilement. Mais comme il était de ceux qui ne craignent pas le danger, il attendit le jour, l'esprit toujours occupé de sa dame. Or, le jour lui apporta une surprise en la personne d'une vieille femme, qui lui dit à travers les barreaux :

— Sire chevalier, vous le voyez, vous êtes prisonnier. Sachez que vous ne serez point libéré avant d'avoir juré que vous ferez tomber les enchantements de ce château.

— Madame la reine est-elle en liberté ? demanda Lancelot.

— Il y a longtemps qu'elle est partie d'ici : ce qu'on vous a dit était un piège destiné à vous attirer en ce lieu. Mais jurez de mettre les gens de ce château en joie.

Il en fit le serment sur les reliques des saints qu'on lui apporta derrière la grille. Alors, on lui permit de sortir pour se rendre dans la salle où il lui fut servi un fort bon repas auquel il fit largement honneur, car il n'avait rien mangé depuis la veille. Ensuite, on l'informa qu'il avait le choix entre demeurer quarante jours dans le château, ou aller chercher les clefs des enchantements.

Lancelot n'eut pas une seconde d'hésitation :

— Je vais aller quérir ces fameuses clefs, dit-il, mais aidez-moi, car j'ai affaire ailleurs où l'on m'attend.

Immédiatement, lui furent apportées ses blanches armes ; puis on lui indiqua l'entrée d'un souterrain, située dans un cimetière. Après s'être signé, Lancelot, l'épée nue à la main, et l'écu devant lui, y pénétra.

Les clefs des enchantements

Une terrible et troublante lueur le guida. Soudain, il entendit un sifflement ; alors il leva son épée mais sans s'arrêter, car il lui sembla que tout vacillait, et que le souterrain menaçait de s'effondrer sur lui ; une seconde, pourtant, il dut s'appuyer au mur pour reprendre haleine, puis il continua lentement d'avancer. Il vit enfin une ouverture où deux hommes d'armes en cuivre tenaient une épée avec laquelle ils faisaient des moulinets si serrés qu'une mouche n'eût pu passer. Déjà, Lancelot, son écu sur la tête, s'élançait, mais l'épée, tombant comme la foudre, le blessa à l'épaule. Néanmoins, sans pâlir, il poursuivit sa marche.

Bientôt, son regard se posa sur un puits d'où sortait une affreuse puanteur qui le fit souffrir cruellement, et enfin sur une demoiselle de cuivre dans la main droite de laquelle se trouvaient les clefs des enchantements. Près d'elle, sur un pilier, des mots étaient gravés : « La grosse clef me déferme, la menue déferme le coffre périlleux. »

Avec la grosse clef, Lancelot ouvrit alors le pilier, et découvrit effectivement un coffret d'où trente voix rauques et discordantes se firent entendre par trente tuyaux : celles-là mêmes qui étaient cause des enchantements et des douleurs du château.

Lancelot, assourdi, épouvanté, resta un instant comme étourdi. Quand il se retourna, le puits, le pilier, la femme et les hommes d'armes en cuivre n'existaient plus, non plus que le cimetière, qui était devenu un beau verger où chantaient les oiseaux.

Déjà, les habitants délivrés lui faisaient fête, plus joyeux qu'on ne saurait dire. Ils décidèrent que la Douloureuse Garde serait nommée la Joyeuse Garde.

Lancelot, lui, n'avait qu'une envie : partir pour Carduel rejoindre Artus et la belle reine Guenièvre. Il faussa donc compagnie aux braves gens qui le voulaient encore remercier, sauta sur son cheval et fonça.

Le tournoi de Galore

En cours de route, Lancelot apprit que Galehaut, un très grand et fort chevalier de la lignée des Géants, seigneur des Îles lointaines, avait maille à partir avec le roi Artus. Galehaut ne manquait ni de bravoure, ni de loyauté, ni de sagesse, mais il avait une idée en tête : conquérir trente royaumes. Et pour ce, il guerroyait.

Lancelot calcula où devait être l'armée d'Artus et s'y rendit au plus tôt. Quand il arriva, il vit les chevaliers rangés des deux côtés d'une rivière, prêts à combattre. Un grand tournoi allait donc avoir lieu. Pour que la reine, ses dames et ses damoiselles puissent assister au spectacle, une loge avait été aménagée et, à l'heure dite, Artus vint les rejoindre, ni lui ni Galehaut ne devant prendre part au combat.

Vous pensez bien que lorsque Lancelot aperçut Guenièvre, il tomba en extase. Cependant, le tournoi avait commencé. Ce fut bientôt le tour de Lancelot. Il entendit, au loin, qu'on l'appelait, mais sans entendre vraiment, rêvant toujours à la reine, se demandant si elle le voyait. Que ses yeux lui paraissaient immenses et bleus, et vermeilles les couleurs de son visage !

Pour qu'il revînt aux réalités, il fallut tout à coup une motte de terre adroitement lancée sur son heaume. Alors il brocha des éperons, baissa sa lance et, bien qu'il eût oublié son écu, s'élança contre son adversaire. Une bravoure et une force incroyables semblaient le soutenir et lui permettre mille prouesses. Jamais, au grand jamais, on n'avait vu pareil chevalier. Pourtant, quand la nuit tomba, il disparut dans la forêt que seule la lune éclairait.

Il revint le lendemain. L'air pensif, il resta comme la veille au bord de la rivière, appuyé sur sa lance, à contempler la loge de la reine. Celle-ci finit par s'en rendre compte et le dit à une de ses dames, qui lui suggéra de demander à ce singulier chevalier de combattre pour l'amour d'elle.

La reine refusa, disant qu'elle ne le pouvait quand le roi, comme c'était le cas, engageait sa terre et son honneur. Mais pourquoi ne combattrait-il pas pour toutes les dames de la maison du roi Artus, la reine exceptée ?

La proposition fut acceptée d'emblée et Gauvain ajouta qu'il lui faisait envoyer deux lances de sa part par l'un de ses écuyers... Sachez que Messire Gauvain, trop blessé au tournoi de la veille pour combattre, s'était fait transporter dans la loge de la reine.

Un messager fut donc dépêché auprès de Lancelot qui accepta les armes, puis, ayant ajusté ses étrivières, courut vers la prairie où se déroulait le tournoi. Dédaignant les jeunes chevaliers qui n'avaient que peu d'expérience, il fonça au milieu d'un groupe de gens d'armes chevronnés. Dans son élan, il en renversa quelques-uns et sa lance se trouva tronçonnée. Alors, tranquillement, il s'en fut prendre la seconde lance que lui apportait l'écuyer, et plein d'une surprenante adresse, recommença à combattre jusqu'à ce qu'il ne pût se servir de son arme ; il fit de même avec la troisième lance, la sienne. Puis il retourna au bord de la rivière, son armure scintillant au soleil. Victorieux, mais paraissant l'oublier, souriant vaguement à tout le monde, son regard se tourna vers la loge et il recommença à rêver. Gauvain en fut si émerveillé qu'il dit à la reine :

— Dame, demandez-lui maintenant de combattre pour le royaume de Logres et l'honneur de monseigneur le roi, et qu'il combatte aussi pour l'amour de vous, vous lui procurerez ensuite honneur et joie, selon votre pouvoir. Quant à moi, je suis disposé à lui envoyer dix bonnes lances et mes trois meilleurs chevaux couverts de mes armes. S'il veut, il n'en sera point embarrassé.

— Beau neveu, répondit Guenièvre, priez en mon nom ce qu'il vous plaira.

Messire Gauvain fit donc parvenir la demande de la reine à Lancelot. S'il le voulait ? C'était comme si Dieu Lui-même le lui demandait. Les yeux brillants, il dit aux écuyers de le suivre, choisit la plus forte des lances et s'en fut à l'endroit où les gens de Cornouailles combattaient ceux de Beaudémagu de Gorre. Là, il commença de faire voler tout ce qu'il heurtait, arrachant les heaumes, trouant les écus, et accomplissant tant d'exploits que le sénéchal Keu, et d'autres chevaliers de la Table ronde, arrivés à la rescousse, en demeuraient sans voix. Si les gens du roi Artus furent ébahis, que dire de ceux de Galehaut, qui ne pouvaient répondre coup pour coup alors qu'il passait à travers leurs rangs droit comme un carreau d'arbalète ! Quant à Galehaut lui-même, tout étonné de voir ses hommes reculer, alors qu'ils étaient numériquement supérieurs à ceux d'Artus, il résolut de ne plus perdre de vue un tel chevalier et l'observa jusqu'à la fin du jour. Quand le soleil se coucha et que l'ombre fraîche des arbres enveloppa la prairie, les combattants se séparèrent. Lancelot partit à son tour, tentant de regagner discrètement la forêt, ainsi qu'il l'avait fait la veille, mais Galehaut le guettait et lui emboîta le pas.

La promesse de Galehaut

Comme il s'y attendait, Lancelot ne répondit que très froidement à son salut, lorsqu'il le rejoignit, au bout d'un grand pré. Comme il tentait d'engager la conversation, Lancelot demanda :

— Mais qui êtes-vous ?

— Galehaut, le fils de la géante, sire de tous ces soldats contre lesquels vous vous êtes battus aujourd'hui pour l'honneur du royaume de Logres.

Puis, se tournant vers Lancelot, il ajouta en souriant :

— Me feriez-vous le plaisir de venir loger cette nuit chez moi ? Je me demande quelle peut être votre tente ?

— Quoi ? s'écria Lancelot. Vous, l'ennemi du roi Artus...

— Ah ! sire, j'ai jugé que vous étiez le meilleur chevalier du monde et je suis prêt à faire n'importe quoi et plus encore pour vous...

Lancelot s'arrêta et réfléchit un instant.

— Sire, dit-il en regardant Galehaut droit dans les yeux, vous avez bonne réputation. Vous devez donc ne rien promettre que vous ne puissiez tenir.

— Certes, fit Galehaut, surpris.

— Eh bien, m'accorderez-vous la faveur que je vous demanderai, quelle qu'elle soit ?

— J'en fais le serment.

Alors, ils partirent tous deux comme des amis, vers la tente de Galehaut. Celui-ci, après avoir fait désarmer Lancelot, lui donna une très belle robe. Puis quand ils se furent restaurés, il fit préparer dans sa propre chambre quatre lits dont un tout orné et très riche : ce fut là que dormit Lancelot, tandis que trois sergents couchaient pour l'honorer dans les autres.

Au matin, Lancelot lui rappela la faveur promise.

— Beau doux ami, dit Galehaut, demandez-moi ce que vous voulez !

Le visage de Lancelot rosit légèrement :

— Sire, fit-il gravement, je vous réclame la paix avec le roi Artus. Remettez-vous entre ses mains.

Galehaut ne s'attendait pas à cela, mais il ne pouvait se dédire de la promesse qu'il avait faite.

— Bien, dit-il... Et puis, j'ai tant guerroyé qu'il est temps de me reposer.

Vêtu de ses plus beaux habits, il se rendit donc à cheval, suivi de ses ducs et de ses comtes, vers la tente du roi Artus ; et du plus loin qu'il vit le roi, il descendit de cheval, mit le genou en terre et dit d'une voix sonore :

— Sire, je viens vous faire droit. Je me repens du mal que j'ai pu vous causer et me remets à votre merci.

En entendant cela, le roi Artus, tout joyeux, s'empressa de relever Galehaut et de lui donner l'accolade. Et ils redevinrent ce qu'ils avaient été, c'est-à-dire les meilleurs amis du monde.

Cependant, Galehaut s'en retourna chez lui pour avoir des nouvelles de Lancelot. Les sergents lui apprirent que toute la nuit, le chevalier avait soupiré : « Ah ! que puis-je faire ? » En effet, Galehaut trouva à son hôte une mine mélancolique. Était-ce la fatigue après un aussi beau tournoi ? Ou quelque chagrin ? Mais interrogé, Lancelot ne voulut rien répondre. De toute évidence, il n'était pas d'humeur à se confier et Galehaut en fut peiné, au point qu'il lui prit la main et demanda ce qu'il pourrait faire pour son ami.

— Grand merci, sire, répondit Lancelot. Vous n'avez déjà que trop fait pour moi en me recevant somptueusement. Je vous prie seulement de taire où je suis.

— Soyez donc assuré de ma discrétion et ce n'est point de moi qu'on le saura, dit Galehaut.

Galehaut ambassadeur

Cependant, à la cour du roi Artus, l'extraordinaire chevalier aux blanches armes intriguait tout le monde. Et voilà qu'il avait fait la paix entre Artus et Galehaut. Or, trouver une telle bravoure, surtout chez un homme si jeune, eût été déjà surprenant, mais trouver alliées à cette bravoure tant d'intelligence et de finesse pouvait paraître presque miraculeux. Et tous se demandaient quel pouvait bien être le nom de ce chevalier.

Pleins d'espoir, ils posèrent la question à Galehaut.

— Je l'ignore, répondit-il.

— Vous m'étonnez, fit Artus. Ce que je sais, c'est qu'il n'appartient pas à ma terre ; si je dis cela, c'est que les noms de tous mes preux me sont connus. Et pour avoir l'amitié de celui-là, que donnerais-je ? Peut-être la moitié de mon royaume...

Gauvain, qui aimait plaisanter, regretta de ne pas être la plus belle jeune fille du monde pour que ce chevalier jetât les yeux sur lui.

— Et vous, dame, demanda Galehaut à la reine, que donneriez-vous pour qu'un tel chevalier fût toujours à vos ordres ?

La reine se mit à rire et répondit qu'elle offrirait sans doute tout ce qu'une damoiselle peut offrir.

Puis la conversation dévia et la reine allait se retirer quand elle pria Galehaut de la reconduire jusque dans ses appartements.

Un peu à l'écart, elle lui dit :

— Est-ce que, par hasard, ce chevalier ne serait point de chez vous, messire Galehaut ? Si vous avez quelque amitié pour moi, faites que je le voie.

— Dame, je vous certifie qu'il n'est point mon homme lige.

— Je désirerais tellement le connaître. Et qui ne voudrait connaître un tel chevalier ! Messire Galehaut, il se peut que vous ne sachiez où il est... mais il se peut aussi que vous ne vouliez point le dire... Pourtant, si je vous le demandais...

— Je vous répondrais, dame, qu'il est peut-être en mon pays.

— Ah ! beau doux ami. Vite, qu'on aille le chercher. Qu'on chevauche jour et nuit...

Galehaut ne promit rien. Il se contenta, une fois chez lui, d'en parler à Lancelot qui continua à soupirer. Puis, estimant que cette situation ne pouvait plus durer, Galehaut lui conseilla fortement de voir la reine et Lancelot y consentit.

— Mais pas tout de suite, dit-il, bien qu'il n'eût que trop envie d'une telle rencontre.

Lancelot et Guenièvre

Il fallut donc attendre cinq jours, pendant lesquels Galehaut organisa l'entrevue. Guenièvre soupçonnait que le chevalier n'était pas aussi loin que l'on disait. Et elle pressait Galehaut.

Enfin, dans une prairie où la vue s'étendait par-dessus la vallée, elle vint au crépuscule, accompagnée de quelques dames. Puis, sous les arbres, elle prit place, assez loin des dames, un peu surprises de se voir ainsi mises à l'écart.

Enfin, arriva Lancelot, si beau qu'on n'eût point trouvé son pareil dans tout le pays et tremblant si fort qu'il put à peine mettre genou en terre. Il avait perdu toute couleur et baissait les yeux. Guenièvre le releva en lui tendant la main et le fit asseoir à côté d'elle.

— Messire, dit-elle en riant, voilà une rencontre à laquelle nous avons beaucoup rêvé. Par la grâce de Dieu et de Messire Galehaut, elle arrive enfin. Mais je suis inquiète : êtes-vous bien celui que je crois ? Si vous le vouliez bien, j'aimerais entendre par votre bouche le nom que vous portez.

Lancelot, qui n'osait pas encore la regarder, murmura un mot, mais si doucement qu'on ne pouvait le comprendre.

— Beau doux sire, reprit la reine, ne vous inspiré-je point confiance ? Voyons, qui vous a fait chevalier ?

— Dame, c'est vous-même.
— Que dites-vous ? Moi ?
Alors, Lancelot lui conta comment la Dame du Lac l'avait amené à la cour, escorté de son blanc cortège, et comment il avait été adoubé le lendemain, le jour de la Saint-Jean, mais le roi n'avait eu le temps de lui ceindre l'épée et c'était d'elle qu'il tenait la sienne. Et il lui fit encore le récit de toutes les aventures qui suivirent. Quand il eut fait mention de la Douloureuse Garde qu'il avait conquise, elle s'écria :
— Alors je sais votre nom : vous êtes Lancelot du Lac, fils du roi Ban de Bénoïc !
Lancelot inclina la tête en silence.
— Mais j'y pense, reprit-elle, vous avez accompli tout cela pour plaire à une dame. Cela ne peut être autrement. Par la foi que vous devez à votre reine, révélez-moi son nom.
Lancelot soupira :
— Dame, je suis donc contraint de vous l'avouer : c'est vous...
Guenièvre se sentit alors très émue. À cet instant arriva Messire Galehaut, trouvant que la nuit devenait noire et fraîche. Alors, devant lui, Guenièvre embrassa Lancelot en disant :
— Je suis votre amie et j'en ai grande joie. Mais n'ébruitez pas la chose...
Lancelot était si heureux qu'il ne put que répondre :
— Ah ! Dame, grand merci...
Puis la reine le prit par la main droite et ajouta :
— Galehaut, je vous donne pour toujours Lancelot du Lac, fils du roi Ban de Bénoïc.
Galehaut connut ainsi le nom du fameux chevalier, et il en fut ravi, car il savait que le roi Ban s'était toujours montré un parfait gentilhomme.

GALEHAUT, SIRE DES ÎLES LOINTAINES

LE temps avait passé. Avec Lancelot, Galehaut demeurait dans le Sorelois dont il était le seigneur. Tous deux aimaient ce beau pays, assez proche du royaume de Logres, couvert de bois sombres, grouillant de gibier et où rôdaient parfois quelques fauves. Ils se mettaient alors en route avec les chiens pour de longues parties de chasse.

Personne ne savait qui était le compagnon de Galehaut et ne semblait lui accorder de l'importance. Lancelot pouvait donc être bien tranquille, mais il pensait sans cesse à la reine Guenièvre dont il n'avait aucune nouvelle. C'était à cause de cet éloignement qu'il ne dormait plus, ne buvait et ne mangeait que peu, si bien qu'il en tomba malade.

— Beau doux compagnon, lui dit un jour Galehaut, qui s'inquiétait fort pour son ami, si vous pouviez voir Madame la reine, peut-être vous sentiriez-vous mieux...

— Sire, je crois que oui, répondit Lancelot. Mais comment serait-ce possible ?

Galehaut se contenta de pousser un soupir.

Ils étaient tous deux dans cet embarras quand ils virent arriver, un beau matin, un jeune homme à cheval. Lancelot le reconnut tout de suite. C'était Lionel, le fils aîné du roi Bohor de Gannes. Il venait de la part de la Dame du Lac, et Lancelot fit à son cousin un joyeux accueil. Pour la première fois depuis longtemps, des rires retentirent sous les arbres.

Mais au fur et à mesure que s'écoulaient les jours, Lancelot redevenait triste. Ce qui fit réfléchir Galehaut, dont l'imagination était vive. Ainsi, il eut l'idée de faire parvenir un message à la reine Guenièvre, l'informant de l'état dans lequel le manque de nouvelles mettait le chevalier aux blanches armes.

Et qui donc mieux que Lionel eût pu porter ce message ?

Lionel accepta d'emblée, en promettant la plus grande discrétion.

Alors qu'il avait déjà parcouru un long chemin, il rencontra, par hasard, Messire Gauvain. Il faut que vous sachiez qu'à la cour du roi Artus, l'absence de Lancelot surprenait et attristait tout le monde, si bien que vingt chevaliers, dont Gauvain et Keu, s'étaient mis en quête pour le retrouver.

Or Guenièvre, au moment où Gauvain était venu prendre congé d'elle, le retint à part.

— Beau neveu, fit-elle, je vous donnerai le moyen de retrouver celui que vous cherchez, si vous jurez sur votre foi de ne le révéler à personne.

Et quand il en eut fait le serment, elle lui dit :

— Il est chez Galehaut, sire des Îles lointaines, et il se nomme Lancelot du Lac.

Un beau matin, Gauvain arriva sur la terre du duc Escan de Cambenic. En passant près du château, il rencontra des gens qui allaient assister à un combat de justice entre deux champions. Soucieux de bien voir, il bouscula un peu les gens pour parvenir au premier rang. Un autre chevalier s'approcha avec la même hardiesse, quelqu'un lui dit de reculer, mais il était si attentif au spectacle qu'il n'entendit pas. Alors, son cheval fut saisi par la queue et tiré en arrière si rudement qu'il faillit tomber. Une dispute s'ensuivit et le chevalier, qui n'était autre que Lionel, parla de la terre de Galehaut d'où il sortait.

Gauvain dressa l'oreille et il lui vint à l'esprit qu'il pourrait l'interroger et savoir si Lancelot s'y trouvait toujours.

— Sire, qui êtes-vous donc ? fit Lionel après que Gauvain lui eut posé la question.

— Je suis Gauvain, le neveu du roi Artus.

Lionel, ayant promis de ne rien dire, tint parole, vous le pensez bien.

— Ne pourriez-vous m'apprendre au moins si le sire de Galehaut est en Sorelois ? demanda encore Gauvain.

— S'il s'y trouvait, vous n'iriez pas aisément, répondit Lionel, on ne pénètre dans ce pays que par deux ponts, défendus chacun par un chevalier. Voilà tout ce que je peux vous dire.

Et il s'éloigna sur sa monture. Gauvain, qui n'aimait rien tant que l'aventure, résolut de la tenter !

Le pont Norgallois

Le lendemain donc, il parut à l'entrée du pont de Norgallois, et très vite fut vainqueur de son gardien, le chevalier Béliman des Îles, et il pénétra dans le Sorelois. Seuls, avant lui, quatre chevaliers, dont le roi Artus, avaient passé par force. On inscrivit son nom à la suite des leurs sur une table de pierre et il prit la garde du pont car il était dit que le vainqueur devait assurer cette garde jusqu'à ce qu'il fût lui-même vaincu.

Le lendemain, se présentait un chevalier qui se mit en devoir de franchir le pont. Messire Gauvain, bien entendu, s'y opposa. Les deux chevaliers luttèrent farouchement, mirent en pièces leurs écus, leurs heaumes et leurs hauberts, mais cela ne les rendit que plus orgueilleux l'un envers l'autre et la bataille dura jusqu'à la nuit. Alors, ils se sentirent si fatigués, au point de ne plus pouvoir tenir leurs épées, qu'ils se reposèrent.

Messire Gauvain s'écarta un peu et essuya sa bonne épée Escalibor, tandis que l'autre chevalier redressait son heaume, puis tous deux se regardèrent.

— Sire, dit Gauvain, je vous prie de me dire votre nom, car j'ai rarement rencontré un chevalier aussi vaillant que vous.

— Sire, vous êtes si courageux que je vous l'apprendrai volontiers : Hector des Mares. Pourrais-je connaître à mon tour votre nom ?

Et quand Gauvain se fut présenté, sa renommée était telle que Hector des Mares jeta son écu à terre et s'agenouilla en le priant de lui pardonner. Gauvain le prit par la main, et le mena à la tour du pont où il inscrivit son nom, à la suite du sien, sur la table de pierre. Il prétendit qu'il s'était avoué vaincu en s'arrêtant le premier.

Le lendemain matin, ils prirent tous deux le chemin de l'Île perdue. Par des gens qui travaillaient la terre, ils apprirent que Galehaut y séjournait avec Lancelot. Et s'ils y eurent bon accueil, il ne faut point le demander ! Mais au bout d'une semaine, le sire des Îles lointaines et son ami dirent à leurs hôtes qu'il leur fallait rejoindre secrètement l'armée du roi Artus, car, par malheur, l'Écosse connaissait depuis peu l'invasion des Saines et des Irois.

— Que ferai-je ? se demandait Messire Gauvain. J'ai juré de ne revenir à la cour du roi Artus qu'en apportant de vraies nouvelles de Lancelot.

Galehaut, qui n'était pas à court d'idées, lui répondit qu'il en serait quitte pour n'y point retourner avant que la guerre fût terminée : alors, Lancelot se ferait connaître. Et les quatre chevaliers partirent en guerre sous des armes déguisées.

Siège de la Roche aux Saines

Pendant ce temps, Lionel était allé jusqu'à Carduel, où il avait rencontré Guenièvre, qui le reçut avec beaucoup de gentillesse quand elle sut qu'il était le cousin de Lancelot du Lac et qu'il lui apportait de sa part un message. Comme la bataille avec les Saines et les Irois s'annonçait déjà, elle le pria de dire à Lancelot de s'y rendre avec Galehaut, mais secrètement. Et, pour qu'elle pût reconnaître son ami, elle lui demanda de porter sur son heaume un morceau de soie vermeille, qu'elle remit au valet pour lui, et de prendre un écu à bande blanche. Lionel s'était aussitôt remis en route.

Faut-il dire que Lancelot portait effectivement le morceau de soie et l'écu lors de cette fameuse bataille ? Là se retrouvèrent Hector des Mares, Messire Gauvain et ses dix-neuf compagnons de quête, qui tous étaient venus secrètement au secours du roi Artus et, devant leur tente, leurs écus étaient placés à l'envers, ainsi qu'il avait été convenu. Messire Gauvain leur conta comment il avait mené sa quête à bien et ils résolurent de combattre avec Lancelot et ses amis, sans se faire connaître. Et dès le premier jour, ils chargèrent ensemble et accomplirent tant de prouesses que chacun en fut stupéfait. Naturellement, Saines et Irois furent rapidement chassés.

Qu'arriva-t-il ensuite ? Lancelot, tout joyeux et plus beau que jamais, eût été bien incapable de le dire car il ne songeait qu'à sa dame, dont il avait d'excellentes nouvelles, puisqu'elle logeait à quelque distance, dans un village, derrière l'armée du roi. Alors, Messire Gauvain dit au roi Artus :

— Sire, voyez Lancelot du Lac, que nous avons tant cherché.

Le roi s'empressa de le féliciter et de le serrer dans ses bras. Et comme la reine entrait à cet instant, il lui dit :

— Dame, sachez que ce chevalier qui, tel un lion montrant sa force et sa vitesse, a combattu nos ennemis, est Lancelot du Lac, fils du roi Ban de Bénoïc.

Et la reine sourit en faisant semblant d'être fort étonnée. Tous allèrent ensuite à table pour le repas. Et après qu'ils eurent mangé, le roi s'approcha de Galehaut et le pria de permettre que Lancelot fût désormais de sa maison et de la Table ronde.

— Ah ! sire, s'écria Galehaut, je ne saurais vivre sans lui ! Voulez-vous donc ma mort ?

Mais la reine, à son tour, lui demanda de consentir et Lancelot ne put se retenir de crier :

— Dame, je resterai auprès de monseigneur le roi !

— Puisqu'il en est ainsi, je vous l'octroie, dit tristement Galehaut.

Le roi le remercia et le pria de demeurer son ami. Puis il fit également asseoir Hector des Mares à la Table ronde. Les clercs furent appelés pour mettre par écrit tous les derniers faits d'armes et c'est par eux que nous connaissons la légende de Lancelot et du sire des Îles lointaines.

Les deux Guenièvre

Galehaut regagna son royaume où l'appelaient des affaires à régler. Bien que Lancelot eût préféré demeurer auprès de la reine, il accompagna son ami. Ils allèrent tranquillement, sans trop se presser, et ils parvinrent ainsi jusqu'aux Îles lointaines, où Galehaut invita son ami à séjourner quelque temps.

Or, à cette époque, il vint à la cour du roi Artus une belle et très élégante damoiselle, vêtue de riche drap de soie et d'or, accompagnée d'un chevalier tout vieux et tout chenu.

— Dieu sauve le roi et toute sa compagnie, dit-elle en arrivant au palais.

— Damoiselle, répondit Artus à ce salut, Dieu vous donne bonne aventure !

Et, aussitôt, sous les yeux intrigués de tous ceux qui entouraient le roi, le vieux chevalier remit à la damoiselle une boîte d'or, ornée de pierres précieuses, et celle-ci en tira des lettres qu'elle offrit au roi en disant :

— Sire, avant de lire ces missives, je vous prie de réunir tout de suite les gens de votre maison, car il y est traité d'une affaire fort grave. Il convient donc que tout le monde l'entende.

Le roi, surpris, fit donc quérir la reine, ses dames et ses damoiselles, les chevaliers et seigneurs présents au palais. Puis il remit les lettres à un de ses clercs en le priant de les lire. Vous pensez si tous tendaient l'oreille. Or, le clerc se taisait, ses yeux allant de la reine au roi et ses mains tremblaient. Que lui arrivait-il donc ?

Le roi s'avisa de confier ces lettres à un autre clerc, hélas ! sans plus de succès, car dès qu'il les eut parcourues, le clerc s'en alla en trébuchant.

Impatienté et très troublé, le roi demanda alors son chapelain. Saurait-il enfin ce qui se trouvait écrit sur ces fameuses missives ?

— Vous désirez vraiment le connaître, sire ? dit le chapelain en soupirant.

— Je vous ordonne de me le dire, répondit Artus.

Alors, le chapelain, d'une voix solennelle, apprit à l'assemblée atterrée qu'une autre Guenièvre se disait être la vraie reine et accusait celle qui était au côté d'Artus d'avoir traîtreusement usurpé sa place, lui ressemblant d'une façon extraordinaire.

Après un silence où l'on eût pu entendre voler une mouche, la damoiselle prit le vieux chevalier chenu par la main en déclarant :

— Sire, Madame la reine était en prison et elle en fut sauvée grâce à ce chevalier qui la délivra par ruse. Elle demande maintenant que vous la repreniez comme votre loyale épouse, faisant justice de celle qui la mit en péril de mort. Et si vous, ou tout autre, vouliez prétendre plus tard que la reine n'a pas été trahie, je suis prête à prouver le contraire, en votre cour ou ailleurs, par un chevalier loyal et vaillant.

Tant d'assurance laissa l'assemblée muette de stupeur. Cependant Artus se tourna vers Guenièvre, qui avait à peine pâli et qui déjà se remettait, se levant droite et fière. En même temps qu'elle, furent debout ducs et comtes, et Messire Gauvain prit la parole :

— Damoiselle, dit-il, est-ce vraiment notre reine que vous accusez ?

— C'est une fausse reine que voici, répondit la damoiselle, une fausse Guenièvre.

Gauvain lui dit alors d'une voix sans réplique que ce n'était pas possible. Et il ajouta qu'il était prêt à défendre Madame la reine contre n'importe quel chevalier et à jurer qu'elle était la légitime épouse du roi Artus.

— Qui êtes-vous, messire ? demanda la damoiselle.

Et quand Gauvain eut prononcé ce nom si célèbre et illustré par tant d'exploits, elle parut saisie de respect, puis elle demanda au vieux chevalier s'il était prêt à soutenir le droit contre Messire Gauvain.

Le vieillard s'agenouilla devant le roi et offrit son gage. Mais le voyant si âgé, Gauvain se détourna en haussant les épaules, tandis qu'Artus le relevait en lui tendant la main.

— Damoiselle, dit-il alors, vous comprendrez que je ne puis décider d'une chose si grave sans conseil de mes barons. Vous direz donc à votre dame que je diffère mon jugement jusqu'à la Chandeleur. Maintenant, si elle avance quoi que ce soit sans preuve, j'en tirerai vengeance. Quant à vous, madame, dit-il en se tournant vers la reine, préparez votre défense pour ce jour-là.

La reine inclina la tête.

— Sire, j'attends sans crainte le jugement de votre cour : je le dis et le répète, je suis innocente.

Galehaut au grand cœur

Le lendemain, Lionel partit de Carduel pour le Sorelois. Il avait plu toute la nuit de sorte que la terre était humide et molle sous les pieds du cheval et ralentissait son allure. Ce ne fut donc qu'au bout de plusieurs jours que Lionel put raconter à Lancelot ce qui s'était passé à la Cour et celui-ci n'eut plus qu'une idée en tête : défendre sa dame contre une telle accusation.

Galehaut envisageait la situation sous tous ses angles et découvrit que sous une apparente complexité, tout pouvait encore s'arranger. Ainsi, si le roi Artus répudiait la reine, Lancelot pourrait l'épouser. Et que mettrait Galehaut dans la corbeille des noces ? La meilleure terre qui soit, en Petite Bretagne, autrement dit celle qu'ils habitaient actuellement.

— Je gage, ajoutait-il, que le cœur de Madame est assez grand pour préférer être reine d'un petit royaume avec vous, que reine du monde entier sans votre présence.

Lancelot souriait, soupirait, rêvant à cela comme à un rêve impossible. Il fit observer qu'Artus avait juré qu'il la tuerait si elle était vraiment coupable. Et il disait :

— Non, elle ne mourra pas, car nous la défendrons de toutes nos forces et je vous supplie de joindre vos efforts aux miens, au nom de notre amitié.

Galehaut hochait la tête. Cette amitié ne lui avait-elle point coûté déjà l'espoir de conquérir trente royaumes ?

Cependant, cette nouvelle inattendue ne l'empêcha point de finir de régler ses affaires. Puis il se hâta de convoquer ses barons pour les informer que, désormais, il comptait vivre, avec Lancelot, à la cour du roi Artus.

Un soir, après avoir copieusement dîné, les barons élirent donc un nouveau roi : ce fut Beaudémagu, sire de la terre de Gorre, une des plus importantes de toute l'Angleterre.

Et, peu après Pâques, libéré de tout souci, Galehaut partit pour Carduel, avec Lancelot et leur suite, et toute la Cour leur fit fête.

Ce fut à ce moment qu'un valet vint expliquer au roi Artus comment, au cœur de l'immense forêt qui entourait Carduel, le plus grand sanglier qu'on eût jamais vu dévastait tout alentour et pourquoi personne n'osait attaquer un si redoutable animal dans sa bauge. Assemblés dans la grande salle, le roi et les chevaliers écoutèrent, fascinés, son récit animé. Et dès l'aube, le lendemain, ils se rendirent à cheval dans la forêt. Pouvaient-ils supposer que la damoiselle et son chevalier chenu leur avaient tendu une embuscade ?

Alors que la chasse se déroulait dans l'ordre accoutumé, tout à coup, au milieu du bois, Artus se vit environné d'hommes armés et emmené de force sur un palefroi sans qu'il eût le temps de pousser un cri. Au même moment, un valet sonnait avec le cor qui appartenait au roi et égarait ainsi chevaliers et veneurs, qui crurent à un appel de leur souverain. Ils coururent tout le jour à travers la vaste forêt, partageant leur temps entre chercher le sanglier et chercher le roi.

Or, le roi faisait un long parcours pour arriver très loin de Carduel, au château de l'Enchantement, en Carmélide. Et là, figurez-vous sa stupéfaction... La fausse Guenièvre, venue à sa rencontre, ressemblait tellement à la reine qu'il crut voir la reine elle-même. Cela n'avait rien d'étonnant, puisqu'elle était sa demi-sœur illégitime.

— Sire, dit-elle au roi, maintenant, je vous ai en ma prison et vous n'en sortirez jamais avant de m'avoir rendu mon droit.

Là-dessus, elle commanda qu'on servît à souper et il ne faut pas demander si le roi fut honoré. Mais il était si déconcerté, qu'il ne voulut presque pas toucher aux mets, jusqu'à ce que la dame lui eût offert un breuvage qu'elle-même avait préparé. Il en but et aussitôt, il devint aussi enjoué qu'il avait été mélancolique.

Alors la fausse Guenièvre pensa qu'elle aurait beaucoup à gagner si elle pouvait faire, grâce au philtre, que le roi l'aimât d'amour. Et elle y parvint, la coquine, si bien que le roi lui promit de la reconnaître pour reine, pourvu que les barons de Carmélide voulussent témoigner devant ceux de Bretagne qu'elle était la fille légitime de Léodagan. Ce qu'elle accepta volontiers, confiante dans le vieux chevalier chenu, qui portait tous ses efforts à persuader ceux du pays qu'elle était leur vraie dame.

Par ordre du roi, des messagers furent envoyés, les uns à Messire Gauvain, les autres aux chevaliers de Carmélide, pour convoquer les deux baronnages à Bedingran, le jour de l'Ascension. En attendant, le roi avait tout le royaume de Carmélide à explorer, un vaste et beau pays où il n'était pas revenu depuis son mariage. Et la fausse Guenièvre, qu'il traitait comme son épouse, fut bien honorée, les gens croyant vraiment qu'elle était leur reine.

La reine en jugement

Lorsque les deux baronnages furent assemblés à Bedingran, le roi Artus, tout en leur demandant conseil, leur dit sa conviction que celle qui avait vécu longtemps avec lui n'était pas son épouse et qu'elle méritait donc châtiment pour cette imposture. Du reste, ajouta-t-il, les gens de Carmélide partageaient son avis. Alors, Galehaut s'avança et, devant tout le monde, fit respectueusement remarquer au roi que personne ne pouvait faire pareille affirmation sans mentir.

Le roi répondit qu'il savait mieux que tout autre ce qu'il en était, ainsi que les chevaliers de Carmélide, quand il s'agissait de reconnaître la fille légitime du roi Léodagan. Puis il fit appeler la reine Guenièvre d'une part, de l'autre celle qui voulait se faire passer pour elle, et il dit aux barons de Carmélide de jurer qu'ils annonceraient la vérité.

Le vieux chevalier chenu s'agenouilla le premier et fit un faux serment. Tous les barons de Carmélide l'imitèrent et jurèrent que la reine n'était pas la fille légitime de Léodagan. Le roi Artus les approuva et ce fut la plus grande faute qu'il commit de sa vie. Il eût accepté de la voir brûler vive, tant la fausse Guenièvre, en lui faisant avaler des philtres et autres remèdes, avait fini par lui brouiller l'esprit.

Voyant cela, Gauvain se leva et déclara tout net qu'il quitterait pour toujours la maison du roi Artus, son oncle, et qu'il n'assisterait pas au jugement.

— Si vous vous dérobez, s'écria le roi en colère, je trouverai bien qui rendra le jugement et avant la nuit !

Et aussitôt, il commanda aux barons de Carmélide de rendre la sentence. Après en avoir délibéré, ceux-ci condamnèrent à mort la reine Guenièvre.

Alors, tous les chevaliers de la Table ronde se récrièrent. Keu, le sénéchal, parla avec violence et s'offrit pour combattre, au nom de la vraie reine, et prouver par les armes, contre n'importe qui, que le jugement était mauvais. Comme il prononçait ces mots, il y eut une bousculade, et Lancelot fendit la foule pour paraître devant le roi en laissant tomber son manteau.

— Sire, dit-il, j'ai été, par votre grâce, compagnon de la Table ronde, mais je m'en démets comme je me suis dévêtu de mon manteau. Ainsi puis-je protester en votre cour contre vous-même. Le jugement de la reine est faux, mauvais et déloyal. C'est moi qui le prouverai par les armes, et non vous, messire Keu, qui n'avez pas à soutenir le droit de Madame.

— Et pourquoi, sire ?

— Parce qu'un meilleur que vous le fera !

Et, en disant cela, ses yeux verts tout enflammés de colère lui donnaient une grande et majestueuse beauté. Il dit encore :

— Si ce n'est pas assez d'un chevalier, j'en combattrai deux, voire trois...

— Quelle folie ! dit Keu. Vous aurez assez à faire d'un chevalier !...

— Ne vous mêlez pas de cela, sire Keu, cria Lancelot, je vous l'ai déjà dit !

— Lancelot, fit alors le roi Artus très contrarié, je sais que vos prouesses sont célèbres, mais vous avez entrepris une chose fort grave en prétendant fausser mon jugement. Jamais jusqu'ici chevalier ne l'a osé. Comment laisserais-je un chevalier combattre contre trois en ma cour ?...

— Sire, s'écria Galehaut alarmé, ce n'est pas juste, en effet. Jamais, au royaume de Logres, bataille d'un contre trois n'a été acceptée.

Mais Lancelot jura qu'il en serait ainsi, pour la première fois.

Le combat de justice

Le lendemain, Messire Gauvain confia à Lancelot Escalibor, sa bonne épée.

Le roi Artus et la fausse Guenièvre étaient à une fenêtre et celle pour qui Lancelot combattait à une autre, sous la garde de Keu, accompagné de

Sagremor. Et toutes les maisons de la place étaient garnies de chevaliers et de bourgeois.

Lancelot parut bientôt sur un palefroi ; Lionel portait son écu et son heaume, un autre écuyer tenait ses lances et menait en main son destrier. Quand il vit les trois chevaliers de Carmélide, il se hâta de se mettre en selle et de prendre ses armes.

— Messire Gauvain, dit-il, vite que sonne le cor...

Aussitôt retentit le signal. Et la bataille commença. Je n'ai pas besoin de vous dire quelle fut la fougue de Lancelot, qui tua le premier chevalier. Mais qu'allait-il arriver avec le deuxième ? Lancelot s'avança et lui porta un tel coup qu'il l'enleva hors de la selle. Voyant qu'il n'osait remonter sur son destrier, il lui cria :

— N'ayez crainte, sire chevalier, jamais on ne me reprochera d'avoir engagé la lutte à cheval avec un homme à pied.

Et il sauta à terre, ôta son écu, mit l'épée à la main, et courut sus à son adversaire, qui bientôt demanda grâce.

Quant au troisième chevalier de Carmélide, qui avait vu que Lancelot semblait invulnérable, il s'était dit qu'en tuant son cheval, il en tirerait grand avantage ; il détourna donc sa lance et en donna un coup mortel au destrier. Or, son calcul se révéla mauvais, car Lancelot le frappa si adroitement de sa lance qu'il tomba à terre et ainsi blessé ne put se relever.

— Dame, dit alors le roi Artus à la reine Guenièvre qui se leva devant lui, vous êtes maintenant quitte et reconnue innocente.

Et les barons de Carmélide eurent honte de se voir ainsi convaincus de faux jugements.

Cependant, la reine Guenièvre, après le combat, s'était retirée en Sorelois où Galehaut, avec la permission du roi, lui avait offert asile. À sa question : que devenait la fausse Guenièvre ? Galehaut lui apprit tout joyeux une nouvelle qui acheva de la justifier : la fausse Guenièvre, se sentant perdue sans retour en mourut, en avouant son mensonge, ayant enfin le courage de reconnaître sa faute.

Si la reine en fut très contente, Lancelot ne le fut qu'à moitié, car il songea qu'il n'aurait plus désormais la compagnie de sa dame autant qu'il venait de l'avoir. Et Galehaut se sentit mélancolique en songeant que, sans doute, Lancelot le quitterait pour suivre la reine.

En effet, peu de temps après, le roi envoya chercher la reine par une délégation de barons, évêques, clercs et prélats. Mais elle leur dit qu'elle n'avait que faire de tant d'honneurs et qu'elle ne voulait plus retourner à Carduel.

Barons, clecs et prélats lui démontrèrent qu'étant mariée au roi Artus, elle ne pouvait se dérober à son devoir... Si bien qu'elle finit par consentir à se mettre en route en leur compagnie pour le royaume de Logres. Le roi s'efforça de son mieux à lui être agréable et à lui faire oublier ces mauvais moments. Son cœur était généreux et elle sut pardonner.

Un jour que le temps était beau, le ciel dégagé de tout nuage, au cours d'une promenade, le roi lui demanda d'intervenir auprès de Lancelot pour qu'il consente à s'asseoir de nouveau à la Table ronde.

— Sire, je veux bien, dit-elle, mais auparavant, veuillez vous-même prier Lancelot devant votre cour. S'il refuse, alors je me jetterai à ses pieds.

Ainsi en fut-il et Lancelot ne put souffrir de voir sa chère reine Guenièvre à genoux devant lui. Il courut la relever, disant qu'il ferait la volonté de sa dame.

Alors, le roi lui donna l'accolade, et pour effacer ces moments pénibles, il décida de réunir, le jour de la Pentecôte, tous les rois, ducs, comtes et barons qui lui devaient leur terre et de donner une grande fête, avec joutes et tournois, de telle sorte que jamais on n'aurait vu si joyeuse réunion au royaume d'Angleterre.

Enlèvement de Gauvain

Dans l'après-midi de cette fête mémorable, Lancelot et Gauvain prirent le chemin de la forêt. D'innombrables oiseaux rayaient l'air, volaient en chantant. Nos deux amis s'assirent sur l'herbe, à l'ombre d'un chêne, respirant l'air parfumé des fleurs et des mousses.

Or, tandis qu'ils s'entretenaient gaiement de la réunion où des tables avaient été dressées sur les bords de la Tamise, car il ne se fût pas trouvé de salles assez grandes pour abriter tant de monde, un écuyer vint à passer et les regarda avec attention ; après quoi, sans mot dire, il tourna bride et partit au galop. Nos deux amis haussèrent les épaules et allaient reprendre leur conversation, quand un grand bruit dans le fourré leur fit dresser l'oreille.

— Diable ! fit Gauvain, de quoi s'agit-il donc ?

Et, à leur grande surprise, ils virent de nouveau le valet passer devant eux, suivi cette fois d'un chevalier géant qui portait un écu d'or orné d'un lion.

— Voici Gauvain ! cria l'écuyer.

Vivement, le géant poussa son cheval droit sur Gauvain, le saisit à deux mains comme une plume, et l'assit sur son cheval. Puis il partit à toute vitesse. Lancelot voulut s'élancer, mais sans arme comme il l'était, que pouvait-il faire ? Cependant, il ne perdit point son sang-froid. En toute hâte, il alla se munir d'un écu, d'une lance et d'une épée, puis sauta sur son cheval, sans même saluer ni le roi ni la reine.

Qui donc était celui qui venait d'enlever Messire Gauvain ? Hélas ! sur le chemin, les traces avaient été brouillées et la poussière les recouvrait.

La damoiselle aux tresses coupées

À la tombée du jour, Lancelot s'arrêta sur une petite lande où courait un ruisseau, pour faire boire son cheval et prendre un peu de repos. Fatigué par tout le mouvement de cette journée, il s'efforçait de regarder autour de lui, quand soudain une jeune fille sortit d'un buisson en criant ; elle tenait dans ses mains ses longues tresses blondes, coupées. Dès qu'elle aperçut Lancelot, elle courut se jeter à ses pieds.

— Ah ! messire, protégez-moi, dit-elle. Un homme me poursuit et m'a tranché mes belles tresses.

Lancelot laissa le chevalier s'approcher, puis il le heurta si rudement de sa lance qu'il le blessa grièvement. Après l'avoir remercié, la jeune fille lui dit :

— Sire, la Dame de Briestoc, à qui je suis, se rendait à la cour du roi Artus, son cousin, lorsque nous vîmes des gens qui emmenaient monseigneur Gauvain, attaché sur un cheval. Madame les fit attaquer par ses chevaliers, mais ceux-ci ont été défaits, car nul ne pouvait lutter avec un géant à l'écu d'or, et nous nous sommes sauvés dans les bois. J'étais partie en promenade, lorsque j'ai rencontré ce chevalier félon, qui m'a coupé mes tresses pour me punir de lui résister.

Vous pensez si Lancelot fut bien accueilli par la Dame de Briestoc et sa suite. Celle-ci apprit à Lancelot que le chevalier à l'écu d'or, orné d'un lion, ne pouvait être que Karadoc, le géant, seigneur de la Tour Douloureuse. Sa force était telle, disait-on, qu'on n'en connaissait pas d'autre aussi grande, dans toute la Bretagne et même au-delà.

— Hélas ! ajouta-t-elle, à suivre cet homme, vous vous exposez à mourir.

Cependant, comme il faisait tout à fait nuit, et que tous ne savaient où dormir, le son d'un cor, à quelque distance, leur fit dresser l'oreille. Ils suivirent un sentier et parvinrent à un château fort où ils eurent un gîte.

Le lendemain matin, Lancelot partait pour la Tour Douloureuse.

Le Val sans retour

Il chevauchait depuis un certain temps quand sur un tertre, à l'entrée d'un vallon, il aperçut une damoiselle qui pleurait et qui maudissait la fée Morgane. Touché de compassion, Lancelot s'approcha et lui demanda ce qui lui faisait verser tant de larmes.

— Hélas ! sire, répondit-elle, j'avais pour fiancé le plus brave des chevaliers et ma jalousie vient de me le faire perdre. J'ai voulu l'éprouver et je l'ai fait entrer dans ce vallon de la détestable fée Morgane. Il vient d'y être enfermé pour toujours, et quoique certaine à présent de son infidélité, je sens qu'il m'est impossible de vivre sans lui.

Lancelot ne comprit rien à ce discours, qui lui parut d'abord quelque délire de femme jalouse. En vain cherchait-il des yeux cette prison dont on lui parlait, et il ne voyait que verdure et rivière bordée d'arbres, et une colline couronnée de forêt. Il pria donc la damoiselle de s'expliquer plus clairement, jurant au reste de lui rendre son fiancé, s'il vivait encore. Et la damoiselle lui dit :

— Vous connaissez sans doute la fée Morgane, sœur du roi Artus, fameuse par ses enchantements et sa science magique. Elle était devenue éperdument amoureuse d'un beau chevalier, et croyait aussi être aimée de lui. Or, il ne craignait que sa puissance et avait pour fiancée une jeune et charmante personne, aussi belle que Morgane l'était peu. La fée, quand elle découvrit ce secret, faillit en mourir de chagrin, et seul l'espoir de la vengeance la ranima. Elle fit épier les deux fiancés, et un jour qu'ils se promenaient dans ce beau vallon, elle parut tout à coup à leurs yeux et, après avoir exhalé sa fureur en reproches, leur annonça un châtiment qui n'allait finir qu'avec leur vie. Aussitôt, en effet, elle les attacha magiquement dans ce lieu même où, placés à quelques pas l'un de l'autre, se voyant sans cesse, ils ne pouvaient cependant ni se parler ni se réunir. Ce n'est pas tout, Morgane destina, par enchantement, la vallée à servir de prison à tous les infidèles. Un mur d'air transparent et solide, plus impénétrable que le fer lui-même, sert d'enceinte. Du moment qu'un homme y entre, s'il est coupable de la moindre infidélité envers celle qu'il aime, le retour lui est interdit pour toujours. La prison, au reste, est, dit-on, assez bonne et douce, car Morgane ne veut qu'empêcher ses captifs de faire des infidélités nouvelles. Ils occupent des appartements agréables, jouent, dansent et bavardent entre eux. Mais malgré tout, l'ennui de cette prison est éternel si bien que la plupart y meurent de langueur et de chagrin. Voilà dix-huit ans qu'elle a ouvert ce lieu, et depuis dix-huit ans, il n'y en a pas un seul, dit-on, qui ait pu en sortir.

— Eh bien, ils en sortiront tous aujourd'hui ! s'écria Lancelot.

— Ah ! sire, n'exposez pas en vain votre liberté. La valeur ne peut rien, il ne faut que des vertus et n'avoir jamais manqué à celle qu'on aime, et même n'avoir jamais souhaité lui manquer.

— Et s'il se rencontrait, ce loyal chevalier qui eût toujours été fidèle en amour ?

— Sire, cette aventure le rendrait immortel, car il aurait la gloire de délivrer tous les prisonniers et de rompre pour toujours l'enchantement de ce vallon. Mais où trouver le chevalier merveilleux ?

Or, d'un bond, Lancelot franchit la muraille d'air. Il se trouva face à face avec la fée Morgane, qui poussa un grand cri.

— Qui êtes-vous ? demanda-t-elle, ahurie.

— J'ai nom Lancelot du Lac.

— Ah ! que doit être heureuse celle que vous aimez si fidèlement !

Comme elle disait ces mots, toutes les issues s'ouvrirent et plus de cent chevaliers s'y précipitèrent, dont le fiancé de la damoiselle.

Morgane demanda à Lancelot de demeurer avec elle jusqu'au lendemain et elle lui rendrait alors ses armes et son cheval. À quoi Lancelot, l'imprudent, consentit. Que ne s'était-il rappelé les paroles de la damoiselle, qui lui avait dit que Morgane était méchante et déloyale !

En effet, elle le plongea, par enchantement, dans un profond sommeil. Et quand il s'éveilla, elle lui révéla qu'il ne sortirait de là que s'il lui donnait l'anneau qu'il portait au doigt.

Bien sûr, Lancelot refusa, car c'était l'anneau dont lui avait fait cadeau la reine Guenièvre.

— Dame, dit-il, vous n'aurez jamais la bague sans le doigt.

— Vous ne désirez donc guère votre libération, fit Morgane, pleine de duplicité, sachant pertinemment de qui il tenait la bague. Il faut pourtant que je vous informe de cette nouvelle : la Tour Douloureuse sera assaillie un de ces prochains jours et si vous n'y êtes pas, vous serez déshonoré pour toujours.

— Dame, vous n'aurez jamais la bague sans le doigt, répéta Lancelot, et si Messire Gauvain est délivré en mon absence, je me laisserai mourir de faim.

Morgane réfléchit un instant.

— Pouvez-vous me jurer que dans le cas où je vous donnerais la permission de partir, vous reviendriez dans ma prison, après la conquête du château ? demanda-t-elle.

Lancelot fit le serment. Alors, après l'avoir réconforté d'un bon dîner, Morgane le laissa sortir, avec une de ses damoiselles et deux écuyers pour le guider.

Mort de Karadoc le géant

Sous le soleil qui illuminait les casques des hommes d'armes, Lancelot reconnut bientôt les gens du roi Artus, qui s'étaient rassemblés pour délivrer Messire Gauvain, et mis en marche, avant l'aube, vers la Tour Douloureuse.

Dès que le soleil eut bu la rosée, ils attaquèrent Karadoc le géant, qui ne rêvait que sang et carnage et qui était sorti à leur rencontre. Il était si grand et si fort qu'il commença par faire des ravages dans les rangs du roi Artus.

Soudain, Lancelot le repéra à sa taille et à son écu et l'appela. Tous deux coururent l'un vers l'autre et brisèrent leurs lances. Karadoc frappa de l'épée et son fer entra dans le heaume de son adversaire si profondément qu'il ne put le retirer. Mais Lancelot riposta avec tant de vivacité et d'adresse que le géant en demeura étourdi et son cheval l'emporta.

L'épée toujours plantée dans le heaume, Lancelot piqua des deux et le poursuivit. Cependant, Karadoc, revenu à lui, continuait de fuir. Il gagna ainsi son château, ayant toujours Lancelot à ses trousses. Et leurs chevaux galopaient à une telle allure qu'ils entrèrent en trombe par la porte du château, ouverte afin de laisser passer les fuyards et les blessés. Les chevaliers qui la gardaient ne purent les arrêter.

Bientôt cependant, les chevaux, haletants, épuisés, tombaient l'un sur l'autre, et l'on entendit le cri de Karadoc qui fut blessé. Déjà, Lancelot se relevait ; n'ayant plus ni écu ni épée, il s'enfuit. Il sauta dans un des fossés de la tour. Là était une porte qui ouvrait sur le cachot où gisait Messire Gauvain. Soudain, émergea, poings brandis, Karadoc, venu prestement pour ouvrir le cachot et tuer le prisonnier. Alors, Lancelot se rua sur lui et le renversa : Karadoc ne put jamais se relever ; il était mort. Ainsi Lancelot se délivra-t-il du géant.

Messire Gauvain, qui entendait tout ce bruit, tapa furieusement à la porte et demanda ce qui se passait. Lancelot reconnut sa voix.

— Où êtes-vous ? cria-t-il. Je suis Lancelot du Lac.

— Personne ne pouvait arriver à moi, sauf Lancelot, dit Messire Gauvain en riant de joie et en embrassant son compagnon quand celui-ci lui eut ouvert la porte avec les clefs que Karadoc portait sur lui.

Tous deux se tournèrent vers le roi Artus et vous pensez si celui-ci se montra heureux. Désormais, le château ne fut plus appelé que la Belle Prise.

Morgane la déloyale

Une parole donnée ne peut être violée. La nuit même, Lancelot partit en secret pour la prison de Morgane. Sachez que ni par menace, ni par prière, elle n'obtint la bague. Alors, furieuse, une nuit, elle lui fit boire un philtre, qui lui troubla l'esprit au point qu'il crut voir la reine Guenièvre dans une riante prairie, entourée de sa cour et se moquant de Lancelot. Si fort était ce philtre que le lendemain, il pensa avoir vu réellement ce qu'il avait rêvé et il dit à Morgane :

— Ne m'aviez-vous point proposé de me laisser aller si je m'engageais à ne voir aucune dame de la maison du roi Artus ? Eh bien, je suis prêt à jurer.

Morgane reçut donc son serment, puis elle lui remit un cheval et des armes et il partit tristement. Longtemps, il erra comme une âme en peine. Puis il résolut de se rendre en Sorelois pour se réconforter auprès de son ami Galehaut. Hélas ! il ne l'y trouva point.

Songeant sans cesse à cette vision cruelle qu'il avait eue, sans pouvoir s'assurer que ce fût un rêve, n'ayant personne à qui se confier, il finit par ne plus savoir où il en était. Il se mit à errer dans les bois, mangeant peu, dormant à peine...

Mort de Galehaut

Longtemps, Galehaut chercha Lancelot en tous pays, où il trouva maintes aventures, mais jamais son ami.

Enfin, il arriva en Sorelois, où on lui fit connaître ce qu'il était advenu de Lancelot, comment il l'avait attendu, puis comment il avait perdu la raison. Quand Galehaut eut entendu ce récit, il ne douta pas de la mort de son ami.

Qu'allait-il faire maintenant ? Sa douleur était immense. Son grand âge et une mauvaise blessure, qu'il avait reçue en cherchant Lancelot et qui se rouvrit, ne lui permettaient plus de faire des projets d'avenir.

Il languit quelque temps, contraint à ne plus sortir, puis il mourut, plein de résignation et de noblesse. L'héritier de sa terre fut son neveu, Galehaudin, qui reçut les hommages de ses barons. Tous éprouvèrent une grande tristesse et n'oublièrent jamais le sire des Îles lointaines, courageux et généreux comme pas un.

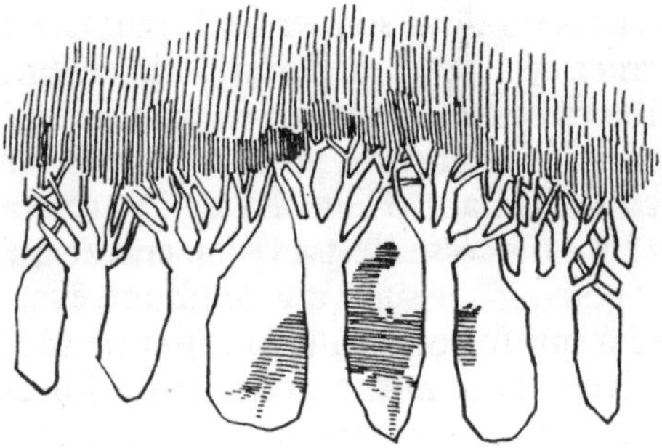

LE CHEVALIER À LA CHARRETTE

QU'ÉTAIT devenu le beau et vaillant chevalier aux blanches armes ? Cette pensée accablait tous ceux de la maison du roi Artus. Vainement, durant un an et un jour, Lionel avait poursuivi ses investigations dans tout le pays. Beaucoup se demandaient s'ils le reverraient et seule la reine Guenièvre espérait contre tout espoir.

Or, elle regretta amèrement l'absence de Lancelot ce jour que Maléagant, fils du roi Beaudémagu de Gorre, se présenta à la Cour. C'était un homme jeune, très grand et fort, au dos large qui exprimait quelque chose de puissant.

Traversant la salle à grandes enjambées, il se planta devant le roi, et parla très haut, pour être compris de tous. Il annonça qu'il était très contrarié d'avoir appris que Lancelot du Lac prétendait qu'il l'avait, jadis, blessé dans un combat par traîtrise. Il saisissait donc l'occasion pour lui dire qu'il était prêt à soutenir par les armes qu'il avait agi comme un bon et loyal chevalier et qu'il l'avait battu en droite joute.

— Mais où donc est Lancelot ? demanda-t-il. N'oserait-il pas me répondre ?

— Messire, répondit le roi, vous êtes le fils d'un gentilhomme pour lequel j'ai beaucoup d'amitié. Je vous pardonne donc votre erreur. Lancelot n'est point ici et depuis longtemps. Ne le saviez-vous pas ? Je puis vous assurer que s'il s'y trouvait, il ne tarderait guère à vous répondre.

Ne sachant trop que faire, Maléagant aperçut Lionel qui s'était mis debout pour demander au roi, en tant que cousin de Lancelot, la permission de relever ce singulier défi. Mais le voyant se rasseoir, après que la reine l'eut retenu par le bras et lui eut dit : « Votre cousin préférera se battre lui-même et Dieu nous le ramènera un jour », Maléagant haussa effrontément les épaules et dit :

— Sire, je suis très déçu. Toutefois, s'il se trouve ici quelque brave chevalier, j'aurai peut-être gain de cause. Au royaume de mon père sont retenus des prisonniers de ce pays de Logres, que jamais vous n'avez songé à délivrer. Si vous osez confier la reine à l'un de vos chevaliers qui la mènera dans la forêt, je le combattrai volontiers. Et s'il défend avec succès la reine contre moi, vos prisonniers seront libérés, mais si je suis victorieux, elle sera mienne.

— Bel ami, fit le roi, ne comptez pas sur la reine pour délivrer ces prisonniers, bien que je souhaite les revoir au plus tôt !

Maléagant s'en alla comme il était venu, promenant insolemment son regard autour de lui, n'ayant même pas un salut pour le roi et la reine. Mais à peine fut-il dans la forêt qu'il se retourna plusieurs fois ; non, personne ne le suivait.

Alors il fit cacher dans les fourrés les cent chevaliers de sa suite, en leur disant d'attendre ce qui sûrement arriverait. Pendant ce temps, Keu, le sénéchal, qui s'était retiré un moment, revint dans la salle, et jugez de la stupéfaction de tous quand ils le virent coiffé du heaume et portant l'écu au cou.

À la question d'Artus, il répondit :

— Sire, je ne puis demeurer dans une maison sans honneur !

Le roi et lui commencèrent alors une longue discussion. En fin de compte, la reine suggéra à Keu de demeurer au palais, le roi s'engageant à lui donner ce qu'il désirait le plus.

— Je vous promets de vous faire avoir cette chose si souhaitable, fit-elle en souriant et en se tournant gracieusement vers Artus qui inclina la tête.

— Eh bien, dit le sénéchal Keu, je vais vous dire ce que je veux : emmener Madame la reine vers le chevalier qui sort d'ici et me battre avec lui. Je trouve qu'il ne nous est pas possible de laisser ainsi des prisonniers de notre pays sans tenter de les délivrer, ni de baisser la tête devant cet insolent. Nous en serions tous déshonorés.

Artus, qui n'en croyait pas ses oreilles, dut cependant accepter, car l'honneur de sa maison était désormais en jeu. Ne lui reprocherait-on point un jour d'avoir tremblé une fois dans sa vie ?

Cependant, prise de panique, la reine pleurait, tandis que des valets lui amenaient un palefroi sur lequel elle monta, bien tremblante, car elle n'avait guère confiance en Keu. Ah ! si Lancelot avait été là...

Gauvain non plus n'avait pas envie de la voir sous la conduite de Keu, le sénéchal, et il le dit au roi qui répondit :

— Une parole donnée ne peut se reprendre...

Alors Gauvain, devant le danger que courait la reine, estima que son devoir était de la défendre. Peut-être irait-il même jusque dans le royaume de Gorre, s'il le fallait. Pour ce, il alla s'armer et partit aussitôt, accompagné de deux écuyers qui tenaient en main deux beaux destriers.

Le nain sur la charrette

Quelle ne fut pas sa surprise quand, à l'orée de la forêt, il vit apparaître, allant de-ci de-là, hennissant doucement, le cheval de Keu, rênes et sangles brisées. Il se douta bien qu'il était arrivé malheur. Mais jamais il ne supposa la vérité.

Sachez, en effet, que le sénéchal et la reine avaient soudain rencontré Maléagant qui les guettait depuis un bon moment, avec ses chevaliers embusqués, derrière des arbres qui frissonnaient.

Rapide comme du vif-argent, il arrêta le palefroi de la reine en demandant qui elle était.

— Dame, vous êtes ma prisonnière, fit-il.

— Pas si vite, répliqua Keu.

Puis, comme des ombres, ils se fondirent parmi les arbres et aboutirent dans un pré où ils se précipitèrent l'un sur l'autre. Hélas ! Keu apprit à ses dépens qu'avant de s'engager dans une bataille, il fallait songer à ne rien négliger. Or, il avait tout simplement oublié de vérifier le harnachement de son cheval qui se trouvait dans un fort mauvais état. Au premier choc, les boucles sautèrent et Keu dégringola, tandis que Maléagant continuait à le frapper durement. Puis il l'emmena sur une civière, suivi de la reine en larmes.

ENTRACTE

SUR LES TRACES DES CHEVALIERS DE LA TABLE RONDE

Sur la carte des pages suivantes, on a indiqué, de façon plus ou moins fantaisiste, quelques-uns des lieux où se déroulent les contes et les légendes des chevaliers de la Table ronde.

A. Certains existent encore aujourd'hui sous la même dénomination : retrouvez-les et coloriez leurs noms en rouge.

B. Quelques-uns portent un nom différent, qui ressemble parfois à l'ancien. Coloriez ces noms en vert et écrivez à côté le nom actuel.

C. D'autres enfin sont purement imaginaires ou, en tout cas, nul ne les a jamais retrouvés. Mais peut-être n'ont-ils que momentanément disparu... À vous donc de compléter cette carte selon votre inspiration, à moins que, vous enfonçant dans quelque profonde forêt de Grande ou de Petite Bretagne, vous n'ayez la chance de rencontrer Merlin ou la Dame du Lac elle-même. Mais gare à la fée Morgane !

Solutions p. IX.

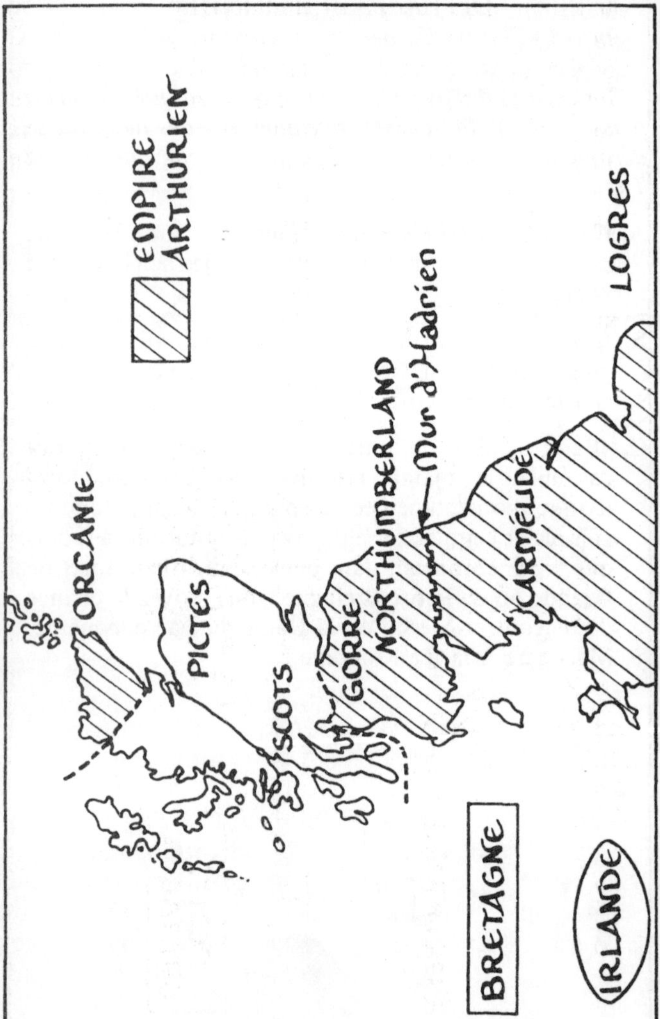
EMPIRE ARTHURIEN
ORCANIE
PICTES
SCOTS
GORRE
NORTHUMBERLAND
Mur d'Hadrien
CARMÉLIDE
LOGRES
BRETAGNE
IRLANDE

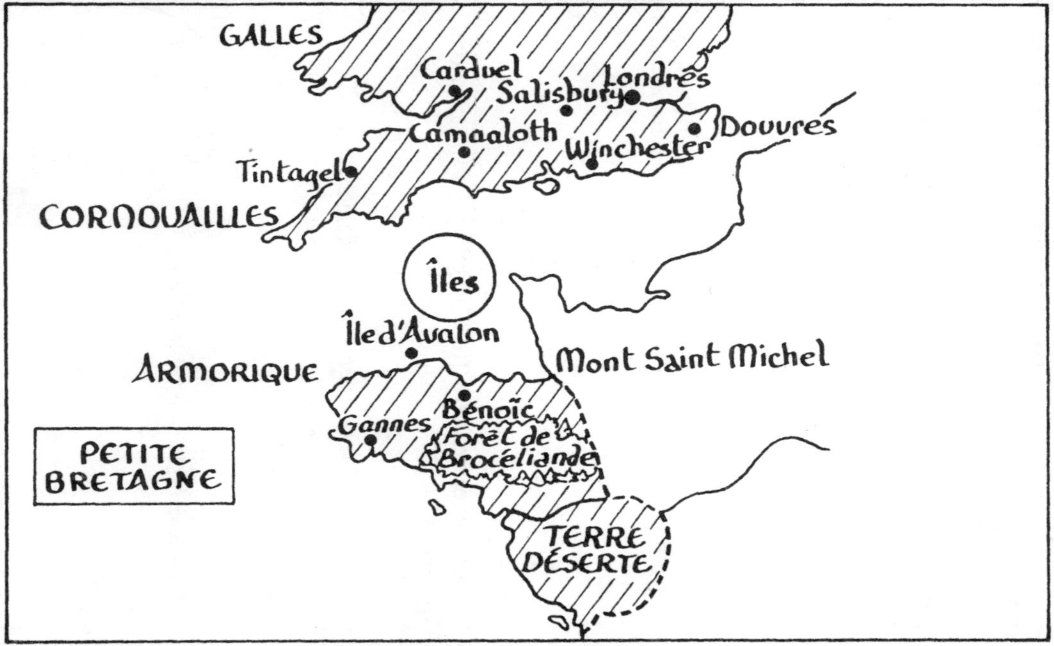
GALLES
Carduel
Salisbury
Londrés
Camaaloth
Winchester
Douvrés
Tintagel
CORNOUAILLES
Îles
Île d'Avalon
ARMORIQUE
Mont Saint Michel
Bénoïc
Gannes
Forêt de Brocéliande
PETITE BRETAGNE
TERRE DÉSERTE

Votre quête vous a conduit dans une sombre forêt où vous vous êtes perdu. Tout à coup, une petite forteresse, aux proportions parfaitement harmonieuses, se dresse devant vous. Sur le pont abaissé, une gente dame s'avance, en qui vous reconnaissez la fée Morgane. Trop tard, vous êtes son prisonnier. Pour lui échapper, vous devrez montrer votre parfaite connaissance des lieux de la légende en répondant à ses questions :

1. Par deux fois une bataille s'y livra, ouvrant et fermant la légende d'Arthur.

_ _ _ _ _ _ _ _ _ _ _ _

2. Près de cette ville, plusieurs rangs concentriques de menhirs passaient, au Moyen Âge, pour les tombes des soldats d'Uter Pendragon.

_ _ _ _ _ _ _ _ _ _ _

3. Deux rois y tinrent leur cour.

_ _ _ _ _ _ _ _

4. Le premier des deux trouva poulaine à son pied dans cette autre ville.

_ _ _ _ _ _ _ _ _ _

5. Contrée où le deuxième fit de même.

_ _ _ _ _ _ _ _ _ _ _

6. On y vit apparaître Escalibor.

_ _ _ _ _ _ _ _

7. Ici fut dressée une table célèbre.

_ _ _ _ _ _ _ _

8. Merlin y finit-il ses jours ?

_ _ _ _ _ _ _ _ _ _ _ _ _ _

9. C'est là que naquit Lancelot.

_ _ _ _ _ _ _

10. Malheur aux amants infidèles qui en franchissaient les limites.

_ _ _   _ _ _ _   _ _ _ _ _ _ _

11. Un château qui changea de nom et abrita parfois Guenièvre.

_ _   _ _ _ _ _ _ _ _ _ _ _ _ _   _ _ _ _ _ _

12. Lancelot s'y fit reconnaître de la reine et lui prouva son amour par une singulière attitude.

_ _ _ _ _ _ _ _ _ _

13. Séjour du Graal.

_ _ _ _ _ _ _ _   _ _ _ _ _ _ _ _ _ _ _ _

Solutions pp. 15, 17, 18 et 34, 17, 37, 20, 34, 41, 48, 110, 82, 136, 148.

WHO'S WHO ?

Autour de la Table ronde, chaque fauteuil porte en lettres d'or le nom du chevalier qui doit y prendre place. Mais des lettres manquent. Saurez-vous néanmoins nommer ces chevaliers ?

Solutions pp. 40, 41, 23, 34, 96, 145, 147, 171, 76, 165, 135, 96, 156.

OÙ SONT-ILS ?

Quinze personnes, désignées par leur fonction ou leur titre, se cachent dans cette grille. Si vous ne les retrouvez pas, reportez-vous aux pages 11, 18, 20, 23, 25, 34, 74, 75, 88, 108.

C	H	E	V	A	L	I	E	R	H
C	O	M	T	E	I	G	N	E	E
A	L	N	O	P	G	A	G	E	A
S	M	E	N	E	E	R	R	C	U
E	A	E	R	E	T	E	A	R	M
I	D	C	N	C	T	M	L	A	E
G	S	U	Z	E	R	A	I	N	L
N	E	Y	C	B	S	A	B	R	I
E	S	E	V	A	L	T	O	L	E
U	T	R	A	R	A	O	R	I	E
R	O	I	L	O	M	N	I	E	N
S	C	S	E	N	E	C	H	A	L
U	N	E	T	A	I	L	L	E	E

Solutions de la page III

A. Londres, Douvres, Salisbury, Northumberland, Galles, Cornouailles, Mont Saint-Michel, Irlande, Grande-Bretagne.

B. Orcanie/Orcades, Carduel/Cardiff, Bénoïc/Saint-Brieuc, Gannes/Quimper, Terre Déserte/Vendée, Armorique/massif Armoricain.

CHASSEZ L'INTRUS !

Dans chacune de ces listes, un mot n'est pas à sa place. Saurez-vous le retrouver ?

1.
- vaillance
- force
- ~~intelligence~~
- courtoisie
- générosité
- loyauté

2.
- Marmiadoise
- Durandal
- Joyeuse
- Rossinante
- Escalibor
- Hauteclaire
- Flamberge

3.
- ~~arquebuse~~
- écu
- épée
- haubert
- heaume
- lance
- masse d'armes

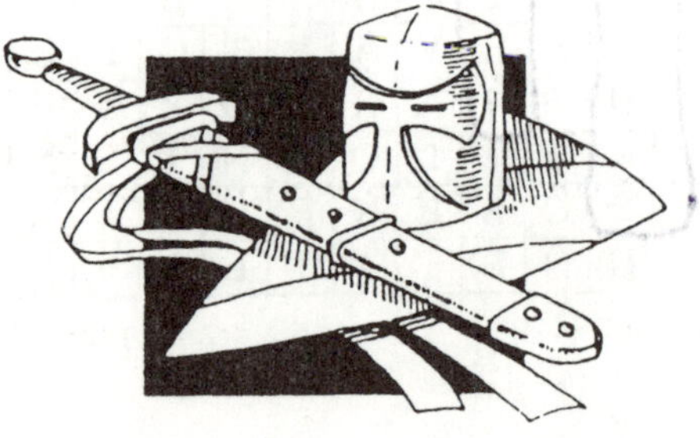

Solutions

1. L'intelligence n'est pas une vertu chevaleresque.

2. Durandal est l'épée de Roland, neveu de Charlemagne ; Hauteclaire, celle d'Olivier, son compagnon ; et Joyeuse, celle de Charlemagne ; quant à Rossinante, c'est le cheval de Don Quichotte, donc l'intrus.

3. Tous ces mots désignent une pièce de l'armement d'un chevalier du XIIe siècle, sauf l'arquebuse, qui est une arme du XVe siècle.

SAUVONS LA REINE

Auriez-vous su rendre plus douce à Lancelot la quête de la reine Guenièvre ?

1. Par où Maléagant est-il passé ?

2. Lancelot *hésite deux instants* et monte dans la charrette d'infamie.

3. Au passage d'un gué, il est attaqué.

4. La courtoisie l'oblige à défendre une damoiselle.

5. Lancelot et des prisonniers du royaume de Logres combattent leurs ennemis.

6. Le *Passage de pierres* est la voie la plus courte mais la plus dangereuse : deux hommes ne peuvent y avancer côte à côte et il est bien gardé.

7. Ultime étape et la plus dangereuse : le *Pont de l'épée*, que Lancelot traverse « les mains nues et les pieds déchaux ».

8. Le *Pont sous l'eau* n'a qu'un pied et demi de large. On y risque la noyade.

9. Lancelot combat victorieusement Maléagant.

10. Mais la reine lui tient rigueur de son hésitation (voir 2). Lancelot s'en retourne tristement à Logres.

11. Croyant Guenièvre morte, il veut mourir à son tour.

12. La reine l'apprend et tout est bien qui finit bien.

1

2

3

4

5

6

7

8

9

10

11

12

1
2
3
4
5
6
7
8
9
10
11
12

PÈRES ET FILS

Comme vous avez pu le constater, l'histoire que vous venez de lire couvre plusieurs générations. Les fils succèdent aux pères, mais il arrive qu'ils ne leur ressemblent pas. Heureusement ou malheureusement, selon les cas. Merlin, que vous rencontrez finalement, vous indiquera le chemin d'Avalon si vous résolvez les énigmes suivantes :

A. J'ai d'abord ignoré mon nom et celui de mon père. Ayant appris mon origine, j'ai dû longtemps la taire et j'ai pris pour ma mère quelqu'un qui ne l'était pas. Qui suis-je ?

B. L'amour d'une reine fit échouer mon père dans une quête que je réussis. Qui suis-je ?

C. Mon père trompa ma mère pour me concevoir, et bien qu'il ait fini par l'épouser, je n'ai pourtant pas grandi auprès d'eux. Qui suis-je ?

D. À mon grand dam, et comme son nom l'indique, apparemment, je n'ai pu inculquer à mon fils les vertus chevaleresques que tous me reconnaissaient. Qui suis-je ?

E. Notre père fut tué en même temps que son frère, et nous fûmes élevés avec notre cousin (A). Je tiens mon nom d'une certaine tache que j'ai sur la poitrine ; quant à mon frère, il porte celui de notre père. Qui suis-je ?

F. Je dois à mon père des dons exceptionnels, qui sauvèrent ma mère du bûcher. Dieu merci, je ne suis pas tout le portrait de mon père. Qui suis-je ?

Réponses pp. 58, 156, 20, 126, 53, 11.

LE SAVIEZ-VOUS ?

Le saviez-vous ? Artus a vraiment existé !

C'était au ve siècle, après le départ des Romains. Les chefs bretons s'étaient remis à se disputer entre eux et les envahisseurs en profitaient pour assaillir l'île de toutes parts. Angles, Saxons, Saines, Pictes, Scots, Irois, proches ou éloignés, les ennemis ne manquaient pas aux Bretons. Ceux qui restèrent finirent par se cantonner sur un territoire aux dimensions plus modestes, devenu plus tard le pays de Galles, tandis que les autres quittaient la (Grande) Bretagne, pour s'installer en Armorique, notre Bretagne. Ils y importèrent leur langue, une langue celtique proche du gallois : le breton.

C'est justement un poème gallois qui, **au VIIe siècle**, mentionne pour la première fois **un certain Arthur** au moment où les Angles, envahissant la Bretagne, battent les Bretons.

Puis, **vers le IXe siècle**, un peu partout en Europe, des historiens se mettent à rédiger l'histoire de leur peuple. Ces récits, qui mêlent le fantastique au véridique, constituent souvent les œuvres les plus anciennes d'une littérature nationale. Parmi eux, plusieurs histoires des Bretons chantent les hauts faits d'**un chef de guerre nommé Arthur** qui avait su stopper pour soixante ans les progrès des Angles et des Saxons lors d'une victoire décisive. La plus célèbre, l'*Historia Regum Britanniae* de Geoffroy de Monmouth (entre 1135 et 1138), retrace l'histoire des rois bretons depuis Brutus (arrière-petit-fils d'Énée) qui, après son départ de Troie, arrive en Angleterre.

Vers 1150, ce texte est adapté par Wace en vers français (*Le Roman de Brut*). C'est ici qu'apparaît pour la première fois la Table ronde. Quant à la figure d'Arthur, elle renvoie à Henri II Plantagenêt qui régnait alors sur l'Angleterre, l'Irlande et une grande partie de la France.

Avec les poèmes de Chrétien de Troyes qui puise son inspiration dans les contes celtiques, la « matière de Bretagne » (*Erec et Enide*, *Cligès*, *Lancelot ou le Chevalier à la charrette*, *Yvain ou le Chevalier au lion*, *Perceval ou le Conte du Graal*), la geste arthurienne commence à s'organiser autour d'un thème : **le Graal**, et d'un personnage : **Lancelot**.

Robert de Boron en tire une trilogie christianisée : le *Roman de l'Histoire du Graal* ou *Joseph d'Arimathie*, *Merlin* et *Perceval* (**fin XIIe-début XIIIe siècle**). Les adaptations alors se multiplient, en vers puis en prose, et en différentes langues.

Entre 1215 et 1230, *L'Histoire du Saint Graal*, *L'Histoire de Merlin*, *Le Livre de Lancelot*, *La Quête du Saint Graal*, *La Mort d'Arthur* constituent un vaste ensemble attribué à Gautier Map. C'est ce que l'on nomme, inexactement, les Romans de la Table ronde.

Les siècles ont passé et la matière de Bretagne semble toujours une source intarissable : le livre que vous avez entre les mains en est la preuve !

Si le cœur vous en dit, vous pourrez retrouver les Chevaliers de la Table ronde dans des romans :

- Michael Coney, *Le Chant de la terre*, *Le Gnome*, trad. H. Collon, coll. « Ailleurs et demain », Robert Laffont, 1988 ; pour ceux que les univers parallèles font rêver.
- René Barjavel, *L'Enchanteur*, Denoël, Folio, 1984 ; pour ceux qui s'intéressent à Merlin.
- Mark Twain, *Un Américain à la cour du roi Arthur*, éd. disponible : coll. « Bouquins », R. Laffont ; Nathan, pour ceux qui aiment les anachronismes.
- Rosemary Sutcliff, *Le Glaive au crépuscule*, trad. Laure Casseau, Fleuve Noir, 1966 ; pour ceux qui voudraient connaître le roi Arthur d'avant la légende.
- Michel Rio, *Merlin*, Seuil, 1989 ; pour ceux qui lisent déjà beaucoup.
- Marion Zimmer Bradley, *Les Dames du Lac*, 1982, trad. Brigitte Chabrol, Pygmalion/Gérard Watelet, éd. de poche, Le Livre de poche, 1989 ; pour ceux qui aiment les longues histoires et qui ne croient pas aux fées.

À moins que vous ne préfériez des bandes dessinées :

- *Prince Vaillant*, Harold Foster, de 1937 aux années 60. Les aventures du héros commencent à la cour du roi Arthur.
- *Yves Le Loup*, texte de Jean Olivier, dessin de René Bastard, 1947-1966. Il est le fils de la sœur d'Arthur et chevalier de la Table ronde.
- *Chevalier Ardent*, François Craenhals, depuis 1966. Celui-là est amoureux de la fille d'Arthur qui tente de les séparer.

Ne manquez pas non plus de voir, à l'occasion :

- *Un Yankee à la cour du roi Arthur*, Emmett J. Flynn (1921), David Butler (1931), Tay Garnett (1954).
- *Les Chevaliers de la Table ronde*, Richard Thorpe (1953).
- *Prince Vaillant*, Henry Hathaway (1954).

- *Lancelot chevalier de la reine*, Cornel Wilde (1962).
- *Camelot*, Joshua Logan (1967).
- *Lancelot du Lac*, Robert Bresson (1974).
- *Monthy Python sacré Graal*, Terry Jones et Terry Gilliam (1974).
- *Excalibur*, John Boorman (1981).

et un dessin animé :

- *Merlin l'Enchanteur*, Walt Disney (1963).

Enfin, si plus tard vous voulez tout savoir, vous lirez, pour commencer, dans la collection « Bouquins » (Laffont) : *La Légende arthurienne.*

Gauvain poursuivait sa marche dans la forêt, quand il découvrit, au loin, un chevalier, coiffé du heaume, poussant un cheval harassé, et qui, après l'avoir salué, lui cria, en mettant sa main en porte-voix :

— Sire, j'aurais besoin d'un cheval... pouvez-vous m'en prêter un ?

— Beau sire, choisissez celui que vous voulez !

Le chevalier sauta donc sur le destrier le plus proche, remercia et interrompit le silence de la forêt par le bruit galopant des sabots de son cheval...

À cette allure, il vit bientôt cette chose incroyable : Maléagant et ses cent chevaliers emmenant la reine, et Keu sur sa civière. Alors, sans hésiter, il piqua des deux et fonça sur eux et, après une brève, mais violente lutte, il parvint à les ébranler fortement. Quand Maléagant s'en aperçut, il ne trouva rien de mieux que de frapper traîtreusement le cheval du chevalier qui s'affaissa. Puis aussi vite qu'il le put, il s'éloigna avec ses gens, la reine et Keu, sans demander son reste.

Le chevalier tenta de les poursuivre, mais il se trompa de chemin et erra longtemps dans un labyrinthe d'arbres. Il arriva enfin à une clairière. Là, sur le timon d'une charrette, était assis un nain. Après l'avoir salué, le chevalier lui demanda s'il n'avait pas vu passer des gens armés, emmenant une dame.

— Vous parlez de la reine ? répondit le nain en souriant d'un air complice. Si vous désirez avoir de ses nouvelles et l'apercevoir demain, faites ce que je vous dirai. Et d'abord, montez sur cette charrette, et laissez-vous conduire.

Or, sachez qu'en ce temps-là, nul chevalier ne pouvait s'asseoir dans une charrette sans perdre l'honneur. C'était le véhicule des criminels et des bandits que l'on promenait par la ville pour les punir. Et un proverbe disait : « Quand charrette rencontreras, fais sur toi le signe de la croix, afin que mal ne t'en advienne. » Aussi, vous pensez si le chevalier eut un haut-le-corps devant une telle proposition, et répondit qu'il irait devant ou derrière la charrette, mais non dedans.

— Alors tant pis pour vous, dit le nain en soupirant.

— Attends, fit le chevalier. Jure-moi que tu me mèneras auprès de Madame la reine si j'y monte.

— Je vous jure, dit le nain, que je vous la ferai apercevoir demain matin, de bonne heure.

Alors, le chevalier sauta dans la charrette. À cet instant arriva Gauvain et naturellement, la première chose qu'il demanda au nain fut des nouvelles de la reine. Le nain lui fit la même réponse qu'au chevalier.

— Monter dans une charrette !... s'écria Messire Gauvain. Jamais ! Et vous, sire chevalier, prenez donc ce cheval, vous y serez plus à l'aise que dans cette voiture.

— Le chevalier demeurera dans la charrette, répondit le nain, j'ai sa promesse.

Alors, Messire Gauvain, tout en réprouvant cette façon de faire, n'osa pas insister, mais il se mit en route avec eux... Et ils allèrent ainsi des heures ; ils parvinrent alors devant une grande et forte cité.

Le chevalier à la charrette

Quand les gens de la ville virent le chevalier en pareil équipage, ils lui demandèrent quelle faute il avait commise. Mais il ne daigna pas répondre ; alors, petits et grands, vieillards et enfants, tous le huèrent et lui jetèrent de la boue. Et cela chagrinait Messire Gauvain, qui maudissait l'heure où les charrettes furent inventées. Ils s'arrêtèrent au château, où l'hospitalité leur fut offerte.

La damoiselle dit au chevalier :

— Sire, comment osez-vous avoir une attitude si fière, vous qui êtes mené dans une charrette comme un criminel ? Quand un chevalier s'est ainsi déshonoré, il quitte le monde pour un endroit où il est ignoré de tous.

À cela encore, le chevalier ne répliqua rien. Mais il demanda au nain à quelle heure il verrait ce qui lui avait été promis.

— Demain, à l'aube. Mais pour cela, il nous faut dormir ici.

— Bien, dit le chevalier. Mais je serais allé ce soir plus loin, si tu l'eusses exigé.

Et il descendit de la charrette, entra dans le château, puis dans sa chambre, où il prit soin de se couvrir la tête afin de ne pas être reconnu.

— Venez manger, beau sire, dit Gauvain, car l'eau est cornée.

Il répondit à voix basse qu'il n'avait pas faim et qu'il se sentait très las.

— Il est certainement malade, s'écria la damoiselle, et s'il avait quelque idée de la honte, il préférerait être mort que vif ! Jamais je n'aurais mangé en sa compagnie.

Quand Messire Gauvain eut achevé son repas, il vint trouver le chevalier et lui dit :

— Beau sire, cela n'est pas raisonnable ; si vous aspirez à de beaux faits d'armes, vous devez fortifier votre corps et vos membres. Par ce que vous aimez le plus au monde, mangez.

Si bien que le chevalier finit par consentir à prendre quelque nourriture.

Quand l'aube se leva, avec les premiers rayons de soleil, le nain entra dans sa chambre et se mit à crier :

— Chevalier à la charrette, le moment est venu de tenir mon serment !

Aussitôt le chevalier sauta hors du lit et suivit le nain vers une fenêtre, où il lui dit de regarder. Et il crut voir passer la reine et Maléagant et, sur une litière, Keu, le sénéchal. Et le regard du chevalier se posait sur la reine avec tant de tendresse qu'il semblait en extase. Le voyant dans cet état, Gauvain le reconnut aussitôt.

— Lancelot, lui dit-il, pourquoi vous êtes-vous caché de moi ?

— Pourquoi ? Parce que j'avais honte d'être reconnu. En effet, j'ai eu l'occasion de défendre ma reine et de la délivrer et par ma faute, je suis vaincu.

— Non, Lancelot, ce ne peut être de votre faute. Car on sait bien que là où vous échouez, personne ne peut réussir.

Alors, Lancelot conta à son ami comment il avait erré pendant longtemps pour arriver chez la Dame du Lac, qui le réconforta et lui donna un cheval et des armes, et comment il était parvenu dans la forêt de Carduel, juste pour assister, mais de trop loin pour porter secours, au combat de Keu et de Maléagant. À présent, il n'avait qu'une idée en tête : sauver la reine.

Le Pont de l'épée

Gauvain et Lancelot se mirent en route et décidèrent de se séparer pour la seule raison que, pour aller au royaume de Gorre, deux voies se présentèrent soudain à eux : Gauvain choisit celle qui passait par le Pont perdu, et Lancelot celle qui passait par le Pont de l'épée.

Quand Lancelot arriva devant ce pont tranchant, fait d'une planche d'acier, coupante comme une lame de rasoir, le valet qui l'accompagnait se mit à pleurer de pitié, et Lancelot sentit la sueur lui couler dans le dos. En cours de route, il avait appris que dans une tour, située tout à côté du pont, était enfermée Guenièvre. Après avoir regardé l'eau froide et noire, sous le pont, il leva la tête et considéra la tour où était la reine et il se dit : « Voilà une belle tour, en face, si l'on veut m'y héberger, je ne redoute guère ce passage... »

Alors, il fit enduire de poix chaude ses gants, ses chausses de fer, et les pans de son haubert, afin d'avoir une meilleure prise sur l'acier. Puis il vint droit au pont, leva une fois encore les yeux vers la tour où la reine était en prison, la salua de la tête, plaça son écu derrière le dos pour n'en être pas gêné, et bravement, après s'être signé, se mit à cheval sur la lame tranchante et commença de ramper et d'avancer à la force des bras et des genoux. Bientôt, de ses mains, de ses pieds et de ses jambes, coula le sang ; néanmoins, il continuait sa dangereuse traversée. Après de terribles efforts, il atteignit enfin l'autre bord. Aussitôt, il se laissa choir sur le sol pour se reposer, après avoir tiré son épée et ramené son écu devant lui.

Pour tous les habitants de la tour, l'exploit de Lancelot signifiait la chose la plus extraordinaire qui se pût voir. Aussi s'étaient-ils tous mis aux fenêtres et parmi ces regards fascinés, se trouvaient ceux de la reine Guenièvre. Le roi Beaudémagu, père du méchant Maléagant, se tenait à ses côtés.

— Ne serait-ce point Lancelot ? lui dit-il.

— Lancelot ? répondit Guenièvre en soupirant. Ah ! sire, puissiez-vous dire vrai, car j'aurais bien plus confiance en lui qu'en quiconque. Hélas ! comment voulez-vous que ce soit lui, alors que depuis si longtemps nous ne savons ce qu'il fait et que certains affirment qu'il est mort. De toute façon, je vous demanderai d'être bienveillant avec ce chevalier qui me paraît extraordinairement courageux.

— Dame, je n'y manquerai pas, dit le roi.

Combat de Maléagant

Sachez que le bon roi Beaudémagu exigea que Lancelot pansât ses plaies et qu'il se reposât dans une chambre retirée de la tour où il lui envoya des serviteurs et tout ce qu'il fallait pour qu'il fût à l'aise. Ensuite, il manda son fils Maléagant.

— Tu devrais saisir l'occasion, lui dit-il, et accomplir un acte dont tu pourrais être fier.

— Quel acte ? demanda Maléagant, faussement aimable.

— Rendre au chevalier qui vient de passer le pont la reine Guenièvre. Il l'a bien mérité. Et moi-même, je ferai quelque chose d'important en délivrant les prisonniers de Gorre. Toi et moi nous donnerons ainsi un exemple de loyauté.

Maléagant émit un grognement, tournant vers son père un visage rouge et furieux :

— Certainement pas, fit-il, car jamais je ne vous suivrai dans cette voie. Je ne suis pas en faute et je veux qu'on le reconnaisse. D'ailleurs personne ne me fait peur, même pas Lancelot !

— Pourquoi ne serait-ce pas Lancelot ? fit le roi d'un ton pensif. À ta place, je me sentirais beaucoup moins tranquille.

— Ne soyez pas si craintif, dit Maléagant avec indignation. Demain, nous saurons à quoi nous en tenir !

Le lendemain, à l'aube, il y avait tant de monde qui se pressait pour assister au combat qu'une chatte n'aurait pu y retrouver ses petits. Lancelot, le visage caché par le heaume, vint réclamer au roi sa bataille.

Le roi le rassura, puis il s'assit, pensif.

— Sire chevalier, dit-il enfin, vous êtes libre de demeurer inconnu. Pourtant, vous me feriez grand plaisir en enlevant votre heaume.

Lancelot le considéra avec étonnement.

— Sire, que vous importe ? fit-il. Cependant, vous m'avez si bien traité que je consens à me découvrir.

Et quand le roi vit que c'était bien Lancelot, il se sentit tout à la fois heureux que le vaillant chevalier fût toujours en vie, malgré ce qu'on en avait dit, et bien préoccupé pour son fils Maléagant.

Cependant, il conduisit Lancelot sur la place principale, devant le château. Puis il se crut obligé de faire de nouvelles exhortations à son fils, lui révélant qui était son adversaire, mais celui-ci ne voulut rien entendre. Alors Beaudémagu, en soupirant, vint retrouver la reine Guenièvre dans la tour. Après avoir pris place à sa droite, il ordonna de crier le ban et de sonner le cor.

Les deux champions s'élancèrent aussitôt l'un contre l'autre, si rapidement qu'ils ne purent éviter de se meurtrir profondément. Et ils étaient si contents d'eux qu'ils continuèrent à se donner de terribles et longs coups d'épée. Blessés tous deux, rapides toujours, et toujours absorbés dans leur lutte, l'issue en parut, un instant, incertaine. Ce fut alors que la reine se pencha à la fenêtre et que Lancelot, sentant qu'elle le regardait, leva les yeux et l'aperçut. Il en fut tellement troublé qu'il s'en fallut de peu que son épée lui échappât. Profitant de son émotion, Maléagant le blessa en maints endroits, mais déjà Lancelot se ressaisissait et courait sus à son adversaire qui chancela deux fois et si dangereusement, que le roi Beaudémagu dit à la reine :

— Dame, si le combat dure longtemps, je n'aurai plus de fils, permettez qu'il n'en soit pas ainsi.

— Beau sire, allez tout de suite séparer les champions, répondit la reine.

Lorsque le roi eut répété les paroles de la reine à Lancelot, celui-ci s'empressa d'obéir et cessa de combattre. Que dire du déloyal Maléagant qui frappa Lancelot de toutes ses forces, alors qu'il était désarmé ? Outré, Beaudémagu fit prendre son fils par ses gens. Mais il hurlait qu'on lui enlevait la victoire, si bien que le roi lui promit qu'il retrouverait Lancelot, un autre jour.

— Il combattra de nouveau contre toi, lui dit-il, et si tu es vainqueur, tu garderas la reine.

Cela fut juré par les champions.

Assise sous la fenêtre ouverte, la reine attendait Lancelot. Il arriva bientôt, conduit par le roi Beaudémagu qui se retira aussitôt.

Tandis qu'à l'extérieur, les gens acclamaient le héros du jour, Lancelot et Guenièvre s'entretinrent très amicalement, heureux de se retrouver comme il n'est pas possible de le dire. Elle soigna elle-même ses blessures et, à son grand soulagement, deux jours après, il était remis sur pied.

Ainsi qu'il avait été dit, il se retrouva donc sur la place, en face de Maléagant, lequel, saisi d'une rage folle, lutta désespérément. Il vola même par-dessus la croupe de son destrier. Aussitôt, Lancelot sauta à terre, se jeta l'écu sur la tête et bondit sur son adversaire avant qu'il ne fût remis du choc. Celui-ci se défendit vaillamment, mais il était grièvement blessé.

Ses cris rauques impressionnèrent le roi, qui implora encore la reine et elle consentit, cette fois aussi, qu'on arrêtât la lutte.

Lancelot, à regret, essuya la lame de son épée, tout en affirmant que c'était bien contre son gré.

— Je vous retrouverai une troisième fois, répondit Maléagant, l'entêté.

Pendant ce temps, qu'était devenu Messire Gauvain ? Personne ne pouvait fournir de ses nouvelles et l'inquiétude commençait à s'emparer de tous. Dès le lendemain, Lancelot partit, comme il devait, vers le Pont sous l'eau, en quête de son ami, accompagné de quarante chevaliers.

Or, un soir que le ciel était couvert d'étoiles, des ombres passèrent tout à coup sur la fameuse place et Gauvain apparut, comme jailli de la terre, ramenant les gens de Lancelot. La reine lui ouvrit les bras, heureuse de revoir son neveu. Celui-ci lui conta comment il avait franchi le Pont sous l'eau, au péril de sa vie, et comment, ayant bu de cette eau non potable, il en avait été malade et comment, tout crispé de douleurs, il avait dû combattre le chevalier qui gardait le passage. Ayant ensuite rencontré les compagnons de Lancelot, conduits par un nain, il s'était mis vainement à la recherche du chevalier.

— Que lui est-il donc arrivé ? dit la reine toute pâle et d'une voix rauque.

Affligé par cette nouvelle, le roi Beaudémagu promit de se mettre à la recherche de Lancelot, ainsi que Messire Gauvain et Keu le sénéchal, enfin guéri de ses blessures. Tandis qu'ils faisaient leurs préparatifs, un valet entra dans la salle, et remit une lettre à la reine, qui pria Beaudémagu de la lui faire lire par un de ses clercs.

Elle sut ainsi que la lettre était du roi Artus, qui lui demandait de revenir à Carduel avec Messire Gauvain et toute sa compagnie, sans attendre Lancelot qui s'y trouvait déjà. Vous pensez si la joie fut grande à cette nouvelle, et la reine, de pâle qu'elle était, devint toute rose et rayonnante de bonheur.

Le jour même, elle partait avec les prisonniers du royaume de Logres que Lancelot avait délivrés en même temps qu'elle. En son honneur, le roi Beaudémagu les escorta jusqu'aux limites de sa terre ; et là, il les recommanda à Dieu, tandis que Messire Gauvain et Keu le sénéchal lui promettaient de veiller sur la reine. Le voyage s'était heureusement passé quand ils entendirent le pas de chevaux qui se rapprochaient. Quelqu'un dit :

— C'est le roi Artus.

Et c'était lui, en effet, qui venait au-devant de la reine.

Était-ce parce que le crépuscule commençait à jeter son ombre, mais la reine, Gauvain et Keu virent que le sourire du roi était contraint.

— Sire, dit Guenièvre, avez-vous quelque ennui ?

— Je n'ai pas vu Lancelot depuis qu'il a combattu Karadoc le géant, et je suis très inquiet à son sujet.

— Comment cela ? firent en chœur la reine, Gauvain et Keu.

Et la reine, trop troublée pour parler, car elle venait de comprendre qu'elle avait été trompée par de fausses lettres, laissa à ses deux compagnons le soin d'expliquer au roi ce qui leur était arrivé. Artus soupira et hocha la tête. Que faire ? Le meilleur chevalier du monde était-il mort au service de la reine ? Celle-ci se refusait encore à le croire, mais son anxiété était si grande qu'elle en perdit un peu de sa célèbre beauté.

Le roi Artus résolut de demeurer quelque temps à Carduel, parce que cette ville était proche du royaume de Gorre, où Lancelot était resté, vraisemblablement.

Bohor l'exilé

À Carduel, après le printemps, l'été allait bientôt s'achever. Le ciel était encore clair, le soleil chaud. Mais il y avait dans l'air une sorte d'attente. Les oiseaux commençaient à se réunir par petits groupes... Ce jour, Artus s'était mis à la fenêtre pour les écouter chanter.

Souvent, par une sorte d'habitude maintenant, il tournait son regard vers la campagne, espérant ainsi apercevoir le chevalier aux blanches armes. Et que vit-il tout à coup ? Une charrette attelée d'un cheval dont on avait coupé la queue et les oreilles. Un nain, à grande barbe et à grosse tête, la conduisait ; à l'intérieur, se trouvait assis un chevalier, les mains liées derrière le dos et les pieds enchaînés aux brancards. Sur le devant étaient suspendus son écu, son haubert et son heaume, et derrière marchait son cheval, de la couleur de la neige, tout bridé et sellé, attaché à la voiture.

Il ne s'écoula pas cinq minutes que la charrette passait devant la fenêtre où était accoudé le roi, qui entendit le chevalier crier :

— Ah ! Dieu, qui me délivrera ?

Artus se pencha et demanda au nain quelle faute il avait bien pu commettre.

— La même que les autres, répondit froidement le nain.

Alors, le roi, déconcerté, s'adressa au chevalier :

— Comment pourrait-on vous délivrer ?

— En prenant ma place !

Le roi leva un sourcil et répondit :

— Vous aurez quelque mal à être entendu, messire !

— Tant mieux, fit le nain, à qui on ne demandait rien.

La charrette, en grinçant, continua sa route vers la ville, où l'impression produite fut très forte, car les huées fusèrent, accompagnées souvent de cailloux et de boue.

Cet incident fut bientôt rapporté à Gauvain et cela lui remit en mémoire l'aventure de Lancelot. « Maudites soient les charrettes, et celui qui les inventa ! » s'écria-t-il. Comme il prononçait ces mots, la voiture entrait dans la cour du palais et le chevalier en descendit.

Quand il vint demander une place à la table où Artus et ses gens se trouvaient réunis, pour le repas, tous les visages se rembrunirent et se détournèrent. On lui apprit qu'il était malséant, pour lui, de s'asseoir à la table des chevaliers et même à celle des écuyers, et on lui suggéra que s'il voulait manger, le seuil de la porte lui suffirait pour s'accroupir.

Le chevalier regarda la porte et y vint lentement. Il y eut un silence. Gauvain regarda longtemps le chevalier, puis, tout à coup, comme pris de remords, il se leva et déclara qu'il lui tiendrait compagnie, car tout charretté qu'il fût, il n'en était pas moins chevalier.

Artus sursauta et se montra scandalisé :

— Quoi ! Beau neveu, dit-il, veux-tu donc démériter de ton siège de la Table ronde ?

— Si l'on est proscrit pour être allé en charrette, alors Lancelot est proscrit ! lança Gauvain.

— Lancelot ? fit le roi étonné, car il ignorait l'aventure.

Après avoir pris quelque nourriture, le chevalier remercia Gauvain et s'en alla. Tout le monde semblait l'avoir oublié.

Or, un instant plus tard, il se faisait à nouveau remarquer en revenant, tout armé, et il cria à la cantonade :

— Si quelqu'un trouve que Messire Gauvain a mal agi en partageant ma nourriture, je suis prêt à me battre avec lui.

Comme personne ne bougeait, le chevalier reprit d'un ton sardonique :

— Roi Artus, sache que j'emmène un cheval que je viens de prendre dans ton écurie. Ce ne sera pas le seul, car tu es si peu généreux que je suis bien obligé de me servir.

À ce discours, le roi fut d'abord ébahi, puis ses yeux brillèrent de colère et le rouge envahit ses tempes. Il déversa son mépris en termes violents. Lorsqu'il se tut, haletant, plusieurs de ses fidèles, dont Keu, le sénéchal, avaient déjà couru s'armer et galopaient à la poursuite du chevalier qui s'en était allé.

Ils s'arrêtèrent devant un ruisseau et le chevalier les chargea si rudement qu'au premier choc, ils étaient désarçonnés. Savez-vous ce que fit alors le chevalier ? Il s'empara de leurs destriers et dit en riant :

— Faites savoir au roi, de ma part, que j'ai pris et gagné encore de ses beaux chevaux.

Tous regagnèrent le palais aussi vite que le leur permettaient leurs jambes et il fallut encore que le sénéchal Keu culbutât au beau milieu du ruisseau et bût une tasse. Si jamais homme connut la honte, à coup sûr, cet homme dut être lui.

Au palais, le roi, plus irrité que jamais, s'en prenait à tout le monde jusqu'à ce que reparussent le nain et sa charrette, dans laquelle, cette fois, était assise une damoiselle voilée. De stupéfaction, Artus en perdit la voix.

Et voilà que la damoiselle venait lui dire son fait. Elle croyait qu'au palais, l'hospitalité était offerte de bon cœur aux déshérités. Eh bien, non ! Un chevalier fut obligé de s'en retourner sans que personne eût consenti à monter en charrette avec lui. Ni ne se fût montré capable de le combattre, puisqu'il emmenait six chevaux, gagnés à la lutte.

— Pour moi, ajouta-t-elle en soupirant, je ne sais si quelqu'un me délivrera en prenant ma place...

— N'en doutez pas ! s'écria Messire Gauvain. À l'instant, je saute dans la charrette, en souvenir d'un vaillant chevalier qui, un jour, fut promené en pareil équipage.

Quant à la damoiselle, elle monta sur un beau palefroi blanc qu'un écuyer lui amena. Et elle n'en continuait pas moins à parler :

— Toi et les tiens, disait-elle, en s'adressant au roi Artus, qui gardait un silence embarrassé, vous auriez dû porter attention au chevalier charretté. Crois-moi, il n'était là que pour imiter Lancelot, qui, un jour, s'y laissa voir aussi pour la défense de la reine Guenièvre. Et maintenant, sais-tu qui était ce chevalier ? Je vais te le dire : Bohor, cousin de Lancelot et frère de Lionel, lequel a repris sa quête de Lancelot, hélas ! sans résultat jusqu'à présent.

Et là-dessus, elle disparut derrière des arbres de la forêt. Au même instant, arrivait Bohor, suivi de ses gens, menant les chevaux qu'il avait gagnés. Il ôta son heaume et dit au roi :

— Sire, je ne suis pas un voleur. Bien que j'aie gagné ces destriers, je te les rends.

Aussitôt, la reine se leva et le retint un grand moment, en tant que cousin de Lancelot. Le roi voulut l'accueillir parmi les chevaliers de la Table ronde, quoiqu'il protestât qu'il n'en était pas digne.

— Beau sire, lui demanda la reine, savez-vous qui était la damoiselle qui se trouvait sur la charrette ?

— C'est la Dame du Lac, qui a élevé Lancelot, Lionel et moi, répondit-il.

— Ah ! que j'aurais aimé lui parler ! s'écria la reine.

Alors, avec les gens de sa suite, elle courut à la recherche de la charrette et elle arriva presque en même temps qu'elle dans la ville, où le nain promenait encore Messire Gauvain.

Aussitôt, pour imiter Lancelot, la reine s'élança dans la voiture, le roi qui l'avait suivie fit de même, et tous les chevaliers qui étaient avec eux, l'un après l'autre.

Et désormais, personne ne fut plus déshonoré pour être allé en charrette et les criminels n'eurent droit qu'à un vieux cheval à queue et à oreilles coupées.

Cependant, tout cela fit réfléchir le roi Artus, et, pour détendre les esprits, faire plaisir aux anciens captifs de Gorre qui depuis des années n'avaient assisté à des fêtes, et aux damoiselles à marier, il fit savoir à tous ses sujets qu'une grande réunion se tiendrait à Pomeglay.

Ces gens heureux, ces fêtes en perspective réjouirent la reine ; elle se disait que ce serait sans doute là l'occasion de revoir Lancelot.

Le tournoi de Pomeglay

Or, quand le jour de la fête arriva, tant de seigneurs affluèrent dans la ville qu'il n'était point de maison où ne fût suspendu l'écu d'un chevalier. Les imprévoyants, les retardataires qui n'avaient pas retenu leur chambre à l'avance durent chercher un toit bien au-delà de la ville et même coucher à la belle étoile.

Aux fenêtres flottaient les bannières, les murs étaient tout tendus de soieries et les rues si bien recouvertes de menthe et de glaïeuls et de joncs qu'on se fût cru dans la salle d'un riche palais. Destriers, chevaux, valets portant des présents aux dames et aux jeunes filles, les parcouraient en tous sens. Mais qui n'avait pas vu le marché n'avait rien vu : là s'amoncelaient les volailles, le poisson et les épices. Les badauds couraient d'un tréteau à un autre, s'arrêtaient un instant devant les changeurs, qui criaient : « C'est vrai ! » ou « C'est mensonge ! », et admiraient, à côté des monnaies, les pierres précieuses et la vaisselle d'or et d'argent. À toute cette gaieté se mêlait le son des cloches, des cors et des buccines. Ici, un singe savant ou un ours dansait autour de sa laisse. Là, un jongleur et des joueurs de vielle et de harpe rassemblaient des spectateurs enthousiastes. De mémoire d'homme, on n'avait vu une si belle fête.

Or, la veille du tournoi, un jeune héraut d'armes, qui était hardi comme un moineau, et curieux comme une pie, après s'être attablé un peu trop longtemps à la taverne, intrigué par un écu accroché au-dehors d'une pauvre masure, s'arrêta, titubant légèrement. « Bizarre », se dit-il. Et il eut envie d'en savoir davantage.

Alors, tout doucement, il poussa l'huis et, sans faire de bruit, sur la pointe des pieds, commença son inspection, à la lumière de la lune. Soudain, que vit-il ? Un homme endormi sur un lit couvert d'un gros drap de chanvre. Il se prit à réfléchir, car il connaissait ce beau visage. Où l'avait-il déjà rencontré ? Mais ne serait-ce point Lancelot ? À ce moment, Lancelot, car c'était lui, ouvrit un œil, puis l'autre, et d'un bond, il se leva et empoigna le garçon, dont le visage était devenu cramoisi.

— Si tu dis mon nom à quiconque, je te tords le cou ! cria-t-il.

Le garçon jura ses grands dieux qu'il n'en toucherait mot à personne et partit sans demander son reste. Mais à peine était-il sorti de la maison, voilà qu'il parcourait les rues, hurlant à pleins poumons :

— Ores est venu qui l'aunera ! Ores est venu qui l'aunera !

Les gens qui veillaient, en dansant dans leurs maisons illuminées, vinrent sur le pas de leur porte, et ils se demandaient, étonnés, ce que voulait dire ce grand drôle… N'était-il pas question d'un chevalier qui l'emporterait sur les autres ? Mais quel était donc ce chevalier ? Car on ne connaissait pas encore ce cri-là. C'est depuis cette histoire qu'on l'entend dans les tournois. Que firent les gens ? Ils se remirent tout simplement à danser, mais ce cri nouveau et singulier les préoccupa longtemps.

Les hérauts n'attendirent pas le jour pour réveiller les chevaliers et, dès l'aube, des cortèges défilaient dans la ville. Il fallait voir les valets sur le terrain, ficher les lances en terre, vider les coffres, étaler les hauberts, les chausses, les sangles et les sursangles. Ils étaient plus de deux cents chevaliers et les lances étaient si nombreuses qu'on pouvait se croire dans un bois. Une estrade avait été dressée pour la reine, ses dames et damoiselles.

Guenièvre y vint bientôt, accompagnée de Messire Gauvain, qui ne participait pas au tournoi, et de quelques barons qui ne pouvaient porter les armes, allant partir pour la croisade.

— À vos heaumes ! crièrent soudain les hérauts.

Et les joutes commencèrent. À cet instant, arrivait Lancelot suivi d'un seul écuyer portant quantité de lances. Il s'arrêta quelques secondes sous la loge de la reine, la regarda, mais comme sa tête était couverte du heaume, Guenièvre ne put le reconnaître. Ce ne fut que lorsqu'il se mit sur les rangs que son visiteur nocturne aperçut son écu. Alors, il recommença à crier à tue-tête :

— Voici qui l'aunera... Voici qui l'aunera...

Sa voix fut couverte par le bruit des champions en pleine lutte. Lancelot fondit sur ses adversaires comme la foudre descend du ciel, et il les culbuta. Et il continua de la sorte, brisant les lances, abattant tout sur son passage, et donnant à qui en voulait les chevaux qu'il gagnait. Or, à voir tant d'agilité à vaincre et tant de vaillance, Messire Gauvain s'approcha de la reine pour lui confier :

— Ne serait-ce point Lancelot ?

— Je ne sais, répondit-elle, mais depuis longtemps, toute son attention se portait sur ce chevalier.

Et, pour en avoir le cœur net, elle pria une de ses damoiselles d'aller lui commander de sa part qu'il fît désormais le moins bien qu'il pût. Montée sur une mule, la damoiselle traversa le champ et aussitôt, Lancelot obéit à sa dame. Exprès, il manqua son adversaire, feignit d'avoir peur, s'accrocha au cou de son cheval et s'enfuit enfin devant tous ceux qui l'approchaient. Déconcertée, la foule se mit à le huer.

— Ami, criait-on au héraut qui avait prédit qu'il l'emporterait sur les autres, il a tant combattu, ton champion, qu'il est brisé. Où est-il allé ? Où s'est-il caché ?

Et, pendant les trois jours que dura le tournoi, Lancelot observa la même tactique : il fit d'abord au mieux, puis beaucoup moins bien. Pourtant, il termina par une victoire, mais quand on voulut lui remettre le trophée, on ne trouva que son écu, sa lance et l'armure de son cheval. Et, une fois encore, la disparition de Lancelot piqua la curiosité de tout le monde.

Lancelot dans la tour

Qui aurait pu se douter de la réalité ? Lancelot, rappelez-vous, était parti dans l'espoir de retrouver Gauvain, il y avait des mois de cela. Or, sur sa route, par un après-midi de pluie où il s'était mis à l'abri sous un arbre, il vit venir à lui un nain, dissimulé derrière un buisson. Le nain ne semblait pas pressé, mais inquiet de quelque oreille indiscrète. Qu'avait-il donc de si important à révéler ? Lancelot se pencha pour recueillir sa confidence... Messire Gauvain, lui dit-il, le priait de venir le retrouver sans délai.

— Et où donc ? demanda Lancelot.

Le nain mit un doigt sur sa bouche et tout bas répondit :

— Suivez-moi seul. Vos gens n'auront qu'à vous attendre ici.

Convaincu d'avoir affaire à un messager de Gauvain, Lancelot lui emboîta le pas, tout joyeux. Ils se dirigèrent vers un château fort, ce qui ne laissa pas d'intriguer Lancelot. Où le menait-on ? Hélas ! il n'eut le temps ni de poser la question, ni de réfléchir. Dès qu'il eut franchi le seuil, un fossé très profond, heureusement tapissé d'herbes fraîches et de feuilles mortes, le reçut avec un bruit mat. Avant qu'il eût repris son souffle, il avait compris que ce piège, dans lequel, au propre et au figuré, il était naïvement tombé, ne pouvait être que l'œuvre de Maléagant.

Et à présent, que faire ? se disait-il. Très mortifié, il se laissa désarmer par les gens qui habitaient la forteresse, puis mettre en prison dans une tour, où il fut gardé par le sénéchal de Gorre, avec beaucoup d'égards : toute liberté lui était permise, sauf celle de sortir. Maléagant avait admirablement organisé tout cela.

Ce fut là qu'un matin, il apprit, par le sénéchal, la nouvelle du tournoi que le roi Artus s'apprêtait à donner à Pomeglay. Et Lancelot se mit en tête d'y assister. Or, tout se passa fort bien, grâce à la femme du sénéchal de Gorre, qui s'occupait du prisonnier de la tour, et qui était particulièrement bonne et sensible aux misères d'autrui. Elle compatit si bien à l'épreuve de Lancelot, comprenant qu'il voulait revoir la reine, qu'elle lui dit :

— Messire, si vous me jurez de revenir dans la tour comme prisonnier, à la fin du tournoi, je vous donnerai des armes et vous pourrez y participer...

Lancelot ne se le fit pas dire deux fois, vous le pensez bien. Malheureusement, quand, fidèle à sa promesse, il revint dans la tour, Maléagant, ayant été averti de sa sortie par un traître, ne trouva rien de mieux que de l'enfermer dans une autre tour, très haute, et située au milieu d'un marais. Portes et fenêtres furent murées, et seule demeura une petite ouverture au sommet, par laquelle on faisait passer chaque jour au prisonnier du pain d'orge et de l'eau trouble, apportés en barque, et déposés dans un panier qu'il tirait lui-même par une corde.

Cela fait, Maléagant, les yeux brillant de méchanceté, se rendit à la cour du roi Artus, qui était alors à Londres, pour réclamer la bataille contre Lancelot, ne s'avouant toujours pas vaincu.

— Lancelot n'est point ici, répondit le roi. Depuis longtemps, nous ne savons, hélas ! ce qu'il est devenu. Mais vous n'ignorez pas ce que vous devez faire, Maléagant ?

— Et quoi donc ?

— Attendre ici quarante jours, et si Lancelot ne se présente pas, ou quelque autre, à sa place, vous serez vainqueur et vous emmènerez la reine.

— Ainsi ferai-je, répondit Maléagant en se redressant de toute sa hauteur.

C'était ne pas compter avec le hasard, ni avec la femme du sénéchal de Gorre, dont la bonté bien connue fit preuve d'audace. Elle se révéla pleine d'idées astucieuses et singulièrement douée pour les évasions. Après être parvenue à découvrir la nouvelle prison de Lancelot, elle vint en inspecter les alentours, montant dans une barque et voguant jusqu'au pied de la tour. Là, elle découvrit le fameux panier, qui l'intrigua d'abord, puis, après avoir réfléchi, elle conclut que ce panier servant pour les vivres pourrait avoir un autre emploi. Et un soir, dans le silence presque complet et dans l'obscurité, elle déposa dans le panier un pic et un jeu de cordes. Et à Dieu vat ! Violemment, elle heurta le panier : Lancelot se mit à la fenêtre et tendit le cou. Quand il comprit de quoi il s'agissait, vous pensez s'il tira le panier jusqu'à lui. Avec le pic, il agrandit l'ouverture ; puis, souple et silencieux comme un chat, à l'aide des cordes, il glissa dans la barque et partit avec celle qui venait de le libérer.

Et sachez bien qu'une fois hors de la tour, pour tout l'or du monde il n'y fût retourné.

Mort de Maléagant

Il n'y avait plus qu'une semaine à attendre pour que se terminât le délai des quarante jours. Or, Maléagant ne pouvait plus attendre. Il se présenta donc, chargé de son armure, devant le roi Artus qui le regarda sans aménité. Mais Maléagant ne perdit rien de sa suffisance et déclara simplement que puisque Lancelot n'arrivait pas, il emmenait la reine.

— Ah non ! hurla Gauvain en se levant d'un bond. Permettez-moi de croire que si Lancelot était là, vous seriez bien moins pressé d'avoir votre bataille. Eh bien, c'est moi qui le remplacerai, car sachez-le, Lancelot est mon ami et je ne permettrai pas qu'on ose toucher à un cheveu de Madame la reine.

Et, sans plus tarder, il alla se faire armer par ses écuyers. Lorsqu'il fut tout prêt à partir, un chevalier se fit annoncer. Qui était-ce ? Lancelot, bien sûr, pour la plus grande joie de Messire Gauvain, du roi et de la reine qui accoururent dès qu'ils surent son arrivée. Il semblait que le monde renaissait et déjà toute peine était oubliée, car le bonheur défait et efface la douleur dans l'instant.

Mais Lancelot, lui, n'oubliait pas Maléagant et courut le chercher.

Maléagant, en le voyant, fit un « ah » stupéfait et cria d'une voix affolée et étouffée :

— Vous... ici...

Ironiquement, Lancelot lui cita ce proverbe :

— Il est trop tard pour fermer l'étable quand les chevaux n'y sont plus. Eh oui, je suis hors de la tour où vous m'aviez enfermé par trahison.

Dans un champ où courait un ruisseau sur des graviers clairs comme de l'argent, prirent place le roi, à côté de la reine, et leur suite, pour assister au combat des deux champions. Dès que le cor eut donné le signal, ils s'affrontèrent.

Au premier choc, la lance de Maléagant vola en éclats, mais son courage s'accrut avec cette défaite. Cependant, l'écu percé, le bras cassé et le corps blessé, il finit par tomber de son cheval. Aussitôt, Lancelot mit pied à terre et courut sus à son adversaire, l'épée à la main, en se couvrant de son écu. Et tous deux continuèrent à lutter longtemps. N'en pouvant plus, Maléagant saignait abondamment et Lancelot lui demanda s'il s'avouait vaincu :

— Je suis à votre merci ! cria-t-il. Mais ayez pitié de moi...

Et, tout en demandant grâce, il tentait d'atteindre son adversaire d'un coup bas. Lancelot le comprit et, pour s'en défendre, le tua.

Alors, le roi Artus donna l'accolade au vainqueur, tout armé comme il était, et poussa la sollicitude jusqu'à vouloir lui-même lui délacer son heaume. Quand le visage du chevalier apparut, il était pâle, suant, mais souriant.

Cette victoire lui valut un honneur que le roi Artus n'avait encore jamais accordé à aucun chevalier : il le fit asseoir tout à côté de lui, sur son estrade. Et ce fut désormais la place de Lancelot.

Toutes ces aventures furent ensuite couchées par écrit par les grands clercs, sur l'ordre du roi.

LE CHÂTEAU AVENTUREUX

UN jour que la brume se levait rapidement en longues et souples écharpes et que la forêt de Camaaloth surgit, haute et touffue pour abriter les fées et les déesses, le roi Artus décida d'y aller chasser.

L'accompagnèrent quatre rois couronnés et un nombre impressionnant de ducs, de comtes et de barons, car sachez qu'après le tournoi de Pomeglay, se trouvant si bien au royaume de Logres, beaucoup n'étaient pas encore repartis chez eux.

Le ciel bleu, le vent chaud avaient mis la reine et ses dames et damoiselles de bonne humeur et elles avaient saisi l'occasion pour flâner derrière les chasseurs. Des robes claires et plissées les revêtaient, et rien n'était plus plaisant à regarder que leur suite. Quatre chevaliers les gardaient : Keu, le sénéchal, Sagremor, le neveu de l'Empereur de Constantinople, Dodinel, et Lancelot du Lac. Un écuyer tenait dans ses bras un petit chien braque qui appartenait à la reine et qui amusait tout le monde. Les jeunes filles chantaient, les yeux brillant de joie, la journée s'annonçait radieuse, quand soudain...

Sentant que quelque chose d'insolite arrivait, le petit chien lâcha un torrent d'aboiements rauques et un chevalier, monté sur un haut destrier, déboucha d'un sentier.

La reine répondit gracieusement à son salut :

— Dieu vous garde, sire chevalier !

Et comme elle s'apprêtait à poursuivre sa promenade, il saisit son cheval et voulut lui faire tourner bride. Aussitôt Keu s'interposa et tira son épée :

— Laissez le cheval de Madame la reine, dit-il, ou gare à vous !

— Voire, sire Keu, nous pourrions commencer par jouter.

Sitôt dit, sitôt fait : ils étaient déjà à se jeter l'un sur l'autre. Hélas ! Keu fut presque tout de suite abattu. Sagremor, à son tour, dès le premier coup de lance, tomba et Dodinel ne put demeurer en selle... il ne restait que Lancelot.

Sur le point de s'élancer, il s'entendit appeler. Se retournant, il vit une vieille femme qui accourait à cheval. Un cercle d'or serrait ses cheveux blancs, déliés et épars sur ses épaules, comme se coiffaient les jeunes personnes.

— Sire chevalier, cria-t-elle à Lancelot, du plus loin qu'elle put, sire chevalier, acquittez votre serment.

— Quel serment ? demanda Lancelot éberlué.

— Celui que vous m'avez fait, quand vous cherchiez la terre de Galehaut.

Lancelot s'en souvint : cette femme lui avait, jadis, indiqué son chemin, à condition qu'il la suivrait, lorsqu'elle le lui demanderait, et il avait juré.

— Dame, dit Lancelot, voulez-vous donc me faire perdre l'honneur en me forçant à m'éloigner de ce chevalier qui m'attend pour le combat ? Pour Dieu, attendez un instant, le temps que je l'aie vaincu !

— Non, fit la vieille, car si vous êtes, vous, le vaincu, vous serez son prisonnier.

— Eh bien, allons ! fit Lancelot en soupirant, mais sachez que nous n'aurons pas fait une lieue, je me tuerai avec mon épée.

L'argument fit réfléchir la vieille femme.

— Si je vous laisse jouter, pouvez-vous me jurer de me suivre ensuite ? demanda-t-elle.

— Je le jure, sauf si je suis dans l'impossibilité de marcher.

Là-dessus, nos deux champions se hâtèrent de se combattre et ils se blessèrent mutuellement. Si l'inconnu culbuta, Lancelot reçut de son adversaire un morceau de fer qui resta fiché dans son côté.

— Allons ! dit la vieille implacable, sire chevalier, en route !

Lancelot dut faire d'immenses efforts pour s'éloigner au galop de son cheval, derrière elle, tandis que la reine s'écriait :

— Qu'il revienne ! Vous voyez bien qu'il est blessé. Et s'il continue ainsi, il va mourir...

Peu après, le roi Artus rentra de la chasse avec sa suite ; il était radieux, et plaisantait car il avait tué nombre de gibier. Mais quand il fut mis au courant du malheur qui était arrivé, il se montra navré. Messire Gauvain, Lionel et dix des plus vaillants compagnons de la Table ronde, déclarèrent qu'ils prenaient leurs dispositions pour se mettre en quête du chevalier aux blanches armes.

Et soudain, ils virent un chevalier traverser la forêt, vêtu des armes de Lancelot. Était-ce lui qui revenait ?

Hélas ! Il passa près de la reine et s'enfonça sous les arbres sans prononcer un mot ; tous comprirent alors que ce n'était pas Lancelot. Et ils songèrent qu'il avait dû être vaincu par trahison. Ou (qui sait ?) tué par celui qui venait de se montrer.

Gauvain au Château Aventureux

Gauvain chevaucha longtemps pour se trouver, un beau jour, dans une vallée où s'élevait un château fort entouré d'eau. Il franchit le pont qui y conduisait et comme il arrivait au pied du château, il entendit des gémissements. « Qu'est-ce donc ? » se dit-il en regardant autour de lui. Et il vit une jeune fille plongée dans une cuve.

— Qui donc m'aidera à sortir de là ? criait-elle.

Messire Gauvain se hâta de lui tendre la main, puis il tenta de la soulever, mais il ne le put.

— Damoiselle, dit-il, je suis navré, mais il m'est impossible de vous délivrer. Souffrez-vous beaucoup ?

— Tâtez donc l'eau où je suis...

Gauvain mit la main dans la cuve, et l'ôta tout aussitôt : l'eau était bouillante.

— Seul le meilleur chevalier du monde me tirera de cette cuve, dit la damoiselle. Mais vous, puisque vous n'avez pu accomplir cette aventure, vous ne partirez point d'ici sans honte.

Gauvain, pourtant, continua son chemin, et s'en fut au palais, où il fut très bien reçu par des chevaliers qui s'y trouvaient. Et, tout à coup, il arriva la chose la plus extraordinaire que jamais homme ait entendu raconter. Un pigeon vola dans la salle, tenant en son bec un encensoir qui embaumait. Puis la plus belle, la plus gracieuse, la plus plaisante jeune fille du monde entra, portant un très riche vase. Elle fit le tour de la salle et sortit. Messire Gauvain, qui l'avait suivie du regard, ébloui par sa grande beauté, se retourna et vit que devant chacun des chevaliers se trouvaient d'excellents mets, mais devant lui, il n'y avait rien du tout. Il résolut d'attendre, et s'en alla, tout penaud, s'appuyer à une fenêtre. Il y resta un moment, puis il se retourna : il n'y avait plus dans la salle qu'un nain armé d'un bâton, qui s'écria :

— Qui êtes-vous, chevalier du malheur ?

Gauvain haussa les épaules... et s'en alla se coucher. Or, vers minuit, un cri le réveilla en sursaut. Il promena ses yeux dans la chambre et remarqua près de la fenêtre une épée suspendue. Déjà, il s'apprêtait à l'enlever, mais l'épée enchantée tomba comme la foudre, vint le blesser et retourna à sa place. Gauvain en resta interdit. Puis de nouvelles importunités commencèrent à la lueur de la lune : un vent violent souleva l'herbe dont la pièce était jonchée, un harpiste chanta un lai sur l'enchanteur Orpheus qui fonda, dans la marche d'Écosse, les châteaux des Enchanteurs. Quand il eut fini, le chanteur s'écria :

— Ah ! ne viendra-t-il jamais, celui qui doit me délivrer ?

Plaignant ainsi, il s'en fut, et Messire Gauvain se disposait à le suivre, mais un terrible coup de tonnerre retentit. Le palais se mit à trembler, les fenêtres à battre les murs, les éclairs à luire, et l'orage éclata d'autant plus violent qu'il ne pleuvait pas. Cela dura un bon moment ; puis tout s'apaisa, un vent doux traversa la chambre. Messire Gauvain sortit, tout éberlué et tremblant, et il entendit une voix lui dire :

— Souviens-toi toujours du Château Aventureux du Graal.

Gauvain sentit alors ses forces revenir. Il revêtit ses armes, enfourcha son cheval et voulut retourner au Château Aventureux pour tirer vengeance du traitement qu'on lui avait fait subir. Mais, les yeux rétrécis, la barbe hérissée, respirant à peine, il ne découvrit que des champs : la forteresse s'était évanouie comme une fumée. Il partit donc, honteux, comme le lui avait prédit la damoiselle de la cuve.

Lancelot au Château Aventureux

Figurez-vous que peu après le départ de Gauvain de cette vallée perdue, arriva Lancelot, escorté de la vieille au cercle d'or et de Lionel.

Des jours et des jours le séparaient maintenant de la surprenante apparition de cette vieille femme, qui semblait un peu folle et qui avait eu, cependant, assez de cœur pour lui prêter assistance alors que sa blessure le faisait atrocement souffrir, au point qu'il s'était évanoui. Pendant qu'elle tentait de le ranimer, un chevalier sans foi ni loi vint à passer, Greffon de Maupas. Voyant les armes de Lancelot, appuyées contre un arbre, il s'en empara et, le plus discrètement possible, s'éloigna. Peu après, il traversait une clairière, à la Fontaine aux Fées, et la reine Guenièvre, rappelez-vous, en fut très émue, le prenant d'abord pour Lancelot, dont il portait les armes, puis pour son meurtrier.

Cependant retentit bientôt une voix courroucée : c'était celle de Lancelot qui, revenant à lui, cherchait son écu, son heaume et son haubert qui avaient disparu.

— Sire chevalier, il faut reprendre la route, dit la vieille, je crains que votre blessure ne s'envenime...

Il réussit, non sans peine, à se hisser sur son cheval.

— Comment vous sentez-vous ? demanda la vieille.

Il ne dit mot jusqu'à la maison d'un bûcheron où ils s'arrêtèrent, la vieille femme et lui. Des mires furent aussitôt appelés et six semaines plus tard, Lancelot était remis sur pied.

Il repartit donc, toujours avec la femme au cercle d'or qui, entre-temps, avait pu lui procurer de bonnes armes, et un écu tout neuf qu'elle lui donna gracieusement. Ils parvinrent ainsi dans une prairie, au bord d'une fontaine qu'ombrageait un bouquet d'arbres, sous lesquels des moutons gambadaient. Un vent chaud s'était levé et jouait à dévorer toute verdure. Lancelot était cramoisi sous son heaume et mourait de soif. Aussi courut-il vers l'eau fraîche de la fontaine pour en boire tout son content. Que lui arriva-t-il aussitôt ? Il tenta de se retenir, en prenant appui sur un tronc d'arbre, mais glissa, pris d'un vertige, et tomba comme mort.

— Mon Dieu ! s'écria la vieille, pâle d'émotion, le meilleur chevalier du monde va-t-il trépasser ?

Comme elle parlait, deux vipères sortirent de l'eau, puis y replongèrent. Et comme si cette apparition eût été un signal, il arriva soudain une jeune damoiselle et son frère. Dès qu'ils virent dans quel état se trouvait Lancelot, en toute hâte, ils cueillirent certaines herbes, puis les pilèrent avec de la thériaque, et enfin firent avaler ce mélange au malade. Aussitôt, son corps enfla comme un tonneau. Alors, la damoiselle et la vieille femme l'installèrent le plus commodément qu'elles purent et le couvrirent de tout ce qu'elles trouvèrent de chaud.

Le lendemain, Lancelot ne pouvait remuer un doigt et tous ses cheveux étaient tombés. Il jeta sur la vieille et la damoiselle un regard implorant et demanda qu'on les conservât dans une boîte d'ivoire, pensant les envoyer à la reine. Les deux femmes le soignèrent avec dévouement, le disputant à la mort.

Un beau matin, il aperçut la figure inquiète de Lionel qui se penchait vers lui.

— Comment vous portez-vous ? dit-il.

La joie de Lionel d'avoir retrouvé celui pour qui il s'était mis en quête était grande, mais grande était également sa peine de le voir malade. Et lorsqu'il fut informé de l'aventure des vipères, il dit qu'il n'en connaissait pas de semblable. Puis, à son tour, il conta comment la reine avait cru à la mort de Lancelot et comment lui-même, Messire Gauvain et dix compagnons de la Table ronde s'étaient mis en quête. Très impressionné par l'angoisse de sa dame, Lancelot dit à son cousin :

— Pourriez-vous au plus tôt rassurer Madame la reine et lui donner de mes nouvelles ? Et pour lui prouver que j'ai été bien malade, portez-lui donc mes cheveux que renferme cette boîte.

Lionel se remit donc en route, à toute allure, sur son cheval, sans autre arme que son épée pour être moins lourd. Quelques jours plus tard, il était de retour.

Faut-il dire qu'en entendant narrer la tristesse de la Cour, pendant son absence, le chagrin de la reine qui ne pouvait plus manger, Lancelot en eut les larmes aux yeux ? Il demanda bien vite comment Guenièvre avait trouvé la boîte d'ivoire. Sans entrer dans les détails, Lionel répondit que la joie s'était alors épanouie sur son visage et qu'il pouvait l'assurer de son bonheur.

— Voici son anneau, qu'elle m'a donné pour vous, dit-il.

Lancelot reconnut alors l'anneau que lui avait remis jadis la Dame du Lac et dont il avait fait cadeau à la reine. Il n'en fallut pas plus pour le guérir et lui rendre toute sa vitalité. Avant de prendre congé de la damoiselle qui l'avait si bien soigné, il lui offrit, pour la remercier, une ceinture d'or que la reine lui avait donnée. Puis il s'éloigna en compagnie de Lionel et de la vieille au cercle d'or. C'est ainsi qu'ils arrivèrent au Château Aventureux.

— Sire chevalier, dit alors la vieille, il vous faut entrer dans ce château.

— Ainsi, serai-je quitte envers vous ?

— Oui, sire, vous le serez.

— Je tenterai donc l'aventure.

La vieille, les yeux brillants, le visage animé, lui souhaita bonne chance et s'en fut. Un instant plus tard, Lancelot écoutait le bruit de sabots du cheval de Lionel qui s'éloignait. Une mouche vola autour de sa tête et se posa sur son nez, Lancelot sursauta, la chassa, et, résolument, se dirigea vers la forteresse. Dès qu'il en eut passé la porte, un murmure se fit entendre :

— Sire chevalier, la honte vous attend...

Néanmoins, il poursuivit son chemin et, pour couvrir ce murmure, il fredonnait. Lorsqu'il parvint au pied de la maîtresse tour, des gémissements le surprirent. Quelque part — mais où ? — une femme souffrait. Il regarda de tous côtés et finit par trouver la même damoiselle que Messire Gauvain, celle qu'il n'avait pu tirer de sa cuve. Elle le suppliait de la secourir.

Fronçant le sourcil, il s'approcha, la prit sous les bras et la souleva aussi facilement qu'il aurait soulevé un fétu de paille. La damoiselle eut pour lui des yeux emplis de gratitude et voulut lui baiser les pieds. Avec un soupir de satisfaction, Lancelot se retourna et vit des gens arriver et s'assembler autour de lui et s'étonner de sa hardiesse. Après maints compliments, ils conduisirent Lancelot, fort intrigué, au cimetière et lui montrèrent une tombe qui portait cette inscription : « Cette tombe ne sera pas levée avant la venue du léopard dont le grand lion naîtra. »

Lancelot, simplement en la touchant, la souleva sans effort, mais aussitôt un dragon en sortit, crachant des flammes. Lancelot lui courut après, baissant la tête car la chaleur lui brûlait la nuque, le cou et le dos, et parvint à faire voler la tête du monstre en une seconde.

Alors, des chevaliers richement vêtus surgirent en un clin d'œil, et le menèrent en grand cortège au château, où des jeunes filles le désarmèrent et lui passèrent un manteau digne d'un roi. Puis elles le conduisirent dans la salle, où des chevaliers s'inclinèrent devant lui. Et tandis qu'il s'entretenait avec eux, un homme entra avec une longue barbe noire et des habits si beaux que l'on en voyait peu ainsi. Il portait au doigt un bel anneau d'or et sur la tête une couronne d'or et de pierres précieuses. Et vous ne serez pas étonné de tant de somptuosité, quand vous saurez que c'était le roi Pellès en personne, le plus riche pêcheur qui fût.

— Sire, le roi ! dirent alors les chevaliers en se levant.

Lancelot s'immobilisa, puis il salua le roi qui lui donna l'accolade. Et qui lui dit :

— Doux sire, votre venue est depuis longtemps annoncée. Voudriez-vous me rappeler votre nom ?

— Lancelot du Lac. J'appartiens à la maison du roi Artus et je suis compagnon de la Table ronde.

— Alors, n'êtes-vous pas le fils du roi Ban et de la reine Hélène ?

À cet instant, se produisit la chose extraordinaire que Messire Gauvain avait vue : le pigeon blanc et son encensoir d'or, les tables chargées de mets succulents, et enfin la très belle et très imposante damoiselle avec son précieux vase. Et ainsi qu'il était arrivé pour Gauvain, il n'y eut rien sur la table de Lancelot. Mais le roi Pellès s'en aperçut et lui fit porter de quoi se régaler.

Or, sachez qu'il lui servit un vin dans une petite coupe, qu'il avait spécialement préparé et qui, en réalité, était un philtre destiné à le rendre amoureux de sa fille. Et dès que Lancelot l'eut avalé, il devint comme fou, ne sachant plus où il était, ni ce qu'il faisait, ni qui lui tenait compagnie.

Qui avait voulu cela ? La fille de Pellès, le riche roi pêcheur, que Lancelot retrouva le lendemain matin, couchée à ses côtés. L'influence du poison s'étant évaporée, tout parut alors à Lancelot si odieux qu'il entra dans une grande colère. Pouvait-il supposer que tout cela avait été prédit et que naîtrait ainsi Galaad, le chevalier qui aurait l'insigne honneur de s'asseoir sur le siège périlleux de la Table ronde, à la droite d'Artus ?

Lancelot, néanmoins, revêtit ses armes qu'il trouva toutes préparées et parcourut les chambres où il avait passé la veille, pensant qu'il croiserait quelqu'un ; mais certaines étaient vides et plongées dans l'obscurité et les autres fermées à clef. Il eut beau frapper à la porte et si fort qu'un sourd l'aurait entendu, il n'obtint que l'écho de ses coups. La salle semblait à l'abandon, il la traversa, descendit des escaliers qui aboutissaient dans la cour et là, il courut à l'écurie. À son grand étonnement, son cheval était tout sellé. Alors, il le tira dehors, après qu'il se fut emparé de son écu et de sa lance et, sur son destrier, il franchit à toute vitesse le pont-levis. Il n'en était pas sorti qu'il comprit qu'on commençait à le relever. Lancelot marcha quelques minutes, puis il se retourna, se haussa sur la pointe de ses étriers et ne vit aucune trace du Château Aventureux d'où il venait. Alors, ne sachant que penser, il s'éloigna, si surpris qu'il se laissa mener par son cheval.

Les trois dames

Il marcha une heure, deux heures... imaginant qu'il revenait au palais de Carduel, vers la belle reine Guenièvre. Peu à peu, il allait s'endormir. Le soleil brûlait, l'air était immobile. L'ombre d'un pommier exerça sur lui une violente attirance, et il s'y arrêta. Il ôta la selle et la bride de son cheval qu'il laissa paître en liberté.

Trois dames, sur lesquelles Lancelot n'avait pas encore fixé son attention, étaient assises non loin, avec des chevaliers. L'une était la reine de Sorestan, l'autre la reine Sibylle, l'enchanteresse, et la troisième,. Morgane, la fée. Cette dernière ne reconnut pas Lancelot dont tous les cheveux étaient tombés pendant sa maladie.

— Emportons ce beau chevalier dans mon manoir qui est proche, dit-elle tout bas à ses deux amies. Et nous verrons laquelle de nous trois il choisira...

Et ce fut ainsi que Lancelot, enchanté par la fée, se trouva transporté tout endormi dans une chambre du château dont les fenêtres étaient grillées. Et là, quand le charme n'eut plus aucun pouvoir et qu'il s'éveilla, la chambre et ses ombres, car la lune maintenant se montrait, lui semblèrent irréelles. Il s'effraya, se demandant comment et pourquoi il était couché en cet endroit, alors qu'il sommeillait sous un pommier. Où se trouvait-il donc ?

Soudain, la porte s'ouvrit et les trois dames entrèrent, vêtues de riches atours.

— Sire chevalier, dit la reine de Sorestan, vous êtes notre prisonnier, mais vous pourrez vous racheter.

— Dame, si cela est possible, je le ferai volontiers.

— Pour rançon, dites-nous celle que vous préférez de nous trois...

Lancelot les regarda avec surprise.

— Il me faudra donc choisir une amie nouvelle parmi vous ou demeurer en prison ? fit-il, alarmé.

— C'est cela !

— Eh bien, cria Lancelot en colère, j'aime mieux demeurer dans cette chambre toute ma vie que de faire ma mie de l'une de vous !

Voulant lui dire quelque chose d'extrêmement blessant, les trois dames furieuses crièrent toutes à la fois, s'étranglèrent, et sortirent en proférant des menaces.

Le soir, Morgane prépara elle-même un philtre qu'elle fit boire à Lancelot et il s'endormit aussitôt profondément. Alors, par un tuyau d'argent qu'elle lui enfonça dans le nez, elle lui insuffla une poudre. Savez-vous ce qui arriva ? Le lendemain matin, en s'éveillant, Lancelot ne respirait qu'à peine. Et il fut si malade qu'il dut garder la chambre du mois de septembre à Noël.

À ce moment, il commença à faire quelques pas autour de son lit. Étant inoccupé, il regardait par la fenêtre pour tuer le temps, et c'est ainsi qu'il aperçut un homme en train de peindre des fresques, dans une chambre qui se situait juste en face de la sienne. Cela lui sembla une bonne idée, et il cria de la fenêtre à l'homme de lui prêter des couleurs et des pinceaux. Celui-ci s'empressa de les lui envoyer, et Lancelot se mit à la tâche. Tous les principaux faits de sa vie furent tracés et illustrés sur le mur : son arrivée à Carduel avec la Dame du Lac, son trouble la première fois qu'il vit la reine, et comment ensuite il s'était agenouillé devant elle sans oser la regarder, et ses nombreux tournois et ses aventures. Et tout était si bien et si joliment figuré qu'on aurait cru à un peintre de métier.

Or, tous les soirs, tenant un cierge en main, Morgane venait voir dormir Lancelot, qu'elle trouvait si beau qu'elle commençait bel et bien à l'aimer d'amour. Mais qui se sentit folle de jalousie devant les peintures de Lancelot ? Ce fut aussi Morgane, comprenant les liens qui l'unissaient à la reine Guenièvre, et qui se dit qu'un jour, elle en parlerait au roi Artus. Et elle ordonna qu'on fournît à son prisonnier tous les pinceaux et couleurs dont il aurait besoin.

Lancelot, plein d'ardeur, se remit à l'ouvrage, représentant comment il avait conquis la Douloureuse Garde, puis comment il était tombé en extase devant sa dame et comment pour la reine, il était monté en charrette... et tout ce qui lui était arrivé.

Et à peindre cela, il lui fallut plus de deux années.

La rose

Tandis que le temps passait, un sombre accablement s'emparait de Lancelot. Pour l'en sortir, Morgane fit planter sous sa fenêtre des arbres ; et le printemps emplissait le jardin de fleurs, de parfums et du murmure des feuilles nouvelles. Les anémones, les roses dressaient leurs pétales fragiles. Lancelot interrompait son travail de peintre pour les regarder. Cela le mettait dans une humeur mélancolique, car pour lui, les roses rappelaient le teint frais de sa dame... La reverrait-il jamais ?

Un dimanche, il demeura à rêver d'elle, assis au bord de sa fenêtre grillée, jusqu'à ce que le soleil emplît le ciel et se déversât en longs rayons ardents. Il remarqua un rosier où s'épanouissait une fleur cent fois plus belle que les autres, et il songea à Guenièvre, qui était cent fois plus belle que les autres femmes.

— Puisque je ne puis avoir ma dame, se dit-il, au moins aurai-je cette rose.

Tout en songeant, il allongeait le bras, mais sans pouvoir atteindre la fleur, et il devint positivement frénétique. Il secouait les barreaux, avec tant de rage, qu'il finit par les arracher, non sans se blesser les mains, certes, mais il était libre. Alors, d'un bond, il sauta dans le verger, cueillit la rose, entra sans bruit dans la maison et, le plus vite possible, revêtit des armes qu'il trouva dans un coffre, puis gagna l'écurie, enfourcha le meilleur destrier et il s'en fut pour Carduel.

Pour tout adieu, il eut le regret de ne pouvoir tuer Morgane, la déloyale.

Quand il revint en Grande Bretagne, après avoir vaincu Claudias de la Terre Déserte, le roi Artus ne pensa qu'à une chose : réunir beaucoup de monde pour fêter sa victoire. Pour le jour de la Pentecôte, il lança donc des invitations, aussi bien en Écosse qu'en Irlande, aux Îles, et même au Château Aventureux, où la fille du roi Pellès demanda à son père la permission de s'y rendre. Sachez qu'elle avait eu de Lancelot un fils, Galaad.

Elle fut l'une des premières arrivées à la Cour. Bien portante, intelligente, belle et jeune et de grande noblesse, il ne faut pas s'étonner si elle fut choyée par le roi et la reine, et par Lionel, Bohor et Hector des Mares. Lancelot, lui, ne la regardait qu'à peine. Il se taisait et était constamment sérieux. Quand il commença de conter ce qui lui était advenu depuis qu'il était parti en compagnie de la vieille au cercle d'or, il omit de dire comment il avait été trompé par la fille du roi Pellès, non qu'il en eut honte, mais parce qu'il craignait la jalousie de la reine Guenièvre. Gauvain narra à son tour ce qui lui était arrivé au Château Aventureux. Et tous les chevaliers en firent autant, en contant leurs aventures lors de la quête de Lancelot.

La reine les trouva fort intéressantes et se déclara enchantée.

Or, quelque temps auparavant, elle avait ressenti de la surprise et même de la colère contre une damoiselle qui portait une ceinture qu'elle reconnut aussitôt : c'était celle-là même qu'elle avait donnée jadis à Lancelot. Comment se trouvait-elle en sa possession ? Elle fit appeler la jeune fille. Et quand, toute tremblante, celle-ci s'était agenouillée devant la reine pour lui expliquer que par reconnaissance, après avoir été guéri du venin des vipères, Lancelot lui en avait fait cadeau, Guenièvre, indécise, dépitée, finit par la laisser aller. Et elle ne pensa plus à cette histoire.

Mais, après la fête, deux jours durant, la figure gonflée par les larmes, elle soupirait tout le temps. Personne ne pouvait comprendre quelle était la cause de son chagrin. Enfin, elle se décida à faire venir chez elle Lancelot, et elle lui dit que, par une indiscrétion, elle avait appris ce qui s'était passé entre lui et la fille du roi Pellès et la naissance de Galaad. Lancelot baissa la tête et ne dit rien. Cette fois, un sentiment pénible et méchant se retourna dans le cœur de Guenièvre. Elle fut saisie d'une telle indignation et d'une telle jalousie qu'elle chassa Lancelot.

— Ah ! Dame, disait cependant, plus tard, la fille du roi Pellès à la reine, vous avez mal agi en chassant ainsi le meilleur chevalier du monde. Vous vous en repentirez !

— Damoiselle, répondit la reine outrée, c'est à vous que je dois cela. Sachez que si j'en trouve l'occasion, je vous en récompenserai comme il faut...

Alors, la fille du roi Pellès lui expliqua toute l'affaire, et la reine pleura, mais Lancelot était parti.

Le fou du Château Aventureux

Marchant à l'aventure, fou de douleur, Lancelot décida de mener une vie errante pour ne voir personne et ne pas être vu. Il ne trouvait guère à se nourrir, si bien qu'il maigrit beaucoup et finit par perdre la raison.

Un jour, sans savoir comment, il se trouva devant le Château Aventureux. Il y entra. Mais à le voir décoiffé et sale, mal habillé et faisant des gestes désordonnés, on comprit qu'il était fou, et on s'empressa de le faire sortir. Alors, il alla à une autre porte, dont il franchit le seuil. Là, il inspira de la pitié, et on lui permit de manger à sa faim, chose qui ne lui était pas arrivée depuis longtemps. Puis on lui offrit une place à l'étable pour se coucher sur un tas de foin.

Or, pendant qu'il sommeillait, la fille du roi, qui jouait avec des camarades, vint se cacher justement dans cette étable. Voyant cet homme endormi, elle eut peur, puis elle le regarda et soudain le reconnut. Aussitôt, elle avertit ses amis qu'elle se sentait souffrante et se retirait du jeu. Puis elle courut trouver son père, et tout émue, elle lui dit :

— Sire, j'ai une nouvelle extraordinaire !

— Laquelle ?

— Messire Lancelot du Lac est chez vous !

— Chez nous ? Comment cela se pourrait-il ? Lancelot est mort !

— Venez avec moi, et vous verrez par vous-même.

Le roi suivit sa fille devant l'homme endormi et remarqua en soupirant :

— Oui, tu as raison. Mais il nous faudra le guérir.

Et, après avoir recommandé à sa fille la plus grande discrétion, par des écuyers, il fit transporter le fou au palais du Graal. Et là, de nouveau, revint le pigeon, tenant au bec un encensoir d'or, Lancelot le contempla et, brusquement, retrouva la mémoire et la raison. Il sut ainsi qu'il était dans le Château Aventureux, dont il reconnaissait maintenant la salle. Quand il ouvrit la fenêtre qui donnait sur un jardin, il aperçut le roi Pellès qui le guettait.

— Sire, fit le roi, Dieu vous donne bon jour !

Lancelot répondit en souriant à ce salut, puis descendit vers le roi et lui demanda de lui expliquer ce qui s'était passé. Quand le roi le lui eut dit, il demanda encore, en baissant la tête :

— Et qui m'a reconnu ?

— Personne, sauf ma fille et moi.

— Alors, sire, conseillez-moi. Hélas ! je ne puis retourner au royaume de Logres que si l'on m'en priait. J'aimerais demeurer en un endroit où je serais inconnu.

Le roi Pellès réfléchit :

— J'ai près d'ici une île pratiquement déserte.

— Sire, grand merci. Je m'y rendrai à la nuit.

Lancelot se retira donc dans l'île du roi Pellès, le riche pêcheur, avec quelques écuyers pour le servir. Il s'était fait indiquer l'endroit du rivage qui se situait le plus près du royaume de Logres et, tout le jour, dans cette petite baie silencieuse, endormie sous la brume, il venait s'asseoir pour regarder le pays de la reine Guenièvre et rêver à elle.

Retour à la Cour

Les saisons cédèrent lentement la place les unes aux autres et ceci pendant cinq ans.

Un jour que le soleil descendait à l'horizon et teintait les eaux de la mer, Lancelot vit venir vers lui une petite barque, menée par un jeune homme.

Lorsqu'elle fut amarrée, le garçon jeta son écu, ôta son heaume et son épée qu'il posa devant lui, puis s'approcha de Lancelot, fort étonné, et enfin se mit à genoux devant lui.

— Sire, lui dit-il, Messire le roi Artus et Madame la reine Guenièvre vous prient de revenir. Il convient que vous retourniez à la Cour.

— Mais Madame la reine me l'a défendu, répondit Lancelot.

— Je le répète en toute franchise : elle vous prie d'y revenir.

— Mais qui êtes-vous ? dit Lancelot.

Le jeune homme lui apprit qu'il se nommait Perceval, qu'il était compagnon de la Table ronde et qu'un jour, alors qu'il se trouvait au château de Carduel, il lui fut répété que sire Keu, le sénéchal, se moquait de lui, qui n'avait jamais combattu depuis son adoubement. Il en fut fort humilié et résolut de se mettre sur-le-champ en quête de Lancelot et de ne point revenir avant d'en avoir eu des nouvelles. Le soir, quand tout le monde fut couché, il prit ses armes, sella son cheval et partit.

Ainsi, après tant d'autres, qui voulaient lui porter le message du roi et de la reine, il avait erré cinq ans. Enfin, il trouvait Lancelot... Celui-ci, les larmes aux yeux, dit qu'il ferait la volonté de sa dame. Il alla tout de suite prendre congé du roi Pellès et se mit en chemin, avec Perceval. Et, quand ils eurent marché un certain temps et qu'ils se retournèrent pour voir une dernière fois le Château Aventureux, il avait disparu.

Quelques jours plus tard, après avoir couché dans les bois et s'être éveillés au chant des oiseaux, ils arrivèrent à Carduel, où la reine, qui avait failli devenir malade de chagrin durant l'absence de Lancelot, fut si heureuse de le revoir qu'elle sembla rajeunie de vingt ans. Et le roi et toute la Cour le reçurent avec joie, car il était par excellence le chevalier vaillant et admiré.

LA MORT D'ARTUS

LE temps avait passé. Le roi Artus était maintenant un vieillard, mais un vieillard plein de vigueur et d'allant. Tout en gardant un œil attentif sur son royaume, il aimait rendre visite à ses voisins. C'est ainsi qu'en revenant de Tannebourg, où il avait vu le duc de Cambenic, il passa par la Forêt Perdue, y chassant avec enthousiasme et finissant par s'y égarer avec ses chevaliers. La nuit tombait, on se mit donc en devoir de camper, lorsque retentit le son du cor. Messire Sagremor apparut bientôt, disant qu'un petit château, très bien crénelé et clos de bons murs, se trouvait dans cette partie de la forêt, non loin.

— Eh bien, allons-y, dit le roi.

Et cette petite forteresse les stupéfia par son harmonie et les déconcerta par son pont baissé, sa porte grande ouverte, sa cour éclairée de mille cierges, ses murs tendus de soie... À croire qu'on les attendait !

Lorsque le roi vit la dame, entourée de ses chevaliers et damoiselles parés de beaux atours, il ne put retenir un cri de surprise. Et vous le comprendrez quand vous saurez que c'était Morgane en personne, sa demi-sœur, puisque fille d'Ygerne et du duc de Tintagel. Or, depuis très longtemps, il ne savait ce qu'elle devenait, et de la revoir l'emplit de joie.

Elle le conduisit dans une chambre, où un bain l'attendait, chaud, coulé deux fois selon l'usage, et parfumé de bonnes herbes. Il revêtit ensuite une robe superbe et vint dans la salle au sol couvert de menthe et de glaïeuls, où il prit place devant une table mise. Tous les convives l'imitèrent, puis deux dames s'offrirent à tenir les manches du roi pendant qu'il se lavait les mains. Après quoi, des damoiselles commencèrent d'apporter les mets, si délicieux et si abondants qu'on aurait pu croire que cette réception était prévue depuis un mois. Mais après tout, Morgane n'était-elle point fée et savante en prédictions ?

Que de vaisselle d'or et d'argent ! Certes, tout le trésor de Logres n'en eût pas étalé davantage. On apporta un grand pâté. Et, sitôt que l'écuyer eut commencé à le couper, s'en échappèrent une multitude d'oiseaux, sur lesquels on lâcha des émerillons[1]. Toutes ces découvertes faisaient naître au cœur du roi une sorte de suspicion : comment Morgane s'étaitelle procuré tant de richesses ?

Quand les tables furent enlevées, des violonistes, des harpistes jouèrent avec beaucoup d'ensemble des mélodies plaisantes. Enfin, des damoiselles apportèrent, dans des chandeliers d'or, des cierges allumés, et vinrent s'agenouiller devant le roi pour lui dire :

1. Petits faucons au vol rapide, utilisés pour la chasse.

— Sire, si tel est votre bon plaisir, il serait grand temps de vous reposer, la nuit est déjà avancée, et vous avez beaucoup chevauché, aujourd'hui. N'êtes-vous point las ?

En souriant, il se leva et, sur l'ordre de Morgane, elles le conduisirent dans la chambre même où Lancelot avait été retenu prisonnier, durant deux ans, alors qu'il sortait du Château Aventureux. Et rappelez-vous, c'était là qu'il avait peint sur les murs, pour se distraire, tous les principaux faits de son existence, et surtout son amitié pour la reine Guenièvre.

Le roi Artus se coucha et s'endormit aussitôt du sommeil du juste. Mais au matin, au lever du soleil, Morgane entra et ouvrit les fenêtres. Il sauta hors du lit et embrassa sa sœur.

— Ne pourriez-vous demeurer plusieurs jours chez moi ? lui dit-elle. Je serais heureuse de veiller sur votre bien-être.

— Douce sœur, puisqu'il plaît à Dieu que je vous aie retrouvée, je vous emmènerai avec moi. Vous tiendrez compagnie à la reine Guenièvre.

— Beau doux frère, je me vois contrainte de refuser, car il se passe, en votre cour, des choses qu'il me déplairait fort de voir.

Le roi posa sur elle un regard étonné, ignorant combien Morgane était jalouse de la beauté de la reine.

À cet instant, juste en face de la chambre, le soleil se levait, éblouissant, et entrait à flots pour éclairer les images que, jadis, Lancelot avait peintes sur les murs et les sous-titres qui les soulignaient. Le roi Artus les regarda d'abord distraitement, comme celui qui pense à tout autre chose, puis plus attentivement, les yeux fixes, avec une expression de grande surprise.

Ah ! était-il possible que le chevalier aux blanches armes fût à ce point ébloui par la reine ? Et quel besoin avait-il de faire tant étalage de ses prouesses pour elle ? Qui donc était en réalité Lancelot ?

— Si ces images reflètent la vérité, dit-il à mi-voix, je suis déshonoré. Douce sœur, reprit-il plus haut, savez-vous ce que ces peintures représentent ?

— Sire, répondit Morgane, la jalouse et la déloyale, n'êtes-vous point au courant du sentiment qui unit Lancelot à la reine Guenièvre ? Eh oui, pour lui plaire, que n'a-t-il accompli ! Vous voyez tracées toutes ces prouesses. Celle-ci vous montre...

— Assez ! interrompit le roi. Lancelot m'aurait donc trahi. Qui a fait ces images ?

— Lancelot lui-même, répondit Morgane en se redressant.

Et elle conta comment elle l'avait retenu durant deux ans dans cette chambre, pour cause de maladie, dit-elle, et comment il s'était enfui en brisant les barreaux avec la force d'un diable plutôt que d'un homme.

Le roi méditait, tout en regardant ces peintures, et il se souvenait que quelques jours auparavant, son neveu Agravain, frère de Messire Gauvain, l'avait mis en garde contre Lancelot. Sur le moment, tout cela lui était apparu invraisemblable comme de purs racontars. Et voilà qu'aujourd'hui, il découvrait que cela pouvait être vrai... Il dit lentement :

— Ah, c'est donc ainsi... Eh bien, je ferai tant que je les prendrai sur le fait, Lancelot et la reine, et alors, je tirerai d'eux une telle vengeance qu'on en parlera longtemps, ou bien je ne porterai plus jamais la couronne.

— Si vous ne vengiez pas votre déshonneur, Dieu et le monde vous mépriseraient, répondit Morgane.

Durant la semaine que le roi passa chez elle, elle ne cessa de l'exhorter à la vengeance, car elle en voulait à Lancelot qui l'avait dédaignée et qui aimait la belle Guenièvre. Afin que nul n'entrât dans cette chambre aux images compromettantes, le roi exigea que la porte en fût murée. Morgane y consentit.

La pomme empoisonnée

Le roi, mélancolique, rentra à Carduel. Contre son attente, tout semblait se passer dans l'ordre accoutumé. On l'informa que Lancelot n'avait pas assisté à une fête qui s'était donnée récemment, et cela le rasséréna un peu. « Si Lancelot aimait la reine d'une manière déloyale, il aurait profité de mon absence pour venir à la Cour », se disait-il. Et il savait combien Morgane était fausse. Ces images n'étaient peut-être que mensonge... Pourtant, de sombres pensées l'empêchaient de se réjouir pleinement.

Un jour, il advint que Messire Gauvain dîna à la table de la reine, avec d'autres chevaliers, dont Averlan, qui le haïssait au point qu'il avait fait secrètement placer devant la reine une pomme empoisonnée, pensant qu'elle la présenterait à son neveu, assis à côté d'elle, comme il convenait à son rang. Mais on ne peut songer à tout, et Guenièvre offrit le fruit à son autre voisin, un compagnon de la Table ronde qui se nommait Gaheris de Kareheu. Sitôt que celui-ci l'eut avalé, il tomba mort.

Vous pensez si les convives se levèrent de table, stupéfaits. L'un d'eux se hâta d'aller informer le roi, qui se signa de surprise et courut voir ce qu'il en était, suivi de ceux qui prenaient leur repas en sa compagnie.

— Peut-on se montrer aussi cruel ? fit le roi Artus.

Et il ouït le murmure de certains de ses barons :

— La reine a vraiment servi la mort !

Or, la reine était tellement étonnée qu'elle se montrait incapable de dire autre chose que son regret :

— Si j'avais su que ce fruit était empoisonné, je ne l'aurais jamais offert, répétait-elle. C'est par bonté que je l'ai donné à Gaheris avant de me servir moi-même.

— Dame, fit sévèrement le roi, de quelque façon que vous le lui ayez donné, vous avez commis une vilaine et mauvaise action, dont vous vous repentirez.

Et il commanda qu'on enterre Gaheris avec tous les honneurs dus à son rang. Le roi Artus et tous ceux qui étaient à la Cour éprouvèrent tant de chagrin d'une telle mort qu'ils évitaient d'en parler entre eux. Les compagnons de la Table ronde exigèrent qu'on fasse graver sur la tombe cette inscription, selon la coutume qui voulait qu'on indique le nom et la manière dont était mort le chevalier :

« Ci-gît Gaheris, le blanc, de Kareheu, frère de Mador de la Porte, qui trépassa d'un fruit empoisonné que la reine lui donna. »

La reine coupable de trahison

Trois jours plus tard, Mador de la Porte arriva à Carduel. On savait l'amitié qui l'unissait à son frère, et personne n'osa lui dire ce qui s'était passé. Un matin pourtant, il aperçut une tombe nouvelle et s'en approcha. Comment vous décrire la surprise et le chagrin qu'il éprouva quand il lut l'inscription ? En se retournant, il avisa un chevalier d'Écosse qui passait, et il le conjura de lui révéler la vérité.

— Mador, fit l'autre, je comprends votre peine. Il est certain que la reine a tué votre frère, comme il est dit sur sa tombe.

— Je le vengerai selon mes possibilités ! s'écria Mador.

Sitôt dit, il alla trouver le roi Artus, et il déclara très haut :

— Roi Artus, si vous êtes loyal comme un roi doit l'être, rendez-moi justice en votre cour.

— Dites-moi ce que vous désirez, messire, je vous ferai justice selon mon pouvoir et le jugement de mes barons.

— Sire, reprit Mador en laissant tomber son manteau, durant quarante-cinq ans, je vous ai loyalement et fidèlement servi ; je reprends mon hommage et vous rends ma terre, car il me déplaît d'avoir quoi que ce soit de vous. La reine Guenièvre a tué mon frère Gaheris par trahison. Si elle le nie, je suis prêt à le prouver par les armes contre le chevalier qu'elle choisira. Et je vous requiers de me faire justice.

Extrêmement ennuyé, car il craignait fort pour la reine, le roi la fit appeler devant la Cour. Quand elle entra dans la salle, le front baissé, escortée à sa droite par Messire Gauvain et à sa gauche par Messire Gaheriet, elle se taisait, avec une expression indécise d'attente dans toute sa personne.

— Dame, lui dit le roi, Mador vous accuse d'avoir tué son frère Gaheris par trahison.

Elle releva la tête et demanda :

— Pourrais-je voir ce chevalier ?

— Me voici, dit Mador en s'avançant.

— Vous prétendez donc, Mador, que j'ai vraiment voulu tuer votre frère ?

— Je le maintiens, et s'il se trouve un chevalier qui ose vous défendre, je suis prêt à me battre, le jour que la Cour désignera.

La reine regarda autour d'elle, cherchant des yeux quelqu'un qui s'offrît à la soutenir. Mais personne ne se leva. Tous baissaient la tête, car tous pensaient qu'elle avait tort, et Mador raison. Combattre contre la vérité ne se pouvait.

Un silence se fit. Puis la voix tremblante de la reine s'éleva :

— Sire, je vous prie, au nom de Dieu, de me faire connaître la décision de votre cour.

— Dame, la voici : si vous niez la faute dont vous êtes accusée, vous aurez quarante jours pour prendre conseil et chercher un chevalier qui défende votre cause par les armes.

— Sire, vous-même, me donnerez-vous quelques conseils ?

— Non, car ni pour vous ni pour personne, je ne puis agir autrement que selon l'avis de mes barons.

Alors, la reine ouvrit les mains et dit en soupirant :

— Sire, je vous demande donc ces quarante jours pour réfléchir. D'ici là, s'il plaît à Dieu, je trouverai un chevalier pour me défendre. Sinon, vous ferez de moi ce que la Cour en décidera.

Le roi accorda le délai, qui devait expirer le lendemain d'un grand tournoi. Mador se leva et demanda :

— Sire, le délai n'est-il point trop long ?

— Non, je ne le crois pas.

— Alors, je me présenterai au jour dit.

Et il quitta la salle, suivi de nombreux chevaliers qui l'entouraient et le réconfortaient.

Plus angoissé que la reine ne se fût pas trouvé. Sachez, en effet, que prise de jalousie, elle avait éloigné Lancelot de la Cour, ainsi que Lionel et Bohor qui avaient soutenu leur cousin. Elle ignorait où ils se trouvaient tous trois, maintenant, et le mécontentement, la tristesse et la peur ne la quittèrent plus.

Or, le jour du tournoi, qui réunit jusqu'à cent vingt chevaliers, tant d'un parti que de l'autre, la reine apprit que Bohor était là, et elle reprit confiance.

Elle souriait donc quand Bohor remporta le prix, ce qui valut à celui-ci les compliments du roi Artus, qui lui demanda de rester à la Cour.

— Sire, répondit Bohor, je n'y demeurerai pas tant que mon cousin Lancelot n'y sera point. J'avais espéré le rencontrer à ce tournoi. Hélas ! je crains fort qu'il ne soit parti pour longtemps !

— Pourquoi ? demanda le roi. Est-il fâché contre nous ?

— Sire, si vous désirez en savoir davantage, interrogez quelque autre personne.

Là-dessus, Bohor s'en alla trouver la reine, qui lui fit mille amabilités et lui conta qu'elle ne trouvait aucun chevalier pour la défendre. Mais Bohor lui répondit qu'elle n'avait que ce qu'elle méritait, puisqu'elle avait, sans raison valable, chassé le meilleur chevalier du monde.

— Bohor, quoi que j'aie fait, ne voulez-vous point me protéger ?

— Dame, je ne sais, à cause de vous, ce que mon cousin est devenu. Non, ne comptez pas sur moi !

La reine commença à pleurer. Mais Bohor sortit sans en dire plus. Le roi, avec la générosité qui le caractérisait, s'était mis en peine de lui chercher un champion : mais le fait qu'elle avait tort et Mador raison était la réponse de tous pour refuser.

— Sire, lui dit Messire Gauvain lui-même, vous savez bien que Madame a tué Gaheris : je l'ai vu, ainsi que beaucoup d'autres. Puis-je soutenir sa cause loyalement ? Si vous me jurez, comme roi, que je le peux, je suis prêt à me battre. Sinon, fût-elle ma mère, je ne commettrais pas un acte mensonger pour elle.

Après un court silence, le roi soupira. Découragé par la réponse de Gauvain, il s'en vint trouver la reine :

— Dame, lui dit-il, je ne sais que penser de vous, tous les chevaliers de ma cour vous abandonnent. Croyez que je préférerais avoir perdu ma couronne que de voir une telle chose. Car je n'ai rien aimé, en ce monde, autant que vous, et je veux que vous sachiez que je vous aime encore.

Les larmes de Guenièvre redoublèrent. Angoissée, fatiguée, elle attendit le lendemain sans pouvoir fermer l'œil.

La reine sauvée

Dès l'aube, le palais s'emplit de la rumeur des barons et des seigneurs qui, tôt levés, guettaient l'arrivée du chevalier qui défendrait la reine. Et beaucoup murmuraient que la vie de leur dame était en sérieux danger.

Mador de la Porte ne tarda guère à se présenter, escorté de toute sa parenté ; ses pas ébranlaient la maison, tandis qu'il traversait la salle, muni de toutes ses armes. Très grand et assez gros, il avait la grâce majestueuse d'un roi déchu ; cependant il comptait parmi les plus vaillants chevaliers du royaume de Grande Bretagne.

— Mador, lui dit le roi, quand il eut offert son gage, si, avant ce soir, la reine n'a point trouvé de défenseur, le jugement de la Cour sera exécuté : emprisonnement ou mort, selon ce qu'elle décidera.

Mador s'inclina et tout le monde se tut. Le temps passait. Nerveux, Mador se mit à marcher de long en large. Quand soudain un chevalier entra dans la salle, le heaume en tête. Et à chaque pas qu'il faisait cliquetaient les mailles de son haubert.

— Roi Artus, dit-il, j'ai entendu un conte à dormir debout : aujourd'hui, un chevalier accuserait la reine Guenièvre d'avoir tué par trahison. S'agit-il d'un fou ? Le monde entier peut témoigner pour le caractère franc de la reine. Je viens donc pour la défendre, s'il en est besoin.

— Sire chevalier, répondit aussitôt Mador, je suis prêt à prouver qu'elle a tué mon frère Gaheris de la manière la plus odieuse qui soit.

— Et moi je suis prêt à soutenir le contraire, c'est-à-dire à soutenir que jamais la reine n'a eu une mauvaise intention.

Mador, qui n'écoutait qu'à peine, tendit aussitôt son gage et le chevalier, couvert d'armes blanches, sauf l'écu, qui était peint de trois bandes, fit de même. Et quand le roi les eut acceptés, Messire Gauvain lui dit à l'oreille :

— Sire, je crains pour Mador, car il se pourrait, en effet, que la reine n'ait pas voulu sciemment la mort de Gaheris. Nous n'y avions pas songé.

Le roi soupira, puis tous, grands et petits, traversèrent la ville pour se rendre à l'endroit où se déroulaient ordinairement les combats de justice. Messire Gauvain portait la lance du blanc chevalier, Hector des Mares, son écu. Après avoir reçu le serment des deux champions, le roi fit appeler la reine et lui dit :

— Dame, voici un chevalier qui pour vous risque la mort.

— Sire, répliqua-t-elle, Dieu protège le droit, car, je le répète, je n'ai pas voulu la mort de Gaheris.

Elle accompagna l'inconnu par la main et le mena dans le pré. Puis le roi donna le signal. Et les deux champions coururent l'un vers l'autre. À coups de lance, ils se frappèrent si violemment qu'ils se percèrent leurs écus. Mais très vite, Mador tomba, non sans se faire très mal, son poids et son imposante carrure l'entraînant. Il se releva pourtant, étonné d'avoir un tel adversaire. Celui-ci laissa là son destrier, comme celui qui ne veut, à cheval, attaquer un homme à pied, et tirant son épée et jetant son écu sur sa tête, courut sus à Mador et lui donna un grand coup sur le heaume, puis encore tant de coups, si durs et si roides, que l'autre ne pensait plus qu'il en sortirait vivant.

— Mador, lui dit-il, tu vois bien que je te tuerai si cette bataille se prolonge. Avoue-toi vaincu. Je te promets que grâce à moi, Madame la reine te pardonnera et le roi te redonnera tes terres.

Qui pouvait se montrer aussi franc et aussi généreux, sinon Lancelot ? Mador ne douta point que ce fût lui et, s'agenouillant, lui dit :

— Beau sire, voici mon épée. Je me rends à merci, car personne ne saurait lutter longtemps contre le meilleur chevalier du monde.

Puis il cria au roi :

— Sire, vous avez envoyé contre moi Messire Lancelot du Lac, le saviez-vous ?

Entendant cela, le roi s'empressa d'aller embrasser Lancelot. Quant à Gauvain, il voulut lui délacer son heaume. Et beaucoup vinrent l'entourer et le féliciter. La reine arriva, à son tour, toute tremblante de joie et de reconnaissance et elle aussi fut saluée, car « tant vaut prouesse qu'elle efface tout ».

Cependant, le roi parvenait difficilement à oublier les images qu'il avait vues chez Morgane, et les mises en garde d'Agravain. Or, celui-ci continuait sournoisement à faire des allusions à l'amour coupable de Lancelot pour la reine et le frère d'Agravain, Mordret, renchérissait. Un jour, il dit au roi :

— Sire, ne conviendrait-il pas que votre honneur soit vengé ? Certes, faire mourir Lancelot, fort et hardi comme il l'est, sera une dure entreprise et toute sa parenté ne manquera pas de vous déclarer la guerre.

Le roi Artus soupirait, tergiversait, plus ennuyé qu'on ne saurait dire. Mais Lancelot eut vent de toutes ces manigances. Vous pensez s'il courut sus à Agravain et ne lui fit point grâce. Le félon tomba mort. Voyant son frère tué, Gaheriet, de colère, abattit deux chevaliers, mais Lionel, l'abordant par le travers, lui enleva son heaume, et Lancelot qui passait, fracassant tout, bouillant de colère, au point qu'il ne reconnaissait personne, d'un coup d'épée, lui fendit la tête. Bref, Lancelot et ses cousins firent, ce jour-là, un tel carnage, que de leurs ennemis, il ne demeura en vie que Mordret et dix chevaliers, lesquels firent demi-tour au grand galop. Et sitôt qu'il se vit seul, Lancelot s'arrêta de frapper, comme le feu cesse quand il n'y a plus rien à brûler.

Il alla chercher la reine et, craignant pour elle le courroux du roi, lui demanda de monter sur un palefroi et l'emmena dans un château fort qu'il avait conquis autrefois et qui se nommait « La Joyeuse Garde ».

Mordret, tout essoufflé, entra, comme un tourbillon, dans la salle et fit sursauter le roi en s'écriant :

— Sire, Lancelot, après nous avoir battus, emmène la reine. Ils se sont dirigés vers la forêt de Camaaloth.

Aussitôt, le roi ordonna à tous ceux qui étaient au palais de prendre les armes et il alla chercher les siennes. Mais l'un des chevaliers, qui était vieux et sage, le conseilla.

— Sire, songez où se trouvent à présent Lancelot et les siens. Ils sont bien trop loin pour que nous puissions les joindre et bien trop vaillants et audacieux pour que nous arrivions à les battre, peu nombreux comme nous le sommes maintenant. Il serait plus raisonnable d'empêcher Lancelot de regagner la Petite Bretagne, son pays. Pour cela, faites partir des messagers qui défendront aux mariniers, dans tous les ports de votre royaume, de passer Lancelot outremer. Plus tard, vous lui opposerez de grandes forces et vous finirez par vous venger.

Le roi réfléchit, puis approuva et envoya aussitôt les messagers à travers le pays. Ensuite, il se rendit, plein de détermination, sur le lieu où s'était déroulée la bataille. C'est ainsi qu'il se trouva, tout à coup, face à face avec son neveu Agravain, qui gisait à terre, les bras et le corps troués. Dans sa surprise, le roi tomba de cheval. Puis, les larmes aux yeux, il commanda à ses gens d'emporter le corps de son neveu. Peu après, il aperçut le corps de Gaheriet. Après Messire Gauvain, il préférait ce neveu à tout autre, et sa douleur fut profonde. Tous ceux qui l'entouraient mêlèrent leurs larmes aux siennes. Gaheriet ne comptait guère que des amis, et fut très sincèrement regretté.

Cependant, Messire Gauvain était sorti, lui aussi, et rencontra le roi. Quand il le vit très pâle et tête basse, il lui demanda :

— Sire, qu'y a-t-il donc ?

Et, pour toute réponse, le roi lui montra le corps de ses deux frères. Messire Gauvain sentit ses jambes fléchir. Ses pensées se brouillaient : est-ce que tout cela était possible ? Le cœur serré au point qu'il ne put, un grand moment, prononcer un mot, il dit enfin qu'il se vengerait de celui qui avait tué ses frères.

Ceux-ci furent enterrés comme il convenait à des fils de roi, tous les archevêques, évêques et grands seigneurs étaient venus, mais devant la tristesse douloureuse du roi Artus, ils ne purent que s'incliner, sans oser dire quoi que ce soit. Pourtant, Mador de la Porte, à la fin de cette interminable journée, prit la parole :

— Sire, dit-il, j'ai appris que Lancelot s'était retiré à la « Joyeuse Garde » et que la reine s'y trouve également. Le château est fort et très bien fourni d'armes et de vivres. Aussi ne craint-il guère un siège, même très long. Et pourtant, il vous faudra bien faire la guerre.

— Certes, répondit le roi. La « Joyeuse Garde » a reçu ma visite et je sais qu'elle est bien défendue. Mais depuis que je suis roi, jamais je n'ai entrepris une guerre sans obtenir la victoire. Dans quinze jours, je partirai donc. Vous tous, mes amis, qui êtes ici, acceptez-vous de m'aider selon vos possibilités, jusqu'à ce que nous ayons obtenu vengeance pour l'honneur du royaume ?

Tous, pauvres et riches, en firent le serment. Et le roi envoya des messagers dans toute la Grande Bretagne pour avertir ceux qui n'avaient pu venir de se rendre à Carduel au jour désigné.

Quant à Lancelot, il ordonna aux chevaliers des royaumes de Gannes et de Bénoïc de se tenir prêts dans leurs châteaux à lui donner asile s'il quittait l'Angleterre pour aller en Gaule. Ensuite, il fit appel à Galehaudin, le neveu de Galehaut qui lui avait succédé, et pour l'aider, il arriva tant de chevaliers du Sorelois et des Îles lointaines qu'un roi couronné n'aurait pu en souhaiter davantage.

Et ainsi fut entreprise une guerre aux funestes conséquences.

Nouveaux compagnons de la Table ronde

La veille du départ, tous les barons étant réunis à Carduel, le roi Artus, sur le conseil de Messire Gauvain, leur demanda de nommer soixante-douze chevaliers de la Table ronde pour remplacer ceux qui avaient été tués ou qui étaient partis en compagnie de Lancelot. Et parmi les nouveaux élus, aucun n'osa s'asseoir sur le siège périlleux, à la droite du roi Artus ; mais sur celui de Lancelot prit place Hélian d'Irlande, qui était l'un des chevaliers les plus renommés de son pays.

Ce jour-là, les soixante-douze compagnons mangèrent, avec le roi Artus, à la Table ronde. Et le lendemain, après avoir entendu la messe, tous partirent en guerre. Quand ils arrivèrent au bord de la rivière de l'Ombre, ils montèrent leurs pavillons et leurs tentes, à quelques traits d'arc de la « Joyeuse Garde »

Siège de la « Joyeuse Garde »

Pendant ce temps, quarante chevaliers, sous la conduite de Bohor et d'Hector des Mares, montaient la garde dans un bois, ayant pour mission de surprendre à revers l'armée du roi. L'arrivée de celle-ci et le début de l'offensive devaient être signalés par une enseigne vermeille posée sur la maîtresse tour du château, mais les chevaliers cachés l'attendirent en vain toute la journée. Que faisait donc Lancelot ?

Or, Lancelot, quand il vit son château assiégé par le roi qu'il avait aimé et servi loyalement et qui lui avait fait le plus d'honneur et qui se trouvait être, à présent, son ennemi, se sentit si ennuyé qu'il hésitait à se lancer dans la bataille. Il appela une damoiselle.

— Allez trouver le roi Artus, lui commanda-t-il, et vous lui direz que je m'étonne qu'il ait songé à une guerre contre moi. Si certains lui ont rapporté que mon amour pour la reine est coupable, je suis prêt à prouver par les armes, contre deux de ses meilleurs chevaliers, que j'ai toujours eu pour elle le plus grand respect, et que l'honneur du roi est sauf. Et si c'est à cause de la mort de ses neveux qu'il me fait la guerre, dites-lui que ceux qui furent tués ont eux-mêmes causé leur malheur. Qu'il sache enfin que je suis navré de notre mésentente et que malgré ce siège qu'il est en train de faire, je le considère toujours comme mon seigneur et mon ami.

La damoiselle sortit du château et transmit au roi le message. Mais à peine avait-elle fini de parler, Messire Gauvain s'écria :

— Sire, après tout le mal qu'il vous a fait, accorder la paix à Lancelot serait vous déshonorer !

— Rassure-toi, Gauvain. Jamais je n'octroierai la paix à Lancelot. Vous pouvez le lui dire de ma part, damoiselle, moi vivant, je lui ferai la guerre.

— Sire, reprit la damoiselle, permettez-moi de vous rappeler que les sages devins ont prédit que la parenté du roi Ban vaincrait tous ses ennemis.

Devant le silence du roi Artus, la damoiselle retourna à la « Joyeuse Garde » où elle fit à Lancelot le récit fidèle de ce qu'elle avait vu et entendu. Alors, dès l'aube du lendemain, l'enseigne vermeille flottait sur la maîtresse tour du château. Très excités, marchant aussi doucement qu'ils le purent, Bohor, Hector et leurs gens sortirent aussitôt du bois. Toutefois, quelques chevaux hennirent, alors plusieurs chevaliers du roi Artus crièrent : « Aux armes ! » Et la bataille commença.

Peu nombreux et hardiment jetés au cœur de la mêlée, les gens de Bohor et d'Hector eussent été en mauvaise position si Lancelot ne fût sorti du château avec les siens. Il y eut beaucoup de tués et de blessés de part et d'autre. Mais celui qui fit le plus de prouesses, ce jour-là, fut Messire Gauvain, tant il était empli du désir de venger ses frères. Jusqu'au soir, son épée vola comme l'oiseau sur sa proie. Mais quand la nuit tomba, les gens de Lancelot rentrèrent au château, et ceux du roi Artus rentrèrent dans leur camp. Apprenant par des indiscrétions que les chevaliers de la « Joyeuse Garde » feraient sans doute une sortie dans la nuit, s'il y avait clair de lune, les gens d'Artus furent contraints de faire le guet.

Or, ce soir-là, justement, il n'y eut pas de lune. Et Lancelot avait déclaré à ses hommes :

— Je sortirai demain pour attaquer l'armée du roi, qui ne peut encore crier victoire, bien que comptant de plus nombreux soldats que nous. Dites-moi cependant si votre avis est au contraire de demeurer dans le château et d'attendre les événements...

À l'unanimité, tous répondirent qu'ils préféraient sortir. Toutes les dispositions étant prises, au petit matin, ils descendirent donc dans les prés, en bon ordre et, de leur côté, les gens du roi en firent autant. De l'aube jusqu'au soir, ils se battirent au bord de la rivière de l'Ombre, tant et si bien qu'on n'eût pas pu trouver une seule armure entière. Même Artus entra dans le jeu, malgré son grand âge.

Tandis que Lancelot faisait des prouesses, le roi lui sauta dessus avec une extraordinaire agilité. Lancelot se raidit, étreignit fermement son écu pour se défendre, refusant de frapper Artus. Le coup dévia et tomba sur le cou de son cheval qui fut tué. Quand il fut à terre, Hector bondit, furieux, pour le secourir et assena au roi un tel coup qu'il chancela, et ne put se retenir à son destrier.

— Messire Lancelot, cria Hector, si nous voulons finir la guerre, tuez le roi !

— Ah non ! Je l'ai dit et je le répète, c'est mon seigneur et mon ami.

Un écuyer arrivait, amenant un destrier à Lancelot qui le présenta au roi.

— Sire, dit-il, en souvenir des beaux chevaux que vous m'avez souvent donnés, prenez celui-ci et, une autre fois, faites mieux attention à vous-même.

C'est ainsi que le roi eut la vie sauve, et tandis qu'il revenait vers sa tente, il se disait que Lancelot surpassait en courtoisie tous les chevaliers présents et à venir.

Cependant, la bataille reprit de plus belle le lendemain, et le siège de la « Joyeuse Garde », deux mois plus tard, durait toujours.

Paix du roi et de la reine

À ce moment, l'évêque de Rochester, au pas de sa mule, s'en vint trouver la reine Guenièvre.

— Dame, lui dit-il, il faut que vous retourniez auprès du roi qui est votre mari. Le pape, sachez-le, le commande. Et le roi Artus jurera, devant sa cour, de vous traiter comme son épouse bien-aimée.

Mais la reine tergiversa et voulut consulter Lancelot, Hector, Lionel et Bohor.

— Ah ! dit Lancelot en hochant tristement la tête et en se détournant pour cacher ses larmes, si ce n'était que de moi, je vous demanderais de rester ici. Mais je préfère votre honneur à tout et je vous conseille donc de dire au roi que vous serez demain auprès de lui. Si vous n'acceptiez pas l'offre qui vous est faite, tout le monde vous jugerait coupable.

La reine, très émue, vint donc répondre à l'évêque qu'elle consentait à revenir auprès du roi. Cependant, elle posa une condition : que Lancelot puisse regagner la Gaule sans dommage.

L'évêque servit d'intermédiaire et Artus accepta la condition sans élever d'objection. Exaspéré par les allusions de son entourage, il songeait qu'on l'avait sans doute trompé sur les intentions de Lancelot envers la reine, car il aurait pu soutenir le siège pendant des mois encore.

Quand l'aube parut, Lancelot rendit à la reine l'anneau qu'elle lui avait donné la première fois qu'ils s'étaient rencontrés et il la pria de le porter en souvenir de lui.

Ce fut leur dernière entrevue.

Messire Gauvain insensible

Devant la tente du roi Artus, les chevaux couverts de soie se succédaient. Des gens en descendaient, discutant et riant, quand arriva Lancelot qui conduisait la reine.

— Sire, dit-il, je viens avec ma suite vous amener Madame la reine. Sachez que si je l'aimais d'un amour coupable comme certains vous l'ont fait entendre, je ne vous la rendrais point.

— Je vous en remercie, répondit le roi.

Il y eut un silence. Et Messire Gauvain déclara :

— Lancelot, le roi vous remercie de ce que vous venez d'accomplir. Mais il vous ordonne de vous en aller et de ne plus jamais revenir en son royaume.

— Sire, dit Lancelot qui avait pâli, est-ce là votre volonté ?

— Oui, dit le roi. Partez et que je ne vous revoie plus, Lancelot. Quand vous avez tué mes neveux, vous m'avez fait payer vos services un prix trop élevé.

— Et quand je serai en Petite Bretagne, sire, que me réservez-vous : la paix ou la guerre ?

— La guerre, répliqua aussitôt Gauvain, car seule votre mort vengera celle de mon frère Gaheriet.

Il y eut un bref silence durant lequel les deux chevaliers se regardèrent durement.

— Rappelez-vous ceci, dit alors Lancelot en se redressant, vous ne seriez pas en état de me faire la guerre, si je ne vous avais aidé, le jour que Galehaut, sire des Îles lointaines, devint votre homme lige. Et vous, Messire Gauvain, souvenez-vous du jour où grâce à moi, vous avez pu sortir de la Tour Douloureuse ; le prisonnier de Karadoc le géant était alors en grand danger de mort.

Mais Gauvain se contenta de lui tourner le dos. Alors, Lancelot fit avancer son cheval. Suivi des siens, il s'en revint, pensif et triste, en son château. Deux jours plus tard, il s'embarquait, toujours avec ceux de sa maison, pour la Gaule. Poussée par le vent, la nef parvint heureusement à bon port. Peu de temps après, Lionel fut couronné roi de Gannes et Bohor, le même jour, roi de Bénoïc par le commandement de Lancelot, qui lui céda son héritage. Tous trois employèrent l'hiver à remettre en état leurs forteresses et à les garnir de vivres et de munitions. Comment n'auraient-ils point été inquiets ?

Le roi Artus en Gaule

Or, Messire Gauvain, plein de ressentiment, continuait à exciter le roi contre Lancelot. Et le roi, affaibli par l'âge, quand il lui parut que le moment était venu, commit la folie de remettre son royaume à Mordret, son neveu, faisant jurer à tous ses hommes de lui obéir comme à lui-même. N'alla-t-il pas jusqu'à lui donner les clefs de son trésor, sans se douter qu'il avait affaire à l'être le plus vil qui fût. Plus encore : il lui confia la reine et celle-ci, qui avait une vue plus claire et plus juste des choses, en éprouva beaucoup d'anxiété.

— Sire, dit-elle, les larmes aux yeux, quand il fut sur le point de monter sur la nef, mon cœur me dit que cette séparation est définitive.

— Dame, répondit le roi, à quoi sert de vous faire du souci ? Ayez donc confiance !

La mer soulevait ses vagues comme de longs muscles bleus quand les mariniers firent tendre les voiles, et les nefs gaillardes gagnèrent la haute mer. Elles filèrent rapidement, grâce à des vents favorables, et bientôt atteignirent la Gaule, sous un ciel pâle et tacheté de jaune. Les chevaliers débarquèrent alors. Tandis que les valets portaient à terre les munitions et les chevaux et commençaient à élever les tentes, le roi réunit ses barons pour un conseil.

— Sire, dit Gauvain, n'hésitons point, gagnons la ville de Gannes où le roi Bohor et le roi Lionel habitent en compagnie de Lancelot.

L'un des barons rejeta la suggestion avec mépris. Il expliqua qu'il fallait d'abord détruire les châteaux forts, puisqu'ils venaient d'être réparés et bien garnis. Gauvain secoua la tête.

— Qui vous dit que Lancelot et ses hommes sortiront de ces forteresses ? reprit-il, entêté.

Il y eut un silence, puis soudain le roi éleva la voix :

— Messire Gauvain a raison. Allons assaillir Gannes, fit-il.

Le défi de Gauvain

Après mûre réflexion, quand ils apprirent que l'armée du roi Artus approchait, Lancelot et les siens résolurent de passer à l'offensive. Ils s'attroupèrent un jour de brume, hors de la ville et ne furent pas longtemps avant de joindre ceux du roi. Ainsi débuta la dure mêlée.

Sachez que Lancelot et Gauvain se heurtèrent avec violence et que tous deux perdirent pied. Puis, remonté sur son destrier, Lancelot se mit en devoir de frapper à grands coups dans la mêlée, où son épée plongeait comme dans une fournaise d'étincelantes lumières. Lionel, Hector et Bohor semblaient avoir un don d'ubiquité et à les voir partout à la fois, armés de leurs épées brillantes, leurs gens étaient aussi réconfortés que leurs ennemis étaient étonnés. Ceux-ci eurent à déplorer de grosses pertes. La nuit venue, les chevaliers de Gannes se retirèrent en bon ordre.

La bataille recommença le lendemain et durant deux mois, les deux armées combattirent quatre fois par semaine. Ainsi moururent bien des vaillants chevaliers. Au bout de ce temps, le roi demanda une trêve, commençant à comprendre que la situation devenait critique pour lui. Il en fit la remarque à Gauvain en soupirant.

— Ah ! Gauvain, que m'avez-vous fait entreprendre là ?

Alors, Messire Gauvain s'agenouilla et répondit simplement :

— Sire, pour Dieu, octroyez-moi une faveur.

— Volontiers, fit le roi. Mais d'abord, levez-vous.

— Sire, dit Gauvain en prenant la main du roi, si Lancelot ose soutenir qu'il n'a pas tué mes frères par traîtrise, je prouverai par les armes qu'il l'a fait, et s'il meurt, je n'en demanderai pas davantage, ni vous, sire. Mais si je suis vaincu, vous ferez tous deux la paix pour toujours.

À ces mots, le roi eut des larmes et embrassa son neveu. Que n'eût-il donné pour qu'il n'entreprît pas une telle bataille ! Mais déjà, Messire Gauvain chargeait du message pour Lancelot un de ses écuyers. Celui-ci tourna vers son maître un regard plein d'angoisse, songeant qu'il n'était plus jeune pour risquer ainsi la mort. Mais Gauvain ayant ordonné, il dut obéir. Après l'avoir écouté, Lancelot répondit :

— Certes, je n'aurais pas voulu combattre Messire Gauvain, que je tiens pour un vaillant chevalier. Mais comment ne pas répondre, quand il me fait une telle sommation ? Cependant, plutôt que lui, je choisirai pour cette lutte les deux meilleurs compagnons de la Table ronde. Allez dire au roi que j'aimerais lui parler.

Le valet conta ce qu'il avait entendu à Gauvain qui se hâta d'aller trouver Lancelot à la place du roi.

— Le roi, mon oncle, dit-il, garantit que si je suis tué dans notre combat, il abandonnera le siège de Gannes et regagnera le royaume de Logres.

— Messire Gauvain, dit Lancelot, si vous vouliez vous montrer raisonnable, vous renonceriez à cette bataille. Je ne parle pas par lâcheté, car je sais me défendre, mais je souhaite si fort la paix avec vous que je vous ferai volontiers hommage. Je partirai demain de Gannes, nu-pieds et en chemise, et je resterai en exil dix ans, au besoin tout seul. Mais je vous répète que je n'ai pas tué de sang-froid Gaheriet, dont la mort me peine beaucoup.

Lorsqu'ils entendirent ces mots, tous ceux qui se trouvaient là, dont le roi, qui était venu malgré Gauvain, se sentirent très émus.

— Gauvain, dit le roi, faites ce que dit Lancelot. Quel chevalier en offrit autant à un autre pour se racheter ?

Hélas ! plus entêté que Gauvain ne se trouvait. Il prétendit qu'il aimerait mieux mourir que de renoncer à cette bataille.

Alors, au matin, Lancelot monta sur un destrier jeune et vif, cuirassé de fer jusqu'aux sabots. Gauvain arriva à son tour, mené par le roi Artus tout dolent. Sous un ciel pâle où voguaient quelques nuages qui n'empêchaient nullement le soleil de faire luire les armes, le combat débuta. Les deux champions se rencontrèrent et bientôt vous les auriez vus sauter en l'air. Alors, leurs chevaux s'enfuirent, libérés de leurs charges, sans que personne songeât à les retenir. Gauvain se servait de sa bonne épée Escalibor et les lames s'agitaient comme des ailes d'oiseaux, montant, descendant, à droite, à gauche.

Le combat n'en finissait pas. Cependant, Messire Gauvain, le plus âgé des deux, recula pour s'appuyer à un tronc d'arbre et retrouver son souffle. Lancelot fit de même. Puis ils recommencèrent à se donner de grands et terribles coups jusqu'au soir.

Lancelot dit alors au roi :

— Sire, je crains qu'il arrive malheur à Messire Gauvain et je ne le désire pas. Ne pourrait-il s'arrêter ?

Le roi, touché de cette générosité, répondit :

— Gauvain est seul juge en la matière.

— Sire, reprit Lancelot, si je m'en allais, m'en voudriez-vous ?

— Nullement et bien au contraire.

— Dans ces conditions, je pars avec votre approbation, sire.

Et comme il s'éloignait, Hector cria :

— À quoi pensez-vous, Lancelot ? N'allez-vous point battre votre pire ennemi ?

— C'est un trop vaillant homme, répondit de loin Lancelot.

Mort de Gauvain

Quand on releva Messire Gauvain, il était évanoui et il ne retrouva ses esprits que sous la tente du roi où il fut amené. Artus l'observa, troublé et anxieux :

— Beau neveu, votre folie et votre entêtement vous ont tué... Qu'il sera difficile de retrouver un aussi bon chevalier que vous !

Gauvain était si fatigué et si souffrant qu'il ne put répondre. Les mires furent aussitôt convoqués et le soignèrent de leur mieux, mais les blessures se présentaient nombreuses et profondes.

Or, au matin, un valet fut introduit comme étant le messager de la reine Guenièvre. Après avoir salué le roi, il dit que dès qu'Artus fut parti de Grande-Bretagne, Mordret fit écrire de fausses lettres par lesquelles il annonçait la mort du roi Artus, sa nomination à lui au trône d'Angleterre, et la volonté du roi défunt qu'il épousât la reine Guenièvre. Tout le monde pleura et la reine déclara tout net qu'elle aimerait mieux être brûlée vive que d'avoir pour mari Mordret, ce traître, ce déloyal. Puis elle demanda à ses fidèles de faire garnir la tour de Logres de chevaliers, de sergents, d'arbalétriers et de toutes sortes de vivres et d'armes. Puis elle s'y retira et quand Mordret se présenta avec ses barons, elle fit lever le pont et cria par un créneau :

— Mordret, Mordret, c'est pour votre malheur que vous avez voulu m'avoir pour femme, de bon gré ou non. Cette déloyauté vous mènera à la mort.

Mordret, qui s'attendait à une autre réception, perdit son sang-froid et fit assaillir la tour de toutes parts. Ceux qui se trouvaient à l'intérieur la défendirent si bien et il y eut bientôt tant de morts dans les fossés que l'assaut cessa. Et ainsi en fut-il souvent durant deux mois. Or, la reine avait dépêché un messager en Gaule pour avoir des nouvelles d'Artus. C'était celui-là même qui racontait.

À l'entendre, les yeux du roi s'humectèrent. « Comment ai-je pu croire en Mordret ? » se disait-il. Quand le soleil se coucha, il donna l'ordre à l'armée de se préparer à partir dès le lendemain et aussitôt, on commença de démonter tentes et pavillons. Le roi commanda une très bonne litière pour Messire Gauvain, qu'il ne voulait abandonner. Aux premières lueurs de l'aube, l'armée se mit en marche.

Sur les nefs, barons, hommes et chevaux s'embarquèrent. Dans celle du roi était couché Gauvain, qui demanda où il se trouvait.

— Sire, nous sommes sur la mer, répondit un chevalier, nous regagnons le royaume de Logres.

— Je mourrai donc en Grande Bretagne, murmura-t-il. Ah ! que n'ai-je pu revoir Lancelot !

Le roi Artus lui conta plaintivement ce qui était advenu avec Mordret, et quand il eut fini son récit, il regarda Gauvain. Celui-ci se taisait et soupirait, plus ébahi et plus ennuyé qu'on ne saurait le dire. Un instant plus tard, il expirait.

Sachez qu'il avait demandé au roi de l'enterrer dans le même tombeau que Gaheriet, et d'inscrire sur la pierre : « Ci-gisent Gaheriet et Gauvain, que Lancelot du Lac tua par leur faute. »

Ils eurent si bon vent qu'ils parvinrent en peu de temps devant le château de Douvres, où le roi demanda qu'on lui ouvre les portes. Les habitants répondirent qu'ils le croyaient mort, mais quand ils le virent, ils le reconnurent très bien et l'accueillirent comme leur seigneur. Là, il apprit que la reine s'était retirée dans une abbaye, et que Mordret avait demandé à tous les hauts personnages d'Écosse, de Norvège, du Danemark, qui se donnaient la main, et même d'Irlande, de Galles, et de beaucoup de pays étrangers, qui tenaient leurs terres de la cour du royaume de Logres, de se rassembler. Couverts d'honneurs et d'argent par Mordret, qui puisait généreusement dans le trésor dont le roi lui avait remis les clefs, ces barons et hauts personnages lui étaient attachés et ils avaient promis qu'ils le défendraient en toutes circonstances, voire contre le roi Artus lui-même.

Or, celui-ci était parvenu dans la plaine de Salisbury pour attendre là Mordret. Les tentes et pavillons s'élevaient et les préparatifs de la bataille commençaient. Les voix se croisaient et les outils faisaient beaucoup de bruit.

Cherchant le silence, le roi se rendit dans la lande et, en passant près d'un rocher, il aperçut des lettres qui semblaient gravées depuis des siècles :

« En cette plaine aura lieu la mortelle bataille qui laissera le royaume de Logres orphelin. »

Après les avoir lues, le roi fut pris d'une extraordinaire tristesse et d'une extrême fatigue : sa mort était donc prédite. Pourtant, il ne retourna pas en arrière. Et il semblait que les étoiles, qui illuminaient tout le ciel, l'approuvaient.

Bataille de Salisbury

Et voici que les Saines, ennemis jurés du roi Artus, avaient rejoint l'armée de Mordret qui pouvait hardiment se dire deux fois plus nombreuse que celle du roi.

Très vite, toutes les lances s'abaissèrent ensemble et au fur et à mesure que la bataille se déroulait, des chevaliers tombaient assommés, d'autres les remplaçaient et tombaient à leur tour. Quand les lances furent rompues, les épées entrèrent en jeu.

Ainsi commençait la grande, la terrible bataille où le royaume de Logres trouva sa fin. Presque tous les chevaliers qui y prirent part furent tués et ils étaient loin d'être aussi brillants que ceux de jadis qui avaient fait le renom du royaume.

Artus était présent à cette bataille. À un moment, il apprit, par un guetteur monté sur un arbre, que malgré ses pertes, l'armée de Mordret était toujours numériquement plus forte que la sienne. Il resta un moment perplexe, songeant à Gauvain et à Lancelot. Ah ! que n'étaient-ils encore ici, à ses côtés ! Puis il se reprit, réunit les soixante-douze compagnons de la Table ronde autour de lui et leur dit :

— Restons ensemble pour défendre l'honneur du royaume de toutes nos forces !

Tous jurèrent qu'ils combattraient jusqu'à la mort. Alors, d'une voix cassée, Artus cria à Keu, le sénéchal, de lever son étendard. Les cors, tambours et buccines de Mordret déjà se faisaient entendre sinistrement. Artus, avec les siens, marcha à sa rencontre.

Hélas ! tous les compagnons de la Table ronde furent tués au cours d'une mêlée qui ressemblait à un massacre. Et si Mordret y trouva également la mort, Artus fut, par lui, grièvement blessé.

Mort d'Artus

Dans la lumière, hésitants, éblouis, les compagnons du roi le virent chanceler et tomber. Ils se précipitèrent et relevèrent un blessé sanglant, jambes et bras pendants, qu'ils crurent mort. Et, durant un instant, ils ne purent contenir leur chagrin. Puis ils rejoignirent leurs camarades et continuèrent à se battre avec encore plus de détermination.

Les armées se séparèrent bientôt ; avec le soir, les compagnons du roi revinrent à l'endroit où ils l'avaient laissé. Et quelle ne fut pas leur surprise quand ils le virent assis, des gens debout à côté de lui à qui il confiait :

— Je n'en puis plus, mais c'est au bord de la mer que je veux finir.

Alors, tant bien que mal, ils l'attachèrent sur un cheval et ils partirent en ce début de nuit, ombres convergentes qui s'enfonçaient dans la forêt pour retrouver la mer.

Le lendemain, ils atteignaient le rivage. Des mouettes passèrent en criant. Artus recouvra assez de force pour tirer son épée du fourreau et, après l'avoir longuement contemplée, il dit tristement :

— Ma bonne épée Escalibor, qui tant de fois m'as sauvé la vie, il faut donc nous séparer. Après Messire Gauvain, mon neveu, seul Lancelot serait digne de te posséder !

Puis il dit à l'un de ses écuyers :

— Giflet, derrière la colline, tu verras un lac : jettes-y mon épée !

Giflet prit donc l'épée, mais quand il fut au bord du lac, il regarda la lame et la jugea si claire et si tranchante qu'il se dit : « Mieux vaut jeter la mienne et garder celle-ci. » Et il lança sa propre épée dans l'eau. Après quoi, il revint vers le roi et lui dit qu'il avait agi selon son désir. Artus lui demanda ce qu'il avait vu d'extraordinaire, ce qui surprit Giflet qui ouvrit des yeux ronds.

Alors, le roi lui ordonna, en soupirant, de retourner au lac et d'y jeter son épée. Revenant sur ses pas, Giflet pensa qu'il noierait le fourreau et non la lame. Ainsi fit-il et quand il se retrouva devant le roi, celui-ci renouvela sa question :

— Qu'as-tu vu d'extraordinaire ?

— Absolument rien, sire.

— Je voudrais que tu m'obéisses enfin. Une fois encore, je te demande de jeter mon épée dans le lac.

Alors Giflet, la tête basse, s'en fut au bord du lac et il avait le cœur gros quand il tint la belle et tranchante lame dans sa main. Pourtant, en soupirant, il se décida à la jeter aussi loin que possible et il attendit ce qui allait se passer. Alors, dans un jaillissement d'eau, surgit une main qui s'empara de l'épée par la poignée et la fit disparaître à jamais. Giflet, en retenant son souffle, regarda longtemps l'onde qui frissonnait comme si de rien n'était.

Quand il conta le fait au roi, celui-ci se contenta de sourire. Puis il dit :

— Maintenant, beau doux ami, il faut partir et me laisser. Nous n'aurons plus jamais l'occasion de nous revoir.

Giflet éclata en sanglots. Cependant, il monta sur son destrier et s'en fut. Sachez que lorsqu'il eut parcouru un bout de chemin, il se mit à pleuvoir très fort et il dut s'abriter sous un arbre. Mais l'orage passé et le ciel dégagé de tout nuage, il regarda vers la mer et aperçut une belle nef, emplie de dames richement vêtues, qui aborda non loin du lieu où il avait laissé le roi. L'une d'elles, qui était la fée Morgane, appela le roi. Celui-ci apparut, tout armé, droit et beau comme au temps de sa jeunesse, et, suivi de son cheval, s'embarqua dans la nef qui, aussitôt, tendit ses voiles et disparut comme un oiseau.

Il paraîtrait qu'elle fila droit sur l'île d'Avalon où le roi Artus vit encore et les Bretons ne désespèrent pas de le voir revenir un jour.

Le retour de Lancelot

Accompagné d'Hector des Mares, des rois Bohor et Lionel, Lancelot revint bientôt en Grande Bretagne, tous étant très peinés de la mort du roi. Il était cependant évident que la guerre n'était pas terminée. Le jour même qu'il débarqua, Lancelot fut informé de la mort de la reine Guenièvre dans son abbaye. Son chagrin ne peut se décrire car il avait aimé sa dame au-delà de ce qui semblait possible.

Avec son armée, il marcha sur Winchester, où les deux fils de Mordret s'étaient réfugiés. Il y eut de nouveau une horrible mêlée, où les gens de Lancelot tuèrent tout ce qui se trouvait à leur portée.

À voir cela, ceux de Winchester commencèrent à s'enfuir, rudement pourchassés vers la forêt. Sachez que Lancelot blessa mortellement le fils de Mordret. La bataille était devenue furieuse et Lancelot voulut une fois encore se jeter dans la bagarre, mais il perdit son chemin. Après avoir marché toute la nuit, il se trouva, au matin, au bas d'une colline dont il fit l'ascension.

Il parvint ainsi sur un sommet rocailleux où il s'assit pour se reposer. D'un petit ermitage, deux hommes en robe blanche sortirent alors et lui offrirent l'hospitalité. Lancelot était si fatigué qu'il accepta. Plus tard, il apprit que l'un des deux hommes était l'évêque de Rochester qui, jadis, avait servi d'intermédiaire pour réconcilier la reine et le roi Artus.

— Sire, lui dit Lancelot, j'ai plaisir à vous retrouver. Vous avez été mon compagnon dans le monde, voulez-vous que je sois le vôtre en cet ermitage ?

Et sachez que Lancelot demeura auprès de l'évêque et de l'ermite.

Un jour, Hector des Mares, qui s'était mis en quête de Lancelot, le rencontra en ce lieu. Tous deux éprouvèrent une si grande joie à se revoir qu'ils décidèrent de ne plus se quitter. Cependant, les forces de Lancelot déclinaient. Il demanda à l'évêque et à son ami de transporter son corps à la « Joyeuse Garde » et de l'enterrer dans la tombe où se trouvait déjà Galehaut, sire des Îles lointaines, qui pour lui avait montré tant d'amitié.

Ainsi firent-ils, le moment venu.

Sur la pierre furent gravés ces mots :

« Ci-gît le corps de Galehaut, sire des Îles lointaines, et auprès de lui repose Lancelot du Lac, qui fut le meilleur chevalier qu'on ait jamais connu au royaume de Logres. »

Ici finit l'histoire de Lancelot du Lac et du roi Artus, telle qu'elle se trouve dans les anciens écrits.

TABLE DES MATIÈRES

Impression réalisée par

BRODARD & TAUPIN

La Flèche (Sarthe), le 15-05-2011
N° d'impression : 64073

Dépôt légal : juin 1994

Suite du premier tirage : mai 2011

Imprimé en France

POCKET jeunesse

12, avenue d'Italie

75627 PARIS Cedex 13

La vie chez soi

Dafna Mouchenik

La vie chez soi

Petits récits et réflexions engagées
sur le soutien à domicile en France

Michalon Éditeur

Du même auteur

Première ligne. Journal d'un service d'aide à domicile pendant le confinement, Fauves, 2020.

Derrière vos portes. Coulisses d'un service d'aide à domicile, Michalon, 2018.

9, rue de l'École-Polytechnique – 75005 Paris
www.michalon.fr
ISBN : 978-2-84186-969-5

Préface

Réarmement moral

Pour qui l'approche une première fois, Dafna Mouchenik apparaît d'abord comme une énigme. Comment imaginer que cette femme pétillante se soit engagée dans l'un des secteurs les plus « galère » du médico-social ? Pourquoi cette quadragénaire parisienne dynamique a-t-elle créé une entreprise dans le secteur de l'aide à domicile qui paie si mal ses salariés et ses… dirigeants ?

La première fois que je l'ai rencontrée pour rédiger son portrait[1], c'était en juin 2020, juste après la première vague du Covid. Les questions se bousculaient dans ma tête.

---

1. *Le Media social*, site d'informations pour les professionnels du social et médico-social.

Dafna me racontait son histoire d'enfant maltraitée par le système scolaire pour cause de dyslexie, qui avait commencé une carrière dans les métiers du social avant de profiter du plan Borloo sur les services à la personne pour créer son entreprise (c'était en 2007). Les activités de jardinage ou de garde d'enfants n'étaient pas vraiment sa tasse de thé. Non, ce qui la faisait déjà vibrer, c'était d'accompagner ces vieilles personnes, souvent désargentées, qui se consument lentement sous des tonnes de solitude. Avec cette règle : n'abandonner personne.

Dans son premier livre[2], Dafna donne une clé de son engagement – son sacerdoce, pourrait-on écrire si le mot n'avait pas une connotation religieuse. Elle, l'arrière-petite-fille d'un Biélorusse qui avait fui les persécutions antisémites, cite l'histoire de Madame Rosa, dans le merveilleux roman de Romain Gary, *La Vie devant soi*. Elle écrit : *« Aujourd'hui, si Momo m'avait appelée [...] il m'aurait raconté les six étages sans ascenseur, l'histoire de Madame Rosa, Auschwitz qui l'habite. [...]*

---

2. *Derrière vos portes. Coulisses d'un service d'aide à domicile*, Michalon, 2018.

J'aurais compris. On aurait trouvé des solutions pour prendre soin d'elle à domicile. »

Prendre soin, cet objectif habite l'engagement des dizaines d'auxiliaires de vie qui travaillent désormais pour LogiVitae, la structure créée par Dafna. Ce n'est pas elle, évidemment, qui se rend au quotidien chez les vieilles personnes. Mais elle cherche à être au plus près de ses salariées qui sont souvent aux prises avec des situations périlleuses.

Pendant le premier confinement au printemps 2020, Dafna s'est fait un honneur de garder les locaux de LogiVitae ouverts. « *Je n'étais absolument pas indispensable sur le plan opérationnel, mais sur le plan des émotions* », me disait-elle pour justifier cette présence au plus près des aides à domicile qui partaient « au front », sans masque au début.

Les émotions... le méchant mot! Il était un temps – pas si lointain – où le travail social s'en méfiait comme de la peste. Dafna, au contraire, n'a pas peur des émotions. Elle sait que ce métier ingrat, et encore trop mal payé, requiert un vrai professionnalisme, mais aussi des qualités humaines. La générosité, ça ne s'apprend pas dans les écoles de formation...

Cette aventure humaine très singulière devait être racontée à un public de professionnels. Voilà pourquoi Le Media social lui a proposé de tenir un carnet de bord mensuel (en alternance avec d'autres professionnelles, notamment une directrice d'EHPAD). Elle a accepté ce défi avec enthousiasme.

Dafna nous régale de ses histoires tendres, drôles, cruelles parfois, autour de prises en charge souvent acrobatiques. Son style est inimitable avec des trouvailles sémantiques et des citations du répertoire de la chanson française. La bienveillance qui se dégage dans ses carnets de bord n'efface pas pour autant la lucidité. « Nous ne travaillons pas que pour des gentils », écrit-elle une fois, en citant des attitudes de bénéficiaires qui perturbent, parfois gravement, le travail des auxiliaires.

Lire les textes de Dafna réunis dans cet opus, c'est prendre la mesure des défis humains qui nous attendent avec le vieillissement de la société et l'aspiration quasi unanime à finir sa vie chez soi. Découvrir ses histoires vraies, c'est aussi être rassuré sur la vitalité des valeurs de générosité et d'altruisme qui sont vécues au quotidien sans grand discours, mais avec beaucoup d'assurance par de nombreux professionnels. Comme on pouvait le dire au siècle d'avant, c'est une sorte de « réarmement moral » que nous propose Dafna Mouchenik dans cette série de textes ancrés dans le réel, pleins de rêve et de fantaisie.

Noël Bouttier, journaliste

Avant-propos

Après mon premier livre en 2018, qui parlait déjà du quotidien d'un service d'aide à domicile, je me suis dit : « C'est bien, c'est fait, c'est posé, plus nécessaire d'y revenir. J'ai écrit tout ce que j'avais besoin de partager sur le quotidien des personnes fragiles âgées, malades ou en situation de handicap, et de leur accompagnement à domicile. »

Et puis en 2020, il y a eu cette terrible pandémie, le monde entier confiné et les auxiliaires de vie courageuses qui sont allées porter assistance aux personnes isolées et diminuées vivant chez elles sans que quiconque n'en parle. Alors j'ai écrit un deuxième livre[3] pour témoigner de l'engagement des professionnels de mon secteur, raconter leur force et leur abnégation (un mot que je déteste

---

3. *Première ligne. Journal d'un service d'aide à domicile durant le confinement*, Fauves Éditions, 2020.

pourtant). Après ça, je me suis dit : « Là, c'est bon. J'ai fait le tour du sujet, plus rien à raconter d'autre que je n'ai pas déjà dit. Rien à écrire de plus me concernant. »

Et puis un journaliste[4] m'a appelée : « Nous ouvrons une rubrique d'expression libre. On voudrait que vous teniez une sorte de carnet de bord. L'objectif est de permettre à des professionnels de raconter leur quotidien. Ça vous dit de nous écrire quelque chose une fois par mois ? ». J'ai eu carte blanche, pas plus de consignes que ça. Je me suis régalée durant toute une année à écrire ainsi la petite histoire du mois aussi vraie que décalée. Il me tenait tellement à cœur d'embarquer qui me lirait, au plus proche de la réalité des gens et à travers elle, de poser la difficulté que nous pouvons rencontrer à les accompagner correctement. Tous ces récits sont réunis dans ce troisième livre qui parle encore et toujours de soutien à domicile, de vieilles dames désorientées et de messieurs déjantés ou isolés, et des professionnels qui les accompagnent.

---

4. Noël Bouttier, *Le Media social*, une belle rencontre.

Je crois que tant qu'il nous faudra bricoler pour porter assistance à la population, tant que les politiques sociales ne seront pas repensées, tant que les professionnels du domicile seront à ce point malmenés, il me sera difficile d'écrire sur un autre sujet. Telle la vague au rivage, j'y reviens…

1.

Besoin de soutien, comment ça marche ?

Lorsque notre état de santé rend difficile la réalisation de gestes que nous faisions jusqu'alors sans soucis, lorsque la maladie ou le handicap ne nous permet plus/pas de pouvoir vivre chez nous sans le soutien d'une tierce personne, pas toujours simple de s'y retrouver tant il existe de possibilités.

Vous pouvez décider, vous-même, d'employer quelqu'un, de convenir contractuellement des tâches que vous lui confiez et de ses horaires. Ça s'appelle le gré à gré. Cette solution peut être très bien si vous attrapez une personne super et qui ne s'absente jamais. Ça existe, mais pas simple à trouver ! Lorsque vous l'avez, ne la lâchez plus !

Vous pouvez vous dire : « je ne veux m'occuper de rien ! » et ainsi avoir recours à un service d'aide et d'accompagnement à domicile comme le mien (un SAAD). Dans ce cas, c'est moi l'employeur, vous n'êtes pas lié contractuellement au professionnel qui vient chez vous mais à son service. Vous pouvez ainsi changer, modifier, résilier avec beaucoup plus de facilité. Écrit comme ça sur le papier, on pourrait penser que c'est la meilleure formule, mais dans la réalité, pas toujours aussi simple...

Et enfin, vous pouvez opter pour un entre-deux en faisant appel à un service mandataire qui recrute, établit le contrat, élabore les fiches de paie, assure le remplacement, mais vous êtes l'employeur de la personne qui vient auprès de vous.

Saupoudrez le tout du passage d'une infirmière libérale, d'un SSIAD (Services de soins infirmiers à domicile) ou parfois d'une HAD (Hospitalisation à domicile) financés par l'assurance maladie pour peu que vous disposiez d'un certificat médical. Dans l'attente de vraies réformes, il n'y a pas de bon ou de mauvais modèle, juste des situations différentes auxquelles il faut trouver la meilleure (ou la moins mauvaise) des solutions.

Les récits qui suivent se déroulent au domicile des personnes que mon service accompagne et tente de soutenir chez eux. Vieilles dames et vieux messieurs, personnes malades ou en situation de handicap, tous veulent, dans l'immense majorité, continuer à vivre chez eux le plus normalement et le plus longtemps possible. La France, saluons-la pour cela, dispose de politiques sociales, certes, imparfaites et aujourd'hui insuffisantes, mais existantes. C'est avec elles que mon équipe bricole des solutions pour apporter aide et soutien à la population.

*

Travailler tellement pour rien

L'histoire commence par un SMS : « Désolé de vous déranger un dimanche, c'est pour un vieil ami dont le beau-père a été hospitalisé du Covid et qui cherche en urgence quelqu'un pour s'occuper de sa maman qui ne peut rester seule. Ils vivent à Paris. Pouvez-vous faire quelque chose ? »

Dès lundi, Mélanie s'est rendue sur place pour rencontrer cette dame et sa famille. Ce n'est pas qu'elle n'avait rien à faire ce jour-là, non. Elle a bougé un rendez-vous là, déplacé un entretien ici, remis à plus tard un dossier qu'elle devait rendre avant-hier. En les ayant en ligne, elle a senti le désarroi des enfants, l'importance pour eux qu'ils se rencontrent tout de suite maintenant.

Mélanie ne paie pas de mine comme ça. C'est une personne discrète, pas le genre à se la raconter. Une naturelle humilité, une jolie simplicité en même temps qu'une belle générosité, un supplément d'âme et la dose d'humour qu'il nous faut à tous pour faire ces métiers.

Bref, la voilà chez cette dame, sa fille est auprès d'elle. Elle explique : « Maman a la maladie de Parkinson, c'est mon beau-père qui habituellement s'occupe d'elle, il ne la laisse jamais seule. Nous sentions bien que ça se compliquait ces derniers temps mais ils refusaient catégoriquement que nous leur venions en aide. Maintenant qu'il est hospitalisé, nous avons pris, mes frères et moi, le relais dans l'urgence ». Une famille dévouée. Depuis plus d'une semaine, les enfants, tous en âge d'être eux-mêmes grands-parents (génération sandwich bien occupée à soutenir leurs parents et à garder leurs petits-enfants pour venir en aide à leurs propres enfants), se sont organisés pour dormir à tour de rôle chez leur mère. Ils ont demandé à la femme de ménage de venir le plus possible. Ils ont vu avec une amie de la famille pour qu'elle passe lorsque personne ne pouvait être là... Ils ont fait tout ce qu'ils ont pu mais voilà, cette situation qui ne devait être que temporaire n'en finit pas de durer.

Mélanie rassure – « nous pouvons vous aider » – et s'inquiète de la situation financière de la famille car tout cela coûte cher: « Je peux vous aider à monter le dossier APA[5], votre maman devrait y avoir droit ». La jeune assistante sociale sourit mais avec le port du masque, compliqué d'envoyer des messages de sympathie. Pas possible non plus de tenir la main à cette vieille dame qu'elle sent inquiète, réticente à l'idée que des inconnues viennent chez elle. Elle y consent tout de même. C'est ça aussi le talent de ceux qui font le même métier que Mélanie. Ils apprivoisent, ils créent du lien, pour rassurer et apaiser. C'est grâce à eux que la porte s'ouvrira plus tard sur l'aide à domicile, enfin la plupart du temps. « Lorsque notre beau-père reviendra de l'hôpital, il sera encore certainement très fatigué. Il faudra que l'aide à

5. Allocation personnalisée d'autonomie.

domicile continue à venir. Vous pouvez démarrer quand ? Jeudi serait idéal. »

Alors, comment dire ? Les plannings sont pleins à craquer ! Nous avons dans notre service 4 postes d'auxiliaires de vie à pourvoir mais nous ne parvenons à recruter personne (non pas que personne ne postule mais pas toujours les bons profils...). Mais Mélanie ne dit pas ça, bien sûr. Mélanie, dans sa tête, elle est déjà en train de jouer à Tetris. Elle se dit, si je téléphone à Madame "Trop Mimi" pour qu'on passe plus tôt chez elle et que j'appelle la fille de Monsieur "Dégage de chez moi" pour que nous venions plus tard, si je vois avec les fils de la dame qui adore Houria pour faire le changement d'auxiliaire, ça libèrerait un créneau pour que Florence puisse se rendre tous les jours aux horaires convenus près de cette dame.

« Oui, je devrais pouvoir organiser la venue de l'aide à domicile rapidement. »

Elles se quittent. La fille et la dame rassurées, « bien mignonne, cette petite ». Mélanie rentre au bureau, appelle Florence : « C'est OK pour vous si je fais tous ces changements ? Je vais être obligée de vous retirer la dame qui adore Houria, ça ne vous embête pas trop ? Super, merci, sans vous j'étais sans solution pour cette dame ! » Elle rappelle la fille : « Je vous confirme que nous prenons le relais. Florence viendra tous les jours, vous verrez, elle est vraiment très bien. Reste à ce que je trouve une solution pour les week-ends. »

Florence, aide à domicile dans mon service depuis bientôt trois ans, est spontanée, un peu sans filtre, pas le genre à se laisser faire. « T'as pas connu ça, l'envie de t'en sortir distribuer des patates / Des gauches-droites[6]. » Je sens que la vie n'a pas été toujours tendre avec elle, qu'elle en a gardé du mordant et la niaque au cœur. Durant le premier confinement, elle est de celles qui ont travaillé tous les jours, des heures à n'en plus finir pour ne laisser personne seul. Un soir, la police ne l'a pas laissée monter dans le RER qui la ramenait chez elle, ils n'ont pas cru qu'elle venait d'aussi loin pour s'occuper ainsi des vieux Parisiens…

Le jour convenu, Florence est là, souriante et à l'heure, sur le palier de Madame dont le mari est hospitalisé. Ça lui fait tout drôle lorsqu'un Monsieur “Super-vénère” lui a ouvert la porte :

6. *Face à la mer*, Calogero, Passi (2004).

« Pourquoi êtes-vous là à cette heure ? On vous avait dit de venir dans l'après-midi, que le matin ce n'était pas la peine ! Vous êtes Marie ? On m'a annoncé une Marie ! C'est quoi ce bordel ? ». La pauvre Florence a bien tenté d'en placer une mais elle-même n'y comprenait rien : « Attendez, je vais appeler Mélanie. Elle a sûrement une explication, peut-être que le service a oublié de m'informer d'un changement ». Mais Monsieur "Super-vénère" n'attend pas. Coup de tête balayette, il dégage l'auxiliaire de vie. J'exagère à peine, Florence s'est retrouvée étalée de tout son long dans le couloir de l'immeuble. Le truc de dingue, c'est que lorsqu'elle nous a appelés pour nous raconter ce qu'il s'était passé, elle s'en voulait : « Je ne sais pas, j'ai dû faire un truc malgré moi qui a déclenché sa colère… »

Mélanie, sidérée, a appelé la fille qu'elle avait rencontrée lors de sa visite pour comprendre. « J'ai appelé hier, je vous ai dit que nous suspendions tout. Dites à Florence combien je suis désolée ». Habiba se rappelle bien avoir eu une dame au téléphone à ce sujet. Elle avait dit ne pas savoir encore s'il fallait annuler ou non nos interventions, qu'elle rappellerait… Oui, mais entre-temps, le mari de sa maman était mort à l'hôpital du Covid. Tous les siens étaient K.-O., sonnés par la douleur. Personne n'avait rappelé. "Coup de tête-balayette" était visiblement le fils du monsieur. Lorsqu'elle a su ça, Florence n'eut pas le cœur de porter plainte, comme si la douleur autorisait l'autre à la prendre pour un punching-ball. « Ça va aller, laissez tomber ».

Nous ne serons jamais payés pour ce travail. Pourtant, elle en a passé des heures, Mélanie, à chercher des solutions pour cette famille, à bouger tous les plannings, à négocier avec chacun et Florence a perdu sa demi-journée, choquée qu'elle était par l'altercation. C'est mon service qui a financé sur ses fonds propres leurs rémunérations, les SAAD n'étant payés que pour les heures réalisées à domicile par l'auxiliaire de vie. Le travail de Mélanie n'est facturé à personne, urgence ou non.

2.

Les vrais coordinateurs à domicile, c'est nous !

Les pros de l'adaptation, de la persévérance, les premiers maillons de proximité auprès des plus fragiles, quotidiennement et sur la durée, ceux qui font lorsque personne d'autre n'est disponible, les chercheurs de solutions, les lanceurs d'alerte, les attentifs, les vigilants, les prenants-soin, les coordinateurs, les transmetteurs et j'en oublie, c'est nous ! Pas que nous, mais toujours nous !

Tout ne se joue pas dans l'unique face-à-face entre auxiliaire de vie et personne soutenue à domicile. Sans toute l'équipe en coulisses, comment prévenir, anticiper, informer, communiquer, alerter, réorganiser, bref, coordonner ?

Dans le cadre de la loi de financement de la Sécurité sociale 2022 apparait pour la première fois un financement coordination. On comprend que les lignes bougent un peu, reconnaissant que le soutien à domicile fait appel à de nombreux professionnels. Tout ce petit monde a besoin de disposer des informations et de l'organisation de chacun. Pas de chance, ce financement est fléché sur les professionnels du *soin*, et non de l'*aide*. Si les professionnels de santé (même s'ils ont eux aussi leur lot de difficultés) sont perçus par tous comme les sachants, les savants, c'est loin d'être le cas pour les services d'aide et d'accompagnement. Nous sommes encore compris comme « l'équipe d'aide-ménagère ». Il ne s'agirait pas de nous confier les choses sérieuses et encore moins les financements pour le faire. Pourtant, les vrais coordinateurs, c'est nous !

Pourquoi nous plus que n'importe quel autre professionnel du domicile ? Parce que nous sommes présents plus que n'importe quel autre auprès des personnes à soutenir et que cette coordination a des répercussions directes sur notre capacité à accompagner correctement. C'est aussi nous qui découvrons l'ampleur de l'urgence. Lorsque ça se complique, nous sommes tributaires de tous les autres pour apporter des solutions durables et rapides. Nous avons besoin d'être en lien avec familles et soignants pour partager nos informations et entendre les leurs. On comprend, dit comme ça, qu'il n'est pas possible pour nous de ne pas assurer cette coordination.

La partie visible de notre travail (ménage, courses, préparation et prise de repas, toilettes et change) ne fonctionnerait pas sans anticipation, organisation, coordination, lancement d'alerte. L'auxiliaire de vie, professionnelle de prévention, diffère bien des glissements pour peu qu'elle puisse partager ce qu'elle perçoit avec tous. Forts de cela, nos services sont déjà les fantastiques coordinateurs dont la population a besoin, financez-nous pour cela !

*

Madame "Seule au monde" ne devrait plus vivre encore chez elle

Voici, pour illustrer mes propos, une partie de chat perché. Une partie entre une petite dame aussi perchée que le chat et ce connard d'Alzheimer. Il a bien bossé, cet enfoiré, ça lui a pris du temps, elle a résisté, mais il a fini par tout rafler : souvenirs, apprentissage, bon sens et connaissance du monde. Un cerveau qui se vide et vous laisse seul dans la terreur et le trouble. Des années que mon équipe accompagne cette seule au monde. Ça fait longtemps que c'est difficile, préoccupant. Mais là, Helena, son aide à domicile, nous appelle au secours, elle est particulièrement inquiète pour celle auprès de qui elle se rend chaque jour.

À son arrivée, sa protégée est debout sur la commode, les mains posées sur le mur, prête comme Spiderman à poursuivre une ascension verticale. Pourquoi et comment a-t-elle grimpé là ? On ne le saura jamais. Ces derniers jours, Helena la retrouve comme ça, droite comme un i au sommet d'un meuble. Un miracle qu'elle ne soit pas encore tombée.

Notre alpiniste ne reconnaît plus l'appartement qu'elle habite. C'est là précisément que le soutien à domicile perd tout son sens, car pourquoi maintenir chez elle quelqu'un qui croit ne plus y être ? D'autant que cette dame, aussi désorientée soit-elle, ne dispose que de deux passages d'une heure par jour via l'APA, quand elle ne devrait plus rester seule du tout. Alors le reste du temps où Helena n'est pas là, advienne que pourra… En attendant, Madame escalade lit, chaises, table, buffet… C'est pour elle une nouvelle vie en 3D.

Elle n'a pas complètement disjoncté, en réalité. C'est vrai que ce n'est pas son appartement. Elle a quitté celui qu'elle habitait pour être relogée deux étages plus haut. Des punaises avaient pris possession de son logis. Épouvantables colocataires, il avait été impossible de s'en défaire. Nous avions dû l'aider à fuir, battre en retraite, tant cette vermine la dévorait, causant sur tout son corps d'épouvantables boutons et démangeaisons. Durant des mois, l'aide à domicile, équipée d'une combinaison intégrale jetable, avait maintenu ses interventions, priant le ciel de ne pas ramener ces minuscules vampires chez elle (au passage, une telle intervention, qui demande à la fois matériel, prise de risque et prise de tête, n'est pas mieux financée qu'une autre, ce n'est que le cœur qui nous embarque dans pareille galère, la raison nous dictant de fuir).

Pour parer au plus pressé, après des mois de lutte, le foyer-logement dans lequel Madame "Ce n'est pas chez moi" habitait déjà, lui avait attribué ce nouvel appartement. Un miracle, en réalité ! Tel

Tom Hanks dans *Il faut sauver le soldat Ryan*[7], nous étions tous mobilisés : assistantes sociales, équipe APA, M2A[8]... Une armée de travailleurs sociaux au secours d'une seule et même vieille dame. Nous étions tellement soulagés le jour où nous sommes parvenus à la reloger ! Une belle victoire collective. L'aide à domicile avait désinfecté chaque objet un à un pour les monter sans les suceurs de sang dans le nouveau logement, un travail de fou. Oui, mais depuis, dès qu'elle le peut, Madame "Ce n'est pas chez moi" veut rentrer chez elle. Elle ne s'arrête pas pour autant devant la porte de son ancien appartement, elle part. « Les dingues et les paumés se cherchent sous la pluie / Et se font boire le sang de leurs visions perdues et dans leurs yeux-mescal masquant leur nostalgie / Ils voient se dérouler la fin d'une inconnue[9] ». La gardienne l'intercepte souvent pour la garder en sécurité mais lorsqu'elle n'est pas là, notre amnésique brave tous les dangers urbains, traverse rues et boulevards sans pour

7. Film de guerre américain réalisé par Steven Spielberg, sorti en 1998.

8. Maison des Aînés et des Aidants.

9. *Les dingues et les paumés*, version magistrale chantée par Hubert-Félix Thiéfaine (1982).

autant se faire percuter. Jusque-là, il y a toujours eu une bonne âme pour la reconnaître et la ramener. Un miracle qui se répète et qui pourrait finir par nous faire croire que Dieu existe.

Le CASVP[10] nous donne au coup par coup, a minima, de quoi prévoir quelques repas, mais ça ne suffit pas. Helena trouve toujours le frigo vide, pas d'argent dans le logement pour assurer le ravitaillement. Aussi a-t-elle pris l'habitude de régler de sa poche quelques courses pour que la dame ait de quoi manger – nous la remboursons mais elle le ferait même sans cela, c'est une femme qui pense avec son cœur, qu'importe que ses fins de mois soient, pour elle aussi, difficiles.

Nous attendons depuis 2019 qu'un tuteur soit nommé mais pas de chance, un expert s'est déplacé. Trouvant porte close, il a classé le dossier. L'idée ne lui est pas venue de nous prévenir, il l'a joué solo, nous laissant sous l'eau. Quand ça ne veut pas, ça ne veut pas. Les mois ont passé et tout le monde s'est un peu découragé, seule Helena et nous sommes restés, la situation devenant chaque jour un peu plus difficile. Notre protégée est à présent

---

10. Centre d'action sociale de la ville de Paris.

dans un tel état de confusion qu'elle mange ses selles à la cuillère. Faut avoir le cœur bien accroché pour parvenir à gérer. Parler avec douceur, essuyer la bouche, laver visage et ongles pour débarrasser la peau des matières fécales qui la souillent. Par chance, elle est relativement coopérative, petite fille gourmande se régalant de chocolat, heureuse que sa nourrice la débarbouille. Helena tiendra encore semaines ou mois, nous, résolument à ses côtés, soutiendrons et alerterons encore et toujours de la fragilité d'une situation qui n'est plus tenable à domicile.

Je connais, hélas, la fin de cette histoire si rien ne bouge plus vite. Le temps passera encore sans que rien ne se passe, la dame tombera et mourra chez elle ou à l'hôpital. Helena pleurera, colère dans les yeux contre notre impuissance et l'inertie d'un système trop lent et indifférent.

3.

Un modèle économique inadapté

Considérer un service d'aide à domicile comme un simple prestataire de service d'aide à la personne revient à croire qu'un EHPAD ne serait qu'un hôtel. Même si le modèle économique actuel des services d'aide à domicile repose uniquement sur la facturation du temps réalisé à domicile par les auxiliaires de vie, ne nous y trompons pas : vendre des heures n'est pas une fin mais le seul moyen pour financer notre action.

La prise en charge insuffisante et inadaptée du soutien à domicile pour tous, le manque d'ambition de nos politiques sociales et la méconnaissance des pouvoirs publics du rôle central d'un service d'aide et d'accompagnement à domicile, font peser une charge mentale incommensurable sur les professionnels en place, lessivant les équipes et rendant notre travail bien en deçà de ce que nous devons pourtant aux personnes qui nous sollicitent.

C'est parce que ce modèle a été pensé à l'envers. Pour bien le calibrer, il faut partir d'une juste réalité à souhaiter. Un temps plein finançable pour les auxiliaires, comprenant temps de déplacement, temps de transmission, d'analyse de pratique, de groupe de parole et de formation – un peu à l'image des éducateurs spécialisés, ils n'ont pas 35 heures de face-à-face avec la population soutenue. À cela il faut ajouter le temps de travail des coordinateurs invisibles.

Bref, il est certain que nous sommes bien loin des 22 € et que la rémunération à l'heure seule n'est pas le bon modèle. Un abondement lié au niveau de dépendance des personnes soutenues, à leur situation sociale et à leur isolement, doit venir renforcer les moyens financiers du service qui les accompagne.

*

Absence imprévue

« Allô, ma fille est malade, désolée mais je ne pourrai pas venir travailler. Je vous tiens au courant pour demain. – Pas de soucis, Sylvie, on va gérer, bon rétablissement à votre petite. »

Voilà, ça, c'est tout de suite pour maintenant et six personnes l'attendent aujourd'hui. C'est notre vraie vie, notre quotidien est fait d'imprévus. Il faut regarder chez qui devait se rendre Sylvie dans sa journée pour prévenir de son absence et recenser qui a besoin que nous organisions un remplacement. Appeler les personnes une à une en faisant bien attention de lire les petites consignes indiquées sur leurs fiches : « attention, toujours passer par la fille pour tout » ; « remplacement d'office, la dame ne peut pas rester seule même si elle dit le contraire », « voir directement avec le Monsieur » « attention, on ne peut entrer sans les clés ».

« Quoi ?! L'aide à domicile ne vient pas et vous nous prévenez le jour même ? Vous croyez que parce qu'on est vieux vous pouvez nous traiter ainsi ? » « Mais si on ne vous a pas prévenu avant, c'est que nous aussi on ne l'apprend que maintenant. » Il y a quand même parfois des « c'est pas facile votre boulot », « merci de m'avoir prévenu », mais ils ne sont pas légion.

Après ça, elles ont une liste (petite ou grande) de remplacements à gérer. Pas de chance, dans le lot, il y a Madame "On va se faire allumer par la fille quoi qu'on fasse". Mais bon, que les enfants nous fassent flipper ou non, qu'ils soient odieux ou indulgents, il faut bien que nous nous occupions de leurs parents.

Va la trouver l'aide à domicile dispo à la dernière minute pour une toilette ou un repas ! Y'a pas ! « Allô ? Dalia, c'est Valérie. Une de nos collègues a sa petite qui est malade. Je cherche une solution pour une dame pas très loin d'où vous êtes déjà cet après-midi. Si j'appelle Monsieur "Très fatigué" pour lui demander si vous pouvez ne faire qu'une heure trente au lieu de deux et que je demande à Madame "Qui ne peut plus faire ses courses" pour que vous veniez plus tard, vous seriez OK pour vous rendre auprès d'elle ? Oui, super merci beaucoup, je préviens tout le monde ! »

Et vas-y que Valérie appelle Monsieur "Très fatigué" et Madame "Qui ne peut plus faire ses courses". Sans compter les remplacements à organiser pour les autres personnes, ça en fait du monde à appeler, des gens avec qui négocier : « Je suis vraiment désolée, je n'ai aucune autre solution. C'est d'accord pour vous ? Merci beaucoup. » Du sur-mesure avec les moyens du prêt-à-porter, ça, je le dis souvent.

Voilà une heure que Sylvie nous a appelés et tout le monde est enfin prévenu de son absence. Valérie a joué à Tetris avec bon nombre de plannings et est parvenue à ce que tous ceux qui le désiraient aient un remplacement, sans compter les clés que l'auxiliaire de vie qui veut bien dépanner n'avait pas. Elle a dû passer au bureau pour prendre le double. Alors quelle ne fut pas leur déconvenue lorsque Madame "On va se faire allumer par la fille quoi qu'on fasse", qui pourtant avait indiqué qu'il lui fallait absolument quelqu'un, renvoie l'aide à domicile. « Comment est-ce possible avec tout le mal qu'on s'est donné ? » « Elle est arrivée avec vingt minutes de retard. Je te l'ai foutue dehors ».

Ça n'a pas traîné, nous raccrochions avec la mère que nous recevions un mail salé de la fille ! En résumé, ça disait : « Bande d'incapables, pas fichus d'envoyer une femme de ménage à l'heure !

Ne comptez pas sur ma mère pour vous régler l'intervention. »

Les remplacements de dernière minute, c'est toujours la double peine. Ils donnent l'impression d'une désorganisation totale, y compris pour les personnes dont l'aide à domicile n'est pas absente mais qui va remplacer au pied levé sa collègue. Sans compter qu'à chaque fois que quelqu'un ne veut personne, c'est autant de manque à gagner pour notre service, le modèle économique des services d'aide à domicile reposant uniquement sur les heures que les auxiliaires de vie réalisent au domicile des personnes qui nous sont confiées. Cherchez l'erreur…

4.

Faire de l'auxiliaire de vie la première professionnelle d'aide et de soin à domicile

Les départements ont en charge l'action sociale sur leur territoire. À ce titre, ils ont la tutelle de nos services. (Cette gouvernance unique via les départements se traduit par 101 politiques sociales du soutien à domicile différentes dans notre pays et à une grande iniquité territoriale pour les Français *in fine* mais ça, c'est une autre histoire.) De leur côté, les Agences régionales de santé (ARS) ont dans leurs prérogatives l'administration des Services de soins à domicile (SSIAD). Ainsi, soutien et soins gravitent au domicile de chacun via des règles et financements qui jamais ne s'entremêlent, entraînant sur le terrain des difficultés de taille.

Résultat : lorsqu'une vieille dame ou un vieux monsieur dispose d'une ordonnance leur permettant le financement par la Sécurité sociale d'un professionnel pour l'aider à faire sa toilette, celle-ci doit impérativement être réalisée par une infirmière ou une aide-soignante, sans quoi, pas de prise en charge Assurance maladie. Si – comme c'est le cas très souvent – SSIAD ou infirmière libérale ne peuvent pas intervenir week-end et jours fériés faute de place et que c'est l'aide à domicile du SAAD qui réalise cette même toilette auprès de cette même personne, cette même vieille dame ou ce même vieux monsieur devra soit payer de sa poche (eh oui, les SAAD, l'ARS connaît pas !), soit y consacrer une partie de son APA. Les plans d'aide étant très nettement sous-cotés, elle ou il devra donc renoncer à d'autres interventions tout aussi cruciales, préparation et prise de repas, par exemple. On comprend ici que le système actuel oblige à multiplier les intervenants là où il n'en suffirait que d'un seul, l'auxiliaire de vie étant capable de réaliser bon nombre de soins ne relevant pas du médical.

Des solutions simples et évidentes sont possibles. Tout d'abord, il convient de reconnaître et d'établir enfin l'auxiliaire de vie pour ce qu'elle est déjà : la première professionnelle d'aide et de soin à domicile. Et par « soin », j'entends toilettes et changes qu'elle réalise déjà afin qu'ils puissent être financés par l'Assurance maladie, comme ils le sont lorsque des aides-soignants les prennent en charge. Nous pourrions imaginer assez facilement une formation leur permettant même de réaliser des toilettes au lit. De cette manière, les aides-soignantes qui manquent de toutes parts dans le champ sanitaire et en établissement ne seraient mobilisées que là où elles ont une réelle plus-value et où la dimension médicale de l'acte est avérée.

Présenté comme cela, cela semble une petite révolution, mais dans la réalité, c'est déjà ce qu'il se passe sans financement de l'Assurance maladie, obligeant les plus vulnérables à renoncer à une prise en charge alors même qu'ils en ont terriblement besoin. Les auxiliaires de vie font déjà des toilettes au lit même si elles n'en ont pas officiellement le droit, sans quoi bon nombre de Français resteraient dans leur souillure faute de professionnels soignants en nombre suffisant. On a su les faire monter en compétences sur des actes bien plus délicats que cela. L'aspiration endotrachéale est un geste bien plus invasif et pourtant, elle peut être réalisée par une aide à domicile formée. Une toilette au lit, à côté, c'est une sinécure !

*

Monsieur "Je vous donne ma liste de courses par la fenêtre"

Le récit qui suit commence par une solitude écrasante, une solitude tellement grande que nous ne l'aurions pas vue sans le goût des autres de Florence, auxiliaire de vie. « Je sens, j'écoute, et j'apprends, je vois. Le temps s'égoutte au long des fuseaux horaires. Je prends, je donne, avais-je le choix ?[11] »

« Vous savez, Dafna, je suis curieuse. Ça m'aide beaucoup dans mon travail. La fois où vous m'avez envoyée auprès de Monsieur "Je vous donne ma liste de courses par la fenêtre", l'équipe m'a dit :

11. *Destin*, Céline Dion (1995).

“Il ne laisse jamais personne entrer chez lui. Il veut juste qu'on lui fasse ses courses. Il habite au rez-de-chaussée. N'entrez pas dans l'immeuble. Il va vous donner liste de courses et porte-monnaie depuis sa fenêtre qui donne sur la rue.” »

Ça a tout de suite piqué la curiosité de Florence. Pourquoi ce monsieur ne veut-il pas qu'on rentre chez lui ? Nous nous disions : « Laissons-lui le temps, pas facile de laisser quelqu'un pénétrer dans son intimité », mais l'auxiliaire de vie avait compris avant même de savoir.

Le jour où elle s'est rendue auprès de lui, elle a fait comme on lui avait indiqué. Elle a toqué à sa fenêtre, mais au moment où il allait lui remettre liste de courses et porte-monnaie, Florence lui a demandé si elle pouvait utiliser ses toilettes. Le Monsieur a dit non, elle a insisté : « S'il vous plaît, je ne vais pas pouvoir me retenir, des heures que je dois m'y rendre ! S'il vous plaît, laissez-moi entrer. » Il s'est fâché. Elle a négocié avec douceur, faisant appel à son humanité et comme ce monsieur avait un cœur, il a fini par ouvrir sa porte. La première à qui il ouvrait depuis des années…

Alors, Florence est entrée et elle a halluciné. « Dafna, ce monsieur s'est laissé complètement débordé. Il n'a plus réussi à tenir la cadence de la vie. Tout s'est entassé dans sa maison, le désordre et la crasse ont pris possession de son logis. »

Des gens vivant à Poubelles Land, nous en rencontrons souvent. Syndrome de Diogène, ils appellent ça. Pauvre Diogène, lui qui préconisait une vie simple sans biens matériels, rien à voir avec ce que nous découvrons dans certaines maisons. Papiers, emballages, bouteilles, objets, bouchons, pots de yaourt, bocaux en verre, sacs... Tout s'entasse, s'accumule, prend la moindre place, le moindre centimètre. Comme la banquise fondant du fait du réchauffement climatique, ne laissant plus de place aux ours polaires, la pollution sévit d'une autre façon dans ces maisons. Nous voilà aux antipodes du zéro déchet ou à son paroxysme puisque rien n'est jeté.

Dans ce que je comprenais de ce que Florence me décrivait, il n'y avait pas chez Monsieur "Je vous donne ma liste de courses par la fenêtre" la volonté de tout garder. Juste une honte terrible, écrasante, de ne plus pouvoir assurer seul et de le cacher jusque-là au monde entier. « Les êtres ont cédé / Perdu la bagarre / Les choses ont gagné / C'est leur territoire. »[12]

« Dafna, même pour arriver jusqu'aux toilettes, c'était très difficile. J'y suis restée quelques minutes pour faire semblant de les utiliser. Et, lorsque je suis sortie, j'ai vu que le monsieur pleurait. C'était terrible pour lui que je le voie ainsi : "Je suis à l'intérieur maintenant, vous avez fait le plus difficile en me laissant entrer." »

« Avec sa gueule de carême / Avec ses larges yeux cernés, la solitude nous fait le cœur à la traîne/ Elle nous fait le cœur à pleurer/ Elle nous fait des matins blêmes/ Et de longues nuits désolées La garce ! Elle nous ferait même/ L'hiver au plein cœur de l'été[13]. »

Alors, Monsieur "Je vous donne ma liste de courses par la fenêtre" s'est dirigé vers la fenêtre tournant le dos à l'aide à domicile, vaincu mais soulagé. Florence, sans nous donner plus de détails, a appelé le bureau pour que nous prévenions les

12. *La vie par procuration*, Jean-Jacques Goldman (1985).

13. *La solitude*, Barbara (1965).

autres personnes auprès de qui elle se rendait ensuite qu'elle aurait beaucoup de retard. Faire les courses ne devait lui prendre qu'une heure, mais il ne s'agissait plus de cela à présent.

Elle a commencé par ouvrir le frigo. En le nettoyant, elle a jeté tout ce qu'elle y trouvait de périmé, le laissant presque vide. Consciente qu'elle ne viendrait pas à bout de ce qui s'accumule depuis des années, elle s'est concentrée sur la cuisine. Rien que pour cette petite pièce, ce sont des dizaines de sacs qu'elle a jetés un à un dans le local à poubelles. Lorsqu'elle a quitté le monsieur, cela sentait le propre. À son départ, la table était dressée et il avait la place de s'y asseoir. Un repas qu'elle avait préparé avec ce qui pouvait encore être consommé l'y attendait, le tout servi dans une assiette propre. Le monsieur lui a souri, reconnaissant mais silencieux. « Au revoir, Monsieur "On va bien s'aimer", lorsque je reviendrai, je m'occuperai de la salle de bains et des toilettes. »

« J'étais tellement contente, Dafna, d'avoir pu entrer. Il vivait dans des conditions qui n'étaient pas dignes, à partir de ce moment-là, tout est allé mieux ».

En écoutant Florence me raconter son histoire, je me suis réjouie que le fonctionnement de mon service soit basé sur cette confiance et cette liberté. Ici, les auxiliaires de vie peuvent remanier leur emploi du temps, passer plus de temps là, inverser l'ordre de passage chez Monsieur "Lève tard" et Madame "Matinale" en échange d'un simple coup de fil. Le planning que nous leur proposons n'est qu'une base, qu'elles peuvent améliorer dans l'intérêt des personnes qu'elles accompagnent. Nous, au bureau, tous ces petits ou grands détails, nous ne les connaissons pas.

Nous sommes nombreux à faire le choix de la confiance et de l'autonomie. Le collectif « humain d'abord » (et pas que) démontre chaque jour qu'on a beaucoup à y gagner, et qu'à moyen égal, cette confiance réhabilitée fait une belle différence.

5.

Un service polyvalent d'aide et de soins à domicile ? Pas le bon modèle !

Sous l'appellation « Service polyvalent d'aide et de soins à domicile » (SPASAD), solution de plus en plus plébiscitée, l'idée est d'affirmer la volonté qu'un même service, une même équipe pourrait soutenir la population qui aurait besoin à la fois de soins et d'aide à la vie quotidienne, et c'est une vraie bonne idée.

Malheureusement, le SPASAD dans son fonctionnement actuel reste encore et toujours deux équipes (un SSIAD et un SAAD) qui cohabitent dans un même service. Il ne doit son « P » qu'à cette coexistence, ne permettant pas pour autant la polyvalence de ses professionnels : pour une aide à la toilette, au lever, au coucher ou un change, il est contraint d'envoyer une aide-soignante et pour l'aide à la vie quotidienne, une auxiliaire de vie, là où il faudrait à la population ainsi accompagnée du deux en un.

Ainsi, même dans un SPASAD, on continue à ne pas mélanger les torchons et les serviettes. La preuve en est : la prime d'État Covid a été accordée aux aides-soignants et pas aux aides à domicile d'une même équipe.

Au final, certes, un même service, mais une multitude de professionnels différents, des interventions courtes et fractionnées alors même que les personnes accompagnées, leurs soignants et leurs soutenants ont besoin de temps et de lien.

*

Monsieur et Madame "Qui s'aiment à la folie"

« Allô, Valérie, je suis devant chez Monsieur et Madame "Qui s'aiment à la folie". Je sonne depuis un moment mais personne ne répond. Ça m'inquiète, je devrais les trouver chez eux. »

Janine est auxiliaire de vie. Elle travaille avec nous depuis maintenant dix ans. Dans un secteur qui souffre d'un turn-over de dingue et pour une boîte qui n'en a que treize, dix ans, c'est presque une vie. Nous lui en avons confié des personnes à accompagner, elle en a fait des rencontres, tissé des liens, elle a pleuré, ri, trouvé porte close ou petit café pour son arrivée... Je sais ce qu'un service comme le mien doit aux aides à domicile qui sont à nos côtés depuis tant d'années.

C'est vrai que ce n'est pas normal qu'ils ne répondent pas. Ils ne bougent pourtant plus de chez eux, ce petit couple. J'aurais pu les appeler Monsieur et Madame "À croquer" tellement ils sont sympas, arrangeants, touchants aussi. Pourtant, leur situation n'est pas simple. La dame a la mémoire qui s'est fait la malle depuis longtemps, une perception confuse et anxiogène des personnes qui vont et viennent (c'est pire encore maintenant que nous sommes tous masqués). Perdue entre « où suis-je ? » et « je vous ai déjà vu quelque part ? », l'oubli l'envahit, la confusion de qui est qui de Paul ou de Jean, leurs deux garçons, des multiples petits-enfants qu'elle ne reconnaît plus. L'amnésie la gagne. Elle s'accroche au seul dont elle sait qui il est encore : son mari est son ancre, le dernier qui l'arrime encore un peu à notre réalité.

Oui, sauf que cette saloperie de Parkinson s'est installée dans la tête de son amoureux il y a plusieurs années déjà. Tant que son corps ne répondait plus aux commandes, ça fonctionnait encore, il était leur tête à tous les deux et elle, tout le reste. Ils auraient pu se satisfaire de cette mutualisation réciproque. « Les yeux cernés par les années, par les amours/ La bouche usée par les baisers »[14], ils s'aiment tellement, plus peut-être encore que lorsque tout fonctionnait bien. Mais la maladie n'est pas du genre à capituler, elle bosse dur, alors lui aussi commence à vaciller dans les « on se connait ? ».

« Janine, j'essaie de joindre la famille et je vous rappelle tout de suite. » Valérie, c'est le « service support » des auxiliaires de vie (et pas seulement des auxiliaires d'ailleurs). Elle sait tout faire. Un coup GPS, un coup médiateur, un coup planificatrice et coordinatrice. Elle accueille, elle renseigne, elle rassure, elle assure ! Elle est le « couteau suisse » d'un service à domicile. Dans mon entreprise, ils sont six à être « des Valérie ». Leur travail, pourtant

---

14. *La femme qui est dans mon lit*, Serge Reggiani (1967).

indispensable, n'est financé par personne, sinon sur nos fonds propres. On comprend, dit comme ça, qu'il faut en faire des heures pour que le modèle tienne !

« Allô, Janine, j'ai eu les enfants, ils vivent à plusieurs kilomètres. Ils ne savent pas. » Pas simple non plus pour les fils, ça fait des années qu'ils insistent pour que leurs parents les rejoignent en province. Ils ont bien compris que la situation est bancale, mais impossible de leur faire quitter leur appartement parisien. « Dans le doute, j'ai appelé les pompiers. Ils sont en route, vous pouvez les attendre en bas de l'immeuble. »

Des gens qui ne répondent pas à la porte lors de notre venue et pour qui nous appelons les secours, c'est tous les jours ou presque. Nous accompagnons 800 personnes quotidiennement, alors forcément, la mémoire qui flanche aidant, il y a toujours un vieux monsieur, une vieille dame qui oublie que nous passons. Heureusement, ça se termine bien la plupart du temps : la dame s'était endormie, le monsieur n'entendait pas la sonnerie, un autre était chez sa fille… Parfois, ça grogne, ça demande remboursement parce que les pompiers ont cassé porte ou fenêtre pour rien et que tout va bien. Au passage, on a mobilisé inutilement les pompiers, une Valérie et une aide à domicile. Parfois même, on nous menace de porter plainte. Pardon d'avoir craint pour votre vie, pourtant on recommencera, c'est promis !

Mais cette fois, tout ne va pas bien. Monsieur est tombé, vol plané, rétamé, complètement sonné. Son épouse désorientée, courageuse amoureuse, a essayé de le relever, de le réanimer. Mais voilà, elle aussi a chuté sans pouvoir se relever. Résultat un/zéro pour Gravité et pour Monsieur et Madame "Qui s'aiment à la folie", la partie est finie. Monsieur est transporté à l'hôpital. Pour sa femme, très angoissée, il a juste suffi de la relever pour qu'elle se remette à marcher. À remarcher, mais sans son ancre, plus d'amarrage. Elle dérive, c'est instantané. Le temps d'intervention de Janine est terminé, normalement, elle devrait la quitter. D'autres personnes tout aussi fragiles l'attendent ailleurs. « Janine, je préviens tout le monde, restez avec la dame pour le moment. Je vous tiens au courant. »

« Non mais, votre service n'est vraiment pas sérieux ! C'est sans arrêt que vous nous appelez pour nous dire qu'il y aura du retard, que la prestation est décalée, que finalement ce n'est pas Janine. Je ne sais pas comment vous gérez votre boite mais ce n'est ni fait, ni à faire». Voilà comment passer pour des nazes et des incapables alors même qu'on bosse comme des dingues. Valérie sait encaisser sans s'offusquer : «Mais une dame est tombée, on ne peut pas la laisser. On ferait pareil pour votre maman...» «Ta, ta, ta! Vous avez toujours une bonne raison d'être mauvais, je ne vais pas me gêner pour vous faire de la publicité!»

Finalement, Valérie gère dans l'urgence les remplacements de la journée dans son intégralité pour que Janine ne quitte pas la dame le temps que Mathilde s'organise. Mathilde, CESF[15], la fibre sociale jusqu'au bout des ongles, est la référente de Monsieur et Madame "Qui s'aiment à la folie". C'est elle qui les avait rencontrés lorsqu'ils ont eu besoin de nous la première fois, elle qui est en lien avec la famille chaque fois que nécessaire; c'est elle qui organise la venue de Janine et réadapte nos interventions afin de contrer les mauvais coups de Parkinson et de mémoire qui

15. Conseillère en économie sociale familiale.

flanche. À la demande des enfants, elle et Paul (stagiaire en 3e année CESF, aide précieuse et efficace) cherchent désespérément une auxiliaire de vie pouvant rester la nuit. Les plannings sont pleins, ce n'est pas gagné, il leur faut la journée juste pour organiser la semaine.

Le duo acharné a trouvé, mais la dame n'est finalement pas restée chez elle. Elle aussi, sans l'avoir dit, s'était blessée. Son médecin traitant, venu rapidement, l'a fait emmener pour qu'elle soit soignée.

Quotidien et réalité des services d'aide et d'accompagnement à domicile. Travail colossal, invisible, chronophage, difficile mais indispensable. Des heures à organiser passages et interventions, informer, programmer, assurer la liaison, expliquer, chercher, trouver, pour au final, parfois, souvent, tout annuler.

6.

Le reste à charge de l'allocation personnalisée d'autonomie, un mensonge ?

Lorsqu'on est vieux (et vieux, en France, c'est 60 ans, ce n'est pas moi qui le dis mais nos politiques sociales), ce n'est pas obligatoire mais si l'on veut se voir financer tout ou partie des interventions d'un service d'aide à domicile, il faut d'abord constituer un dossier APA (allocation personnalisée d'autonomie). Rien de bien compliqué, une démarche administrative comme une autre. En fonction du département, le temps de traitement de ce même dossier sera plus ou moins long. À la suite de quoi un travailleur social vient à domicile évaluer la situation de ceux qui sollicitent cette allocation.

Bon, là, ça devient un peu technique. Impossible de l'expliquer de façon funky et rigolote, mais c'est un passage obligé pour comprendre la duplicité du système. À l'aide d'une grille appelée GIR (Groupe Iso-Ressources), le travailleur social détermine le niveau de perte d'autonomie de la personne qu'il rencontre. Pour faire simple, cette grille a 6 niveaux mais seuls ceux de 1 à 4 ouvrent le droit à l'APA (le niveau 5 et 6 relevant des caisses de retraite) : GIR 1, la personne ne dispose plus du tout de ses capacités motrices et intellectuelles ; GIR 4, elle peine à réaliser seule les gestes essentiels de la vie quotidienne. Je caricature un peu pour mieux me faire comprendre.

Le niveau de dépendance leur correspondant détermine le nombre d'heures ainsi octroyées par leur département, et leur feuille d'imposition/revenus, le montant de leur participation financière. Ainsi, le travailleur social, réalisant cette évaluation, peut indiquer, au regard de ces deux éléments, que 20 heures sont accordées et que compte tenu des revenus de la personne concernée, sa participation horaire sera, par exemple, de 2 € (pour 20 heures, elle aura en théorie 40 € à régler chaque mois). Cela est théorique, car dans la réalité, le nombre d'heures accordées est souvent insuffisant au regard du handicap de la personne –

oui, oui, il s'agit bien d'un handicap, ce n'est pas la vieillesse qui est handicapante mais la maladie dont les gens souffrent ou les suites d'un accident de la vie. Par ailleurs, le taux horaire financé par les départements est en deçà du coût de revient d'un service d'aide. Il ne comprend pas la rémunération des temps de déplacement entre chaque domicile des personnes accompagnées ni toutes les obligations en matière de droit du travail et de réglementation. Il n'intègre pas non plus les majorations des nuits, dimanches et jours fériés, le travail de coordination, réunions, suivi social... Le travail réalisé quotidiennement par le personnel non intervenant n'est, ni pris en compte, ni rémunéré. Des centaines de postes et des milliers d'heures sont ainsi supportés uniquement sur nos fonds propres.

Du coup, le reste à charge annoncé par les travailleurs sociaux est bien en dessous de ce que la personne aura à financer pour avoir l'accompagnement adapté à sa situation. Et si vieilles dames et vieux messieurs n'ont pas d'argent, les services feront ce qu'ils peuvent avec les moyens du bord.

*

Balance ton quoi

Gérer des remplacements, c'est le quotidien d'un service d'aide à domicile. Nous passons une bonne partie du temps à tricoter et détricoter des emplois du temps. D'autant qu'au regard de la fragilité des personnes qui nous sont confiées et les imprévus de la vie quotidienne de celles qui les accompagnent, ceux-ci sont de véritables sables mouvants, rien ne se passe jamais comme prévu, un boulot de malade !

Ce jour-là, c'est Fanny qui a remplacé Solange. Nous lui avons fait un petit topo sur ce qu'elle aurait à faire. Rien qui ne sorte de l'ordinaire, interventions auprès de gens fragiles (en soi toujours délicates) mais sans difficulté particulière pour la professionnelle qu'elle est. Alors, quelle ne fut pas sa surprise lorsque l'un des messieurs de sa journée, comme ça sans crier gare, de but en blanc, lui a demandé de… lui masser les fesses. Elle lui explique alors tranquillement que cela ne fait pas partie de ses missions. Pensant avoir été claire, elle continue à faire ce pour quoi elle est là. Visiblement inventif et persévérant, il lui indique alors qu'il a besoin d'aide pour uriner et que ça lui serait d'un grand secours si elle pouvait l'accompagner aux toilettes pour tenir son pénis. L'auxiliaire de vie refusant à nouveau, Monsieur décide donc de prendre les choses en main, au sens littéral du terme, et se masturbe jusqu'à éjaculer sous les yeux stupéfaits de l'aide à domicile.

Pareille histoire n'est pas fait isolé, sans quoi cela n'aurait pas grand intérêt de le raconter ici. C'est souvent que nous sommes confrontés à de tels comportements, demandes déguisées ou clairement assumées : application de crème sur un sexe déshydraté, besoin impérieux de laver l'entrejambe avec vigueur par l'aide présente, sollicitation sans équivoque de massage, couchage, pelotage, matage, suçage, léchage... Certains n'hésitant pas à préciser qu'ils peuvent payer pour plus. « C'est que vous ne devez pas beaucoup gagner à faire ce métier. Ça sera notre petit secret... ». Tout cela, je le sais des auxiliaires fâchées, vexées, outrées, saturées, révoltées à qui c'est arrivé. J'en parle ici parce que cela survient très, trop souvent.

Dans pareille situation, il convient de démêler qui des vieux hommes se conduisent ainsi du fait d'un câblage neurologique défectueux et ceux qui ne sont que des prédateurs sexuels ordinaires – les salauds vieillissent aussi. Dans le cas présent, fort est à parier qu'il s'agit d'un fondu du lobe frontal[16] car jamais avant, ce monsieur que nous accompagnons depuis longtemps, n'avait eu pareil comportement. Solange n'arrivait pas à y croire lorsque nous lui en avons fait part, avec elle, rien de cela n'était jamais arrivé. Mais lorsqu'elle s'est absentée à nouveau, on s'est méfiés. Une auxiliaire avertie en valant deux, on a prévenu Awa qui s'y collait. On a bien fait. À croire qu'elle s'était recouverte de phéromones d'amour pour octogénaire. Tel Pépé le Putois[17], Monsieur "Fondu du lobe" s'est « doudou vient danser, kollé serré, zouké rapproché, touché caressé, sexy déhanché[18] ». Gros, gros pétage de plombs sexué – si, si, visiblement ça existe. Prête à lui exploser la tête, la jeune femme en mode

---

16. Le lobe frontal est l'une des zones qui contrôle notamment nos inhibitions et qui indique ce qui convient de dire et de faire en société. S'il est endommagé par une maladie neuro-dégénérative ou un accident, nous voilà sans filtre.

17. Personnage des dessins animés *Looney Tunes*, harcelant quand il courtise une « belle femme skunk fatale ».

18. *Kollé Serré*, David Ramen (2012).

krav-maga[19] a mis fin direct à son intervention – comme quoi, un petit module self-défense dans la formation d'auxiliaire de vie n'est finalement pas si superflu. « J'ai comme envie d'les gifler/ Quand les hommes deviennent des hyènes/ Quand les mêmes s'mettent à m'siffler/ Comme si j'étais leur chienne[20] ». C'est qu'elle est jeune, Awa, pour cette nouvelle génération de femmes, plus question de faire profil bas, malade ou pas.

On a hésité parce qu'elle est un peu barrée, décalée, et puis pas simple de raconter cela à un proche, mais finalement, pas d'autre choix que de prévenir sa cousine[21], notre interlocutrice. Ce monsieur était déjà depuis longtemps sur une autre planète, bien avant ces incidents. Semblerait que ce ne soit pas franchement une féministe, #MeToo connait pas : « Que voulez-vous, c'est un homme, il a des besoins ». Sans entrer dans le débat, besoin ou pas, il convient de repréciser le cadre d'intervention d'un service d'aide à domicile et après avoir bien

19. Méthode de combat qui met l'accent sur l'apprentissage et le développement des capacités d'autodéfense.

20. *Deuxième sexe*, Euphonik (2019).

21. Personne qu'il avait désignée comme celle de confiance.

vérifié, la prostitution n'en fait pas partie – pas plus qu'assistante sexuelle, un vrai sujet mais pas légal en France. Quoi qu'il en soit, les auxiliaires de vie composant l'équipe n'ont, elles, pas signé pour ça, pas plus que moi. « Ah, OK, je comprends, pas de souci. Pensez-vous qu'il faille en ce cas lui acheter une poupée en latex pour qu'il compense ? » Parfois, c'est à se demander si mon service n'attire pas « tous les fracassés » de Paris[22]. Nous lui conseillons d'en parler au neurologue qui le suit avant d'envisager un quelconque « matériel médical ». Nous convenons aussi que lorsque Solange s'absente, soit un auxiliaire de vie homme (eh oui, il y en a !) la remplace soit son cousin se passera de notre venue. Nous la sentons soulagée, ça tiendra ce que ça tiendra.

Depuis quelques années, je compte plusieurs messieurs dans mon équipe, mixité précieuse et nécessaire. Pourtant, à bien y réfléchir, aucun d'entre eux ne nous a jamais appelés pour nous dire qu'une vieille dame l'avait serré dans la cuisine, ou peloté dans la salle de bains. Aucune n'a monnayé des faveurs sexuelles non plus. Pourtant,

22. Petit clin d'œil à qui se reconnaîtra.

des vieilles dames bien attaquées par cet enfoiré d'Alzheimer ou sa bande, on en accompagne un paquet. Aussi je m'interroge, le lobe frontal résisterait-il mieux dans la tête d'une femme que celle d'un homme ?…

« Laisse-moi te chanter/ D'aller te faire en, hmm/ Ouais j's'rai polie pour la télé/ Mais va te faire en, hmm/ Balance ton quoi/ Balance ton quoi[23] ».

23. *Balance ton quoi*, Angèle (2018).

7.

L'ALLOCATION PERSONNALISÉE D'AUTONOMIE, PENSÉE POUR NE PAS ÊTRE DÉPENSÉE !

Pour complexifier le tout, les heures accordées dans le cadre de l'APA, lorsqu'elles ne sont pas utilisées dans le mois, sont perdues. Pas de possibilité d'y avoir recours une autre fois, pas même lorsque la personne a été hospitalisée et qu'elle en aurait besoin dans le cadre de son retour à la maison.

Pourtant, comme l'a déjà compris la Caisse nationale d'assurance vieillesse (CNAV), en permettant l'annualisation des plans d'aide APA, les heures non utilisées pourraient venir renforcer le soutien à domicile les mois où la personne en a davantage besoin. Cela ne reviendrait pas plus cher à la collectivité, ces heures ayant été budgétées en début d'année. Enfin, ça, c'est en théorie, car en réalité, les départements comptent sur ce non-recours à l'aide pour ainsi combler d'autres dépenses, sans quoi l'annualisation serait possible depuis longtemps.

Ce n'est pas très honnête de ne pas l'annoncer tout de suite comme ça, mais le pire n'est pas là. Alors même que le compte n'y est pas, que nos services n'ont pas les moyens de fonctionner correctement, de rémunérer tous les temps invisibles, de payer correctement ses salariés, les départements nous imposent un système de badgeage (télégestion) pour ainsi ne pas avoir à nous régler l'intégralité du temps d'intervention programmé. Aucun service médico-social n'est rémunéré à la minute, cela en dit long sur la façon dont on nous perçoit. Alors que l'APA vient seulement de passer à 22 €, avant cela, il était bien plus bas, et que le coût de revient de nos services est d'au moins 25 € (dixit notre ministre), comment penser avoir le droit de ne pas régler le temps prévisionnel non réalisé ? D'autant que souvent, ce temps est inhérent à notre réalité : temps de déplacement, problème de transport, le vieux monsieur ne parvient pas à nous ouvrir, la vieille dame nous renvoie alors que notre intervention est programmée…

L'action sociale pèse très lourd sur le budget des départements. On comprend alors qu'ils fassent l'impossible pour parvenir à le tenir, d'autant qu'une pression forte de l'État pèse sur eux depuis le pacte de Cahors.

Dans ce contexte difficile, la non-dépense des financements du soutien à domicile permet un ajustement salutaire des dépenses publiques. Le non-recours au droit est vecteur d'économie, quand bien même cela serait dommageable à la population qui en a besoin.

*

Monsieur "Tout nu dans sa serviette"

L'histoire qui suit commence par le mail le plus gonflé de ce début 2021 (ça ne sera pas le dernier, l'année ne fait que commencer). En résumé ça dit : « Bonjour, bonne année. OK pour l'achat d'un micro-ondes si l'ancien est cassé (c'est le message d'un tuteur). Mais, Monsieur, ayant de faibles ressources, votre service pourrait-il s'en charger pour ainsi lui éviter les frais de livraison ? Par ailleurs, pourriez-vous avancer les frais nécessaires à cet achat ? ». Éviter les frais de livraison ?! Il imagine quoi, que l'aide à domicile a la force de Schwarzenegger et le cou de Rocky ? Tranquillou, elle le transporterait sur sa tête, le monsieur accroché à un bras et le cabas sur l'autre. Avancer les frais, mais oui, c'est vrai que l'argent tombe de nos poches, les services d'aide à domicile et leurs professionnels en ont tant qu'ils tapissent leurs murs de billets de banque !

Ça fait des années que Seb[24] se démène pour ce monsieur. L'assistante sociale de l'hôpital lui avait demandé d'organiser en urgence son soutien à domicile : « Ce n'est pas un cadeau que je vous fais, vous verrez mais il a vraiment besoin d'aide. C'est un monsieur pour vous ! » C'est vrai que Seb est un peu le capitaine Flam[25] de notre service : les causes perdues, les malheureux (même teigneux), les sans-le-sou, les seuls au monde plus que les autres encore doivent être soutenus et accompagnés... Sur ce coup, il fait équipe avec Marie. À eux deux, ils sont

---

24. Responsable de secteur, travailleur social, coordinateur et ange gardien.
25. Dessin animé culte japonais des années 80.

les Mulder et Scully[26] du domicile, les Robin des bois et Petit Jean du soutien pour tous. Ni une ni deux, il a enfourché son vélo pour se rendre auprès de lui. Le vieux convalescent l'a accueilli « tout nu dans sa serviette qui lui servait de pagne[27] » dans un appartement vétuste au parfum d'urine. Pas de rouge au front, ni de savon à la main, un personnage tout droit sorti des valseuses[28] : « On n'est pas bien, là ? Putain merde ! Tu vois ! Quand on nous fait pas chier, on s'contente de joies simples ! ».

Seb est parvenu à lui expliquer qu'il n'était pas là pour réparer le carreau que les pompiers avaient cassé pour le secourir. Après une longue négociation, Monsieur "tout nu dans sa serviette" acceptait enfin le passage d'une auxiliaire de vie indispensable à sa situation. Ravi de cette rencontre – c'est vrai que Seb est un mec super, les gens l'adorent ! – notre « sans chemise, sans pantalon[29] » l'a raccompagné jusqu'à l'ascenseur, Seb déjà en retard sur la suite de sa journée, essayant à présent

---

26. *X-Files*, série culte de l'histoire de la télévision américaine dans les années 90.
27. *Au suivant*, Jacques Brel (1963).
28. *Les Valseuses*, film réalisé par Bertrand Blier (1974).
29. *Sans chemise, sans pantalon*, Rika Zaraï (1975).

de s'échapper rapidement. Et là, clac!, courant d'air, la porte de l'appartement se ferme laissant Monsieur ahuri et toujours aussi dévêtu, prisonnier de son palier. Seb y a passé son après-midi, Marie a géré pour lui le reste de sa journée. Ça commençait fort!

Ancien musicien, fauché comme les blés, aussi mignon que désagréable (le docteur Jekyll et Mister Hyde des titis parisiens, ils sont plusieurs dans sa tête), une vie décousue, hygiène de vie déplorable. Ça n'a pas été une mince affaire que de lui trouver l'auxiliaire qui saurait se glisser dans son quotidien assez discrètement pour ne pas s'en faire jeter, mais suffisamment présente pour savoir le raisonner... C'est qu'il sait en découdre si on a dans l'idée de lui imposer quoi que ce soit, il en a dégagé des aides à domicile avant qu'on trouve la bonne! Covid de la première heure, comorbidité de par son âge, son diabète, ses kebabs quotidiens, son manque de textile quelles que soient les saisons... Son médecin a eu la drôle d'idée de le faire hospitaliser. Pauvres soignants qui n'avaient rien demandé. Ils ont bien vu de quel bois il se chauffe si on lui casse les pieds (ou pas d'ailleurs!). Ça n'a pas tenu deux jours! Mourant ou pas, retour fissa à la maison. Après ça, tout le monde a regardé différemment l'aide à domicile qui savait s'en faire accepter. C'est elle qui a pris soin de lui lorsqu'il était encore contagieux et que, pour la protéger, je ne disposais que de masques de plongée et de ponchos jetables en plastique !

Cette perle rare, cette Fantastique, celle qui sait faire avec un monsieur, un coup sans chemise, un coup sans pantalon, qu'il soit de bonne ou de mauvaise humeur, c'est Françoise. Il faut voir le lien qui s'est tissé entre ces deux-là. Il faut voir Françoise rire avec ce monsieur pas facile, il faut mesurer combien ce lien était incertain avant qu'il ne se crée. Elle s'est fondue dans son quotidien. Elle l'écoute lui expliquer : « Qu'on vient au monde tout nu, tout le reste c'est du superflu[30] ». Elle lui sourit mais la vérité elle la connait. Monsieur se souille. Dans sa tête désordonnée où la raison déraisonne, il refuse de porter des protections. Aussi s'habille-t-il le matin mais finit-il par retirer ses vêtements lorsque sa vessie trop pleine cède mouillant bas de chemise et fond de pantalon. Comme s'il était plus digne de vivre tout nu que de porter un

30. *Sans chemise, sans pantalon*, Rika Zaraï (1975).

lange entre les jambes. Elle n'essaie plus de le faire changer d'avis, c'est peine perdue. Elle retrouve les vêtements aux 4 coins de l'appartement. Chaque jour, elle les ramasse. Chaque jour, elle nettoie le sol du logement, espérant en défaire l'odeur ocre et putride qui s'y incruste. Plusieurs fois par semaine, elle se rend à la laverie car pour bien compliquer les choses, monsieur n'a pas de machine à laver. Dans cet appartement, rien n'est nickel et pour cause. Quelqu'un d'extérieur à la situation pourrait se demander ce que nous y faisons et pourtant, sans la présence de Françoise, sa constance, sa bienveillance, ça serait le chaos. Parfois, elle parvient à le convaincre de la laisser cuisiner, ou elle lui apporte un plat qu'elle a préparé chez elle. C'est toujours un kebab de moins qui ne donnera pas force et vigueur à son diabète. Monsieur sort encore pour aller s'en acheter…

Souvent, lorsqu'il n'a plus d'argent, elle paie de sa poche les produits de première nécessité : « Que voulez-vous, je ne peux pas le laisser sans rien à manger… » Dans ces moments-là, Seb enfourche à nouveau son vélo, se rend chez son protégé, rembourse l'auxiliaire, récupère les tickets et espère que le tuteur nous restituera cette somme à nous.

Rien n'est moins sûr... D'ailleurs, cette histoire de tuteur, c'est grâce à Seb. C'est lui qui a signalé au procureur la précarité de la situation et la nécessité de le mettre sous protection. L'idée était notamment de gérer pour lui un budget trop petit pour les 30, et parfois 31, jours composant le mois.

Alors, évidemment de recevoir pareil message, ça le fâche (grave !) Seb – même si celui qui l'envoie semble né avant la honte comme dirait Mélanie. Il sait bien que ce monsieur n'a pas d'argent. Lui et Françoise déploient déjà tellement d'énergie, tant de temps que nous ne facturerons jamais, avançant déjà des sommes que nous ne sommes pas certains de nous voir un jour remboursés. Alors comment même penser leur/nous en demander davantage ?

8.

Le contrat pluriannuel d'objectifs et de moyens, une vraie mauvaise idée !

Je suis convaincue – pour en avoir vu les effets pervers – que ce ne sont pas les services qu'il faut financer, mais les plans d'aide des personnes à soutenir. C'est la même chose, me direz-vous. Eh bien, non ! Dans un cas, un budget est alloué à un service et les personnes accompagnées en sont captives : si le service est mauvais, les gens ne peuvent pas changer de crèmerie. Dans l'autre, la personne dispose elle-même d'un budget individuel et déterminé en fonction de sa situation, qu'elle peut utiliser dans le service de son choix. En cela, l'APA et la PCH correspondent à ce critère (même si leurs financements sont en deçà des besoins), ce qui a largement contribué au déploiement du secteur tel qu'il est actuellement.

Avant 2002, peu ou pas de financement individuel lorsque la perte d'autonomie frappait. La population était contrainte d'avoir recours à des services administrés et tarifés. S'ils étaient mauvais, pas d'autres alternatives sinon de renoncer au financement de la collectivité.

Les détracteurs de la loi Borloo l'accusent d'avoir libéralisé le secteur et stoppé ainsi les efforts déployés pour le professionnaliser. S'il est vrai que nous devons aux services historiques plusieurs fondations importantes, force est de constater que la qualité et l'écoute n'étaient pas partout au rendez-vous, sans quoi ces néo-services versus agrément qualité n'auraient pas eu le succès qu'on leur connait. Je crois que leur arrivée a, en réalité, cassé un monopole qui n'était bon pour personne, ni pour nos services, ni pour les personnes accompagnées.

Il existe encore aujourd'hui un système à deux vitesses : les historiques habilités aide sociale tarifés, c'est-à-dire mieux financés par la collectivité, et tous les autres, qu'ils soient associatifs ou des entreprises. Nous nous orientons à présent vers une contractualisation entre départements et services d'aide et d'accompagnement : les contrats pluriannuels d'objectifs et de moyens (CPOM). Ceux qui y souscrivent se voient accorder des financements supplémentaires aux plans d'aide déjà accordés aux personnes accompagnées. Le compte n'y est toujours pas et les exigences sont plus grandes.

Pourtant, le cahier des charges de l'autorisation qui fixe le cadre de nos interventions est déjà extrêmement exigeant, seul le financement ne nous permet pas de le respecter pleinement.

À ce titre, le département doit assurer deux choses :

- le montant de l'allocation individuelle doit prendre en compte cette qualité exigée pour permettre de la financer (la qualité passe aussi par des professionnels correctement rémunérés) ;
- les services doivent respecter les obligations énoncées dans ce même cahier et retirer l'autorisation à ceux qui n'auraient pas le niveau attendu.

Financer les plans d'aide individuelle correctement et assurer à la population la qualité des services existants sont des leviers suffisants à la garantie d'une professionnalisation réelle du secteur.

*

L'adieu à un vieux monsieur

Un monsieur que nous accompagnons est mort. La mort, ce n'est pas qu'on s'y habitue, mais dans un service d'aide à domicile, c'est comme une collègue de travail. Elle est là, elle fait partie de ce que nous vivons.

Parfois, elle est appelée de tous leurs vœux par la vieille dame, le vieux monsieur. D'autres donneraient leur place au paradis, pour qu'on les oublie sur Terre, « Encore hier/ Encore un soir, encore une heure/ Encore une larme de bonheur/ Une faveur, comme une fleur/ Un souffle, une erreur[31] ». On a beau savoir qu'elle passera, qu'elle les prendra, qu'elle nous prendra tous, son passage nous bouleverse toujours. Le cœur serré par le chagrin ou soulagé de les savoir ainsi délivrés, parfois les deux. Ce monsieur de 93 ans est mort et je suis là, dans un cimetière noir du monde qui l'a connu. C'est bien, c'est tellement triste lorsqu'un être s'éteint et que personne ne vient.

---

31. *Encore un soir*, Céline Dion (2016).

Dalida voulait mourir sur scène, Barbara, à mourir pour mourir, aurait préféré l'âge tendre, et Brassens souhaitait prendre le chemin le plus long, faire la tombe buissonnière, quitter la vie à reculons... Moi, je veux mourir vieille dans mon sommeil, sans m'en rendre compte, entourée de ceux que j'aime. Je veux leur laisser un souvenir lumineux, sans qu'ils ne soient véritablement tristes. Une vieille dame qui s'endort, c'est dans l'ordre du temps. J'espère qu'on retiendra de ma vie qu'elle a eu du sens, que j'ai aimé et donné autant que j'ai reçu. Visiblement, ce vieux monsieur à qui nous venons dire adieu peut s'enorgueillir d'avoir été cet homme-là. Pour lui, ça ne change plus rien, mais pour ses enfants et son épouse, c'est véritablement apaisant: anesthésiant provisoirement une douleur incisive d'une absence à présent éternelle.

Lorsque les gens me sont trop rentrés dans le cœur, je déroge parfois à la règle, mais dans l'absolu, j'essaie de ne pas me rendre aux enterrements. Mon temps, je le garde pour les vivants, sinon je pourrais le passer à Pantin ou au Père-Lachaise. C'est que la mort ne chôme pas dans un service comme le mien, et ce n'est pas le Covid qui a changé la donne. Mais là, c'est différent, je connais ce monsieur et ses proches d'avant le temps où la maladie compliquait leurs vies.

Il faut voir l'énergie que la famille de ce vieil homme a déployée. « En ces moments où l'on teste la force de nos amours[32] », enfants et petits-enfants se sont relayés pour apporter aide et répit à ceux qu'ils chérissent tant. Et puis, lorsque chacun a compris que ce n'était pas temporaire, qu'il faudrait vivre et soutenir durablement, leur fille, porte-parole de la fratrie, tous décidés à aider leurs parents coûte que coûte, m'a téléphoné.

Dans ma mémoire d'adolescente, je me souviens d'une belle cinquantenaire brune en lévitation sur des talons de 20 cm, les bras entourant les biceps d'un monsieur solide et fort. Ils étaient déjà les jeunes grands-parents de nombreux petits-enfants. Grande et belle famille, une vie bien remplie. Mais la vie sépare ceux qui s'aiment. Tout doucement, sans faire de bruit[33].

---

32. *J'irai au bout de mes rêves*, Jean-Jacques Goldman (1982).
33. *Les Feuilles mortes*, Yves Montand (1949).

Nous n'avons pas tout de suite trouvé la bonne auxiliaire de vie. C'est comme ça, il y a toujours une part de chance et de magie, une alchimie, mais une fois que ce fut fait, la belle brune a pu lâcher prise, ses enfants étaient un peu soulagés. Pas longtemps...

La maladie ne vous laisse pas de répit. Confusion, tête à l'envers, plus de nuit, pas de jour, l'enfer sur Terre pour celle qui voit clair. Soutien à domicile entrecoupé de passages plus ou moins longs à l'hôpital. « Lorsqu'il rentrera, il faudra une présence la nuit, il se réveille à tout moment, ma mère s'épuise. » Oui, mais là, l'APA ne finance pas. Inutile de dire que ça coûte un bras, qui peut payer ça ? Besoin ou pas, sans financement, nombreux s'en passent. Cette famille a bricolé mais n'a rien lâché... Cela a tenu comme ça a pu. C'est comme ça, le soutien à domicile. Nous mettons en place quelque chose et puis on ajuste, on organise différemment au fil du temps, des événements. Inutile de se projeter trop loin lorsqu'on en est là. À chaque jour suffit sa peine. Ça, je le dis souvent à ceux qui tentent d'avoir un coup d'avance sur demain. La maladie, lorsqu'elle n'est que douleur, souffrance et renoncement de ce que nous étions avant, nous fait souhaiter la mort pour nous, pour ceux que nous aimons, un comble !

Le cercueil est entouré de l'épouse, des enfants et des petits-enfants. Dans leur bulle d'amour et de nostalgie, ils en oublient le monde qui les regarde. Je les vois pleurer et rire évoquant souvenirs et anecdotes. Ils ne feront pas de leur père un saint. Ils continueront à l'aimer pour ce qu'il était vraiment : un monsieur colérique et sanguin, le cœur jamais loin de la main.

« Mais quand on vit trop beau, trop fort, on en oublie le temps qui passe/ Comme on perd un peu le nord au milieu de trop vastes espaces/ À peine le temps de s'y faire, à peine on doit laisser la place[34]. »

Avant sa mise en terre, une bouteille de boukha[35] est versée sur le bois de sa dernière demeure, comme pour rappeler pour toujours son goût pour la vie, l'amitié et l'amour qu'il portait à sa famille. Je sais, pour l'avoir vécu dans ma chair, ce qu'ils

---

34. *Encore un soir*, Céline Dion (2016).
35. Eau-de-vie à base de figues. Son nom signifie « vapeur d'alcool » en dialecte judéo-tunisien ou judéo-berbère.

ne réalisent pas encore vraiment. Cet adieu en est un vrai, insupportablement long : « Ce n'est pas du sang qui coule dans nos veines, c'est la rivière de notre enfance/ Ce n'est pas sa mort qui me fait d'la peine, c'est de n'plus voir mon père qui danse[36] ».

C'est comme ça, c'est la rançon de l'amour. On souffre autant qu'on a aimé celui ou celle que la mort emporte. Comment pourrait-il en être autrement ? En un sens, le métier que je fais me rappelle que c'est une chance que ceux qui restent aient aussi mal, c'est qu'ils ont aimé fort et vrai.

36. *La rivière de notre enfance*, Michel Sardou (2003).

9.

Les EHPAD à domicile, c'est nous !

Il y a vingt ans, les maisons de retraite se transformaient en Établissement d'hébergement pour personnes âgées dépendantes (EHPAD). Notre société mettait alors le paquet, finançant soin et soutien, laissant à la charge de la population le volet hôtellerie et restauration. Lors de la crise sanitaire, surcoûts, équipements de protection individuels, Ségur de la Santé, prime Covid… Tout a été pris en charge par la collectivité, dans le secteur privé commercial ou associatif comme dans le public.

Pour les services d'aide à domicile, rien ne s'est joué comme ça. Nous avons dû nous bagarrer pour tout et obtenir peu. En me retournant maintes et maintes fois la tête, j'en suis arrivée à la conclusion que dans l'imaginaire collectif, les professionnels du domicile accompagnent des vieilles dames, des vieux messieurs plutôt en forme, réalisant pour eux courses et ménage, mais que dès que ça se gâte, tout ce petit monde est envoyé fissa en EHPAD.

Pas besoin de jouer dans *X-Files* pour savoir que la vérité est ailleurs. Sur les 1 366 627 bénéficiaires de l'APA, 58,79 % vivent à domicile. Et même si 329 943 des plus dépendants d'entre eux vivent en établissement, il n'empêche que 156 561 n'ont pas fait ce choix et sont toujours chez eux. Pour autant, les professionnels qui les accompagnent ne disposeront pas des mêmes moyens pour les soutenir. Là encore, vieilles dames et vieux messieurs ne sont pas traités pareil selon qu'ils vivent chez eux ou en EHPAD.

Nos dirigeants ont tellement peu compris ce que nous faisons quotidiennement qu'ils nous ont sorti de leur chapeau l'idée saugrenue de l'EHPAD à domicile. Hé, mais les gars, ça existe déjà, c'est nous, les services d'aide et de soin, à condition qu'on nous en donne les moyens!

La loi que nous appelons de nos vœux devra veiller à ce qu'il n'y ait pas de discrimination selon que nous soyons soutenus dans un établissement ou que nous ayons fait le choix de rester chez nous. Les financements accordés à niveau de dépendance égale doivent être les mêmes que l'on vive à domicile ou en EHPAD. Ainsi, nos services pourront bénéficier, au prorata du nombre de personnes accompagnées et de leur degré en perte d'autonomie, des mêmes dotations en matériel et de financements équivalents.

*

C'est à treize minutes à pied, c'est Mappy qui le dit

Un monsieur pas du tout vieux est sorti de l'hôpital. Un Monsieur "J'ai rien à gagner, rien à perdre, même pas la vie". Un monsieur qui a cramé son existence à coups de drogue et d'alcool. C'est tout le cerveau qui a grillé à être ainsi de tous les excès. « J'aime que la mort dans cette vie d'merde/ J'aime c'qui est cassé, j'aime c'qui est détruit/ J'aime surtout tout c'qui vous fait peur/ La douleur et la nuit[37] ».

Pour lui, compliqué le retour à domicile puisque plus de domicile. Petite recette qui ne loupe jamais : rendez le quotidien de vos voisins

37. *Deuxième génération*, Renaud (1983).

insupportable, ne payez plus vos loyers bien avant d'avoir un souci de santé, laissez reposer le tout durant 11 mois d'hospitalisation et c'est l'expulsion réussie assurée! L'assistante sociale de Saint-Antoine n'avait pas chômé pour rendre possible une existence « décente » hors de l'hôpital : montage du dossier MDPH[38], mise sous tutelle, chambre à l'hôtel faute de mieux, sans oublier... le passage d'un service d'aide à domicile!

« Oui, alors, il faudrait que vous passiez 3 fois par jour, matin, midi et soir, 7 jours sur 7. Il aura besoin d'être aidé pour se lever, se laver, s'habiller, tenir la chambre à peu près propre pour qu'il n'ait pas d'ennuis avec l'hôtel. La livraison des repas par la ville est impossible car pas de four à micro-ondes et pas de frigo. À vous de vous débrouiller autrement pour qu'il mange. Ah, le monsieur n'a pas d'argent pour les courses, faudra voir avec son tuteur ». Voilà, voilà, je crois que sur ce coup, on a décroché le gros lot et mon service devient l'Agence tous risques, c'est vraiment la dernière chance du moment[39].

---

38. Maison départementale de personnes handicapées.
39. Générique de *L'Agence tous risques*.

Celle qui va le rencontrer dans ce nouveau chez-lui pour organiser nos passages, le connaître, tisser du lien pour que la suite soit possible, c'est Lucie. Monsieur lui raconte un peu son histoire : « Sur les bords au milieu, c'est vrai qu'je crains un peu/ Je glandais un peu partout avec mon sac de couchage/ Je suis dans tous les coups foireux/ Tous les naufrages[40] ».

Lucie a 22 ans. Ce poste de « Jo la débrouille »[41], c'est son premier emploi une fois son diplôme de CESF[42] en poche. 22 ans, c'est tôt pour aller se heurter aux écorchés. Je n'étais pas plus vieille lorsque je suis devenue travailleur social, mais maintenant que j'ai l'âge d'être sa mère, sa jeunesse me touche. Lucie a cette générosité discrète et naturelle, le pragmatisme indispensable pour faire au mieux avec les moyens du bord. Vous la verriez faire son possible auprès de ceux qui lui sont ainsi

40. *Viens chez moi, j'habite chez une copine*, Renaud (1986).

41. Responsable de secteur, travailleur social, coordinateur et ange gardien.

42. Conseillère en économie sociale familiale.

confiés, pour que « leurs vies semblent un peu moins lourdes à porter[43]. »

Cet hôtel, c'est un peu la Cour des Miracles. Pas super à l'aise dans cet environnement, Lucie, mais tellement concernée par la précarité de la situation qu'elle en fait abstraction. Après cette rencontre, elle a tout expliqué à Farelly, auxiliaire de vie. Elle ne lui a rien caché de ce qui l'attendait : « Il faut y aller tous les jours et ça va être une vraie galère, dites-moi, Farelly, si vous le sentez pas. » Et le truc de dingue, c'est que Farelly a dit « oui ». Faut dire que cette femme a le cœur assez grand pour en soutenir des gens : les vieux, mais aussi les « J'ai tout foiré », les perdus, les paumés, les abîmés. Elle prie pour eux, pour moi, pour son service. Nous croyons en elle, autant qu'elle croit en Dieu.

Elle dit « oui », mais c'est sans savoir qu'elle vivrait plus tard pareille journée ! Monsieur "J'ai trop picolé la veille" a rendez-vous à l'hôpital pour 11 heures. Comme elle sait à qui elle a affaire, elle prend soin de passer tôt le matin entre deux interventions. « Vous vous rappelez que je viens pour

43. *Il changeait la vie*, Jean-Jacques Goldman (1987).

vous accompagner à l'hôpital. Vous ne partez pas vous balader. Vous pouvez prendre café et petit déjeuner en m'attendant, tout est prêt». L'hôpital est à treize minutes à pied, c'est Mappy qui le dit. Farelly revient trois bons quarts d'heure avant le rendez-vous, ils sont larges. Elle fait bien, Monsieur est souillé, Farelly l'aide à se doucher et se changer.

«Les joues creuses, les mains calleuses et la démarche un petit peu chaloupeuse[44] », pas possible de décommander, ce rendez-vous est prévu depuis des semaines. Farelly opte pour le bus. Les intestins en feu, les entrailles dansant la *Macarena*, son ventre fermente. Ça s'entend et ça se sent ! Pas d'autres choix que de descendre en catastrophe. Ce salaud de Covid a fait fermer cafés et restaurants, pas de toilettes accessibles. Trop loin de l'hôtel mais pas assez près de l'hôpital, aucun plan de repli. Monsieur, avec naturel et simplicité, ouvre bouton et braguette et s'accroupit entre deux voitures. Certainement, l'un des moments les plus embarrassants de sa carrière (et pourtant, elle en a vu, Farelly), l'auxiliaire tente de faire paravent

44. *La Blanche*, Renaud (1981).

de tout son corps pour préserver la dignité d'un monsieur qui semble n'en avoir que faire. Elle l'aide à se relever. Si le fond de son caleçon a été ainsi épargné, bas de pantalon, chaussettes et chaussures ont pris cher. Farelly improvise, achète lingettes et mouchoirs et tente un nettoyage à sec. Les passants l'interpellent, l'encouragent, s'émeuvent aussi de la voir ainsi s'occuper de son protégé.

Les voilà à présent franchement en retard. « Allô ? Nous avions rendez-vous à 11 heures. Il est 11 h 30 et nous ne sommes pas encore arrivés. Vous nous recevrez quand même ? » La communication coupe avant d'avoir eu sa réponse, plus de batterie ! « Je ne savais plus comment faire pour trouver en moi le courage/ J'ai levé les yeux au ciel et là, j'ai vu la lumière/ J'y ai baigné mon âme[45]. »

Si Dieu veut tester la ténacité de Farelly, c'est qu'Il ne sait pas encore à qui Il a affaire. Comme de leur côté, les « Valérie » ne parviennent pas non plus à la joindre, elles prennent la décision de la remplacer auprès de la personne chez qui elle devait se rendre à 13 heures. Elles ont été bien inspirées,

45. *Dieu m'a donné la foi*, Ophélie Winter (1996).

car Farelly ne renonce jamais. Il est midi, les voilà enfin arrivés. « Désolée, nous avons essayé de vous rappeler, sans résultat. – Impossible de tenir la consultation à cette heure-ci. Nous avons fixé le rendez-vous à une date ultérieure ».

Un trajet qui ne devait durer que treize minutes aura finalement pris presque deux heures. C'est que Mappy n'a jamais été auxiliaire de vie, il ne sait pas qu'elles sont exposées à bien des péripéties.

« Désolé pour hier soir d'avoir fini à l'envers/ La tête dans l'cul, l'cul dans l'brouillard/ Les gars, désolé pour hier/ Désolé pour hier soir d'avoir fini à l'envers/ Promis, demain j'arrête de boire, hier c'était la dernière. »[46]

---

46. *Désolé pour hier soir*, Tryö (2003).

10.

Une politique sociale discriminante pour les vieux

Un truc terrible que tout le monde semble trouver normal : à handicap égal, nous ne serons pas soutenus de la même manière selon que la maladie, l'accident de la vie nous arrive avant ou après nos 60 ans.

La loi du 11 février 2005 énonce le principe du droit à compensation du handicap et de l'obligation de solidarité de l'ensemble de la société à l'égard des personnes handicapées. Cette compensation a été pensée afin de permettre à chacun de faire face au mieux aux conséquences de son handicap dans sa vie quotidienne pour vivre en milieu ordinaire, ou adapté si cela n'est pas possible, et ça marche plutôt bien ! Sauf que cette loi ne concerne que les jeunes de moins de 60 ans ! Passé cet âge, nous ne sommes plus malades, plus handicapés, on est juste vieux.

Pour être claire, si j'ai 59 ans lorsque je fais un AVC, je bénéficierai de la Prestation compensatrice du handicap (PCH), ce jusqu'à mes derniers jours, et le plan d'aide qui me sera ainsi proposé correspondra le plus possible à la vie que je veux mener. Il viendra compenser mon handicap pour me permettre d'avoir une existence la plus normale possible, quand bien même la collectivité devra financer un professionnel à mes côtés H24.

Si, en revanche, je suis vieille d'au moins 60 années, alors au mieux – et pour cela, il faudra que je sois dans le pire des états (GIR 1) –, je peux espérer bénéficier de 88 heures par mois. 88 heures par mois, c'est 2 h 30 par jour max. Vous imaginez, 2 h 30 par jour lorsqu'il vous faut soutien et assistance pour vous lever, vous laver, vous habiller, préparer et prendre vos repas, assurer la gestion du linge, des courses, l'entretien courant de votre domicile, assurer les prises de rendez-vous avec le médecin, le coiffeur… Et je ne mentionne même pas culture, loisirs et lien social tout aussi indispensables mais impossibles à prendre en compte lorsqu'on dispose de si peu de temps.

Cette discrimination par l'âge ne doit plus perdurer. Seules les conséquences de la maladie ou de l'accident de la vie devraient être prises en compte et mises en adéquation avec la situation et les projets de ceux qui en sont frappés pour établir une réponse solidaire, suffisante et juste pour tous les Français.

*

Madame "Je n'ai besoin de rien"

Madame "Je n'ai besoin de rien" fait tout ce qu'elle peut pour dissuader les aides à domicile d'intervenir auprès d'elle. Elle y arrive plutôt bien, pas une ne tient mais là, elle est tombée sur plus coriace qu'elle. Il n'y a rien qui décourage Marie-Laure, d'autant qu'elle sait que cette dame ne va pas bien alors elle lui pardonne tout.

« J'veux juste aller mal et y'a pas de mal à ça/ Traîner, manger que dalle, écouter Barbara/ Oh non, je ne veux pas aller mieux/ À quoi ça sert d'aller mieux ?/ Non, je ne veux pas m'habiller/

Non plus me maquiller/ Laissez-moi m'ennuyer/ Arrêtez avec vos questions. »[47]

La mission de Marie-Laure, un truc qui n'a l'air de rien comme ça, c'est d'abord de parvenir à entrer dans l'appartement. C'est que souvent, Madame "Je n'ai besoin de rien" n'ouvre pas la porte. Alors rien que ça, c'est une victoire (parfois, il faut se fixer de « petits » objectifs) ! Ce n'est pas qu'on veuille absolument s'imposer mais sans nous, cette dame se laisserait mourir sans s'en apercevoir vraiment, une sorte de suicide involontaire. Elle ne mange jamais rien.

Une fois à l'intérieur, il faut « juste » qu'elle réchauffe le repas livré par la mairie, assure un brin de ménage et surtout, surtout, qu'elle parvienne à ce que cette dame mange tout ou partie de ce qu'il y a dans son assiette. Faut être sacrément doué d'ingéniosité, de générosité pour y arriver et par chance, l'aide à domicile détient toutes ces qualités !

47. *Non, non, non (Écouter Barbara)*, Camélia Jordana (2010).

Cette idée incongrue d'imposer à quelqu'un qui ne veut rien le passage d'un service comme le mien, c'est la sœur de Madame "Je n'ai besoin de rien" qui l'a eue, bien décidée à la garder dans la vie et en vie coûte que coûte. Elle y parvient. Visiblement, elle y est surentraînée. C'est pas d'hier que sa frangine a cette vie de côté, elle n'a pas attendu d'être retraitée, des années qu'elle se retire du monde. « Ils ont beau vouloir nous comprendre/ Ceux qui nous viennent les mains nues/ Nous ne voulons plus les entendre/ On ne peut pas, on n'en peut plus. »[48]

Elle en a échafaudé, des stratégies, pour que l'aide à domicile renonce à se rendre auprès d'elle. La première, la plus simple, était de ne pas faire de bruit, clé dans la serrure, lorsque l'auxiliaire sonnait. Mais lorsqu'elle a compris qu'inquiète, Marie-Laure avait appelé les pompiers, elle a été contrainte de se manifester. Il lui a fallu trouver un plan plus chiadé, nouvelle occupation de sa journée. Tel le coyote des studios Warner Bros, la voilà prête à tout pour la dégommer. C'est qu'elle lui tape particulièrement sur les nerfs celle-ci,

48. *Le mal de vivre*, Barbara (1965).

indécourageable et d'éternelle bonne humeur, elle est sympa en plus ! Non, mais ça ne va pas se passer comme ça. Elle va bien finir par trouver une solution pour la dégager définitivement, c'est que cette nouvelle occupation lui ferait même oublier d'aller mal.

Une dame qui fait « non, non, non, non », sans même écouter, sans la regarder, Marie-Laure ne s'en formalise pas. Elle se dit que personne ne lui a jamais appris qu'on pouvait dire « oui » et qu'à force de persévérance et de gentillesse, elle arrivera à la faire changer. C'est une optimiste, mais comment ne pas l'être lorsqu'on fait ce métier ?

C'est que la jeune femme sait y faire, elle a des solutions à tout. Même lorsque sa protégée balance les repas avant son arrivée, ni vu ni connu je t'embrouille, en disant qu'ils n'ont pas été livrés, ça n'a pas l'effet escompté. L'aide à domicile remonte simplement le sac-poubelle les contenant pour lui montrer qu'elle n'est pas dupe et sans se fâcher, cuisine un petit plat sur le pouce. Préparé avec trois fois rien, notre coyote s'en régale autant qu'elle enrage.

Non, mais là, s'agirait de passer à la vitesse supérieure, les semaines défilent et comme le vieux fermier de la chanson de Steve Waring qui ne parvient pas à se débarrasser de son chat (pourtant, il a tenté n'importe quoi, le poster au Canada, en faire du hachis parmentier, de la chair à pâté, du hamburger, le dynamiter)[49], rien n'y fait, Marie-Laure revient le jour suivant.

Aux grands maux les grands remèdes, son aide à domicile appelle les pompiers quand elle ne répond pas à la porte, elle préviendra les flics lorsque la jeune femme remontera ses poubelles! « Allô, la police ? Je suis une vieille dame seule, une personne s'introduit régulièrement chez moi pour me voler mes repas. » On dira ce qu'on voudra sur l'efficacité de nos services de l'ordre, sur ce coup-là, ça n'a pas traîné, en quelques minutes, deux agents sonnaient à la porte : « Bonjour, contrôle d'identité. Qui êtes-vous ? Madame nous a appelés, elle dit ne pas vous connaître. » Heureusement, ils ont vite compris qu'ils s'étaient fait avoir. Ils ont bien remonté les bretelles de la retraitée ainsi démasquée. Mais c'en était fini de l'énergie de la pauvre aide à domicile. C'était le coup de grâce. Il avait eu définitivement raison de son indulgence, c'en

49. *Le matou revient*, Steve Waring (1987).

était trop. C'est la première et seule fois où elle n'a plus voulu se rendre auprès d'une personne qui lui était confiée.

Depuis, l'une de ses collègues a pris le relai, mais le travail de Marie-Laure n'a pas été vain. Étonnamment, Madame "Je n'ai besoin de rien" n'a plus jamais tenté de se débarrasser de l'auxiliaire de vie qui venait chez elle après ça, laissant ainsi Michelle faire ce pour quoi elle était là. Elle a même tissé avec elle une relation sympa !

Peut-être, avait-elle cru que Marie-Laure ne craquerait jamais et qu'elle resterait toujours auprès d'elle ? Peut-être, a-t-elle réalisé qu'elle n'était pas à l'abri de se retrouver un jour complètement seule et que la présence des autres lui était nécessaire ?

11.

Aide et soin
pour devenir service autonomie

Le soutien à domicile d'une personne en perte d'autonomie nécessite bien souvent, pour ne pas dire toujours, aide et soin. La juxtaposition des financements oblige les professionnels à travailler en silo, le sanitaire d'un côté et le social de l'autre.

Comme le chante si bien Reggiani, « il suffirait de presque rien » pour faire de nos SAAD de véritables services d'aide et de soins à domicile. Pas en juxtaposant une équipe de soignants à celle déjà en place comme le font les SPASAD, mais en reconnaissant la polyvalence des auxiliaires de vie et en faisant d'elles le premier « échelon commun » professionnel de l'aide et du soin à domicile. Pour parfaire complètement la transformation de ceux d'entre nous qui le souhaiteraient, nos services devraient pouvoir compter dans leur équipe des postes financés d'infirmières et ainsi ajouter leurs compétences sanitaires à celles des équipes de coordinateurs sociaux (c'est à mon sens ce que sont les responsables de secteurs) déjà en place.

Ainsi, les SSIAD, dont le nombre de places reste insuffisant, seraient davantage disponibles pour la population ayant, là encore, véritablement besoin d'interventions médicalisées.

12.

Entreprise solidaire d'utilité sociale (ESUS)

Dans notre pays, il y a ce truc omniprésent qui fait que si tu n'es pas associatif, eh bien, tu es là pour faire du fric ! Et ce, même si le cœur de ton entreprise est d'aider et de soutenir la population. Cela a été d'une grande violence pour moi lorsque j'ai monté mon service. Travailleur social de formation, en disposition de la fonction publique territoriale, mon objectif n'était pas tant de gagner beaucoup d'argent que d'aider convenablement des gens tout en pouvant vivre de cette activité correctement.

Si l'on m'a répété durant ma formation que l'action sociale ne devait pas être confiée au secteur commercial, personne ne m'avait dit pour autant que la réactivité du secteur marchand au service de l'action sociale donne souvent de sacrément bons résultats.

L'agrément ESUS (Entreprise solidaire d'utilité sociale) permet cela en posant un cadre particulièrement pertinent :

- Avoir un but d'intérêt général ou d'utilité sociale : fastoche lorsque l'on est un service d'aide et d'accompagnement à domicile !
- Disposer d'une gouvernance participative qui associe les parties prenantes (salariés, partenaires, familles et personnes soutenues). Ça, c'est plus compliqué à mettre en place, ça fait un peu peur mais au final, c'est tellement plus riche lorsqu'on est chef d'entreprise de fonctionner ainsi ;
- Réinvestir la majorité de ses bénéfices dans l'entreprise afin d'assurer sa pérennité et son développement. Là encore, faut-il en faire…
- Disposer d'une politique de rémunération encadrant les écarts de sorte que le salaire le plus élevé ne puisse pas excéder un plafond annuel fixé à 10 fois le Smic et 7 fois plus que le plus petit des salaires de l'entreprise. Alors, au regard de la situation économique,

comment vous dire qu'on est large avant que qui que ce soit ne gagne dix fois le SMIC dans nos services !

Dans ce monde en transition, nous pouvons et devons mélanger les modèles pour n'en garder que ce qui fait sens. J'ai créé une entreprise qui me va : elle est à moi, mais elle profite à toutes les personnes qui composent l'équipe ; elle est privée mais elle répond à une mission d'intérêt général. Hybride, l'ESUS concilie capitalisation et distribution. L'argent n'y est jamais une fin mais un moyen de répondre aux objectifs que nous nous sommes fixés et l'économie y est au service de l'humain.

*

Nous ne travaillons pas seulement pour des gentils, des faciles

La pauvre auxiliaire de vie est au domicile d'une personne qu'elle accompagne. Les interventions précédentes s'étant à peu près bien passées, elle ne pouvait imaginer ce qui allait lui arriver.

Après lui avoir ouvert la porte d'entrée, la vieille dame s'est glissée silencieusement derrière elle. Telle une lionne d'appartement, tapie dans son entrée, dès qu'elle a pu, elle lui a littéralement sauté à la gorge.

« Je te fous un chassé, je te casse le nez/ Et même si tu flanches, je te pète les hanches/ J'explose mes phalanges sur ta gueule d'ange[50]. » On ne lui avait pas dit à Marthe, lorsqu'elle s'est engagée dans pareil métier, qu'elle aurait à se protéger des personnes qu'elle vient aider. Durant sa formation d'auxiliaire de vie, pas de module krav-maga ou kick-boxing. Ça lui aurait été pourtant bien utile, et pas juste pour cette fois.

Par chance, notre déjantée est un poids plume. Cela n'a pas été difficile pour Marthe de s'en dégager. Mais Madame "J'te casse le nez" a réussi à lui balafrer le cou et à garder une petite poignée de cheveux dans son poing bien serré. Visiblement, elle n'en est pas à son coup d'essai mais pour Marthe et mon équipe dévouée, c'est une découverte.

---

50. *Cri des loups*, Therapie Taxi (2018).

Son mari venait de mourir lorsqu'on nous l'a confiée. Elle semblait seule et démunie, une petite dame qui vous crève le cœur, toute fragile, semblant si vulnérable (ce qu'elle est malgré tout quand même un peu). Une armée de travailleurs sociaux s'est tout de suite mobilisée pour lui venir en aide, nous demandant d'intervenir auprès d'elle en urgence. L'APA avait été débloquée pour financer nos interventions. Le CASVP[51] avait organisé la mise en place de la livraison de repas. Elles sont imparfaites et demandent à être modernisées, mais les politiques sociales de notre pays donnent à la France toute la résonance du mot « solidarité ».

Madame vit dans un petit appartement avec pour colocataire des milliers de punaises de lit à t'en faire regretter l'époque où les cafards vivaient seuls en maîtres dans les logements vétustes de Paris. Aujourd'hui, ils se partagent chez elle la vedette, les uns toujours plus nombreux que les autres. Un cauchemar que d'intervenir en pareil endroit même lorsque tu veux sincèrement venir en aide à la personne qui y habite. Le CASVP est également

---

51. Centre d'action social de la ville de Paris, CCAS ailleurs ☺.

sur le coup pour ça aussi et a partiellement réglé une partie du problème lié aux punaises.

Bref, trouver une aide à domicile disposée à intervenir dans pareilles conditions (plusieurs ont renoncé avant Marthe) n'était pas gagné, mais si, en plus, elle « casse la gueule » aux volontaires, on ne va jamais s'en sortir.

Cette dame est sûrement restée comme elle était avant d'avoir besoin de nous. Ce sadique d'Alzheimer, qui nous change les gens qu'on aime en quelqu'un d'autre, n'y est a priori pour rien dans cette agression. Peut-être, a-t-elle mangé un truc après minuit ? La lumière du jour ne semble pourtant pas lui faire de mal. Quant à l'eau, on ne sait pas, nous ne sommes pas parvenus à la convaincre de prendre une douche.

« Marthe, ne pleurez plus. Je suis tellement désolée. Venez au bureau. Je vous prépare un petit café. Ne restez pas chez la dame ». Myriam, à l'autre bout du fil, essaie de rassurer et consoler comme elle peut. Marthe sonnée, K.-O. technique, se laisse convaincre enfin et quitte le domicile. « Mais pourquoi partez-vous, moi qui vous aime comme ma fille ? » (Je vous assure, c'est ce qu'elle a dit ! Rassurez-vous, cette dame n'a pas d'enfant).

Redevenue Mogwaï[52], c'est le moment que notre scalpeuse choisit pour prendre son aide à domicile dans ses bras et lui témoigner de son affection (les gestes barrières, connaît pas). « Pourquoi pleurez-vous ? Restez, on va boire un petit thé toutes les deux, vous allez m'expliquer ce qui vous rend si malheureuse et après, vous ferez la vaisselle. » Pas de troubles neurologiques, mais ça déraille sévère quand même. Une bonne décompensation psychiatrique, dirait Vincent Lapierre, le psy le plus fantastique de Paris[53]. Elles ne sont pas rares en cette période de confinement.

« Comment ça, vous ne comprenez pas pourquoi Marthe est partie ? Mais Madame "J'te casse le nez", vous lui avez tiré les cheveux et balafré le cou. Ça va être difficile de la faire revenir après ça… Dites pas que ce n'est pas vrai, elle est devant moi, je vois la marque de vos ongles sur sa peau. »

---

52. Animal (imaginaire) mignon et gentil avant qu'il ne se transforme en Gremlins s'il mange après minuit.
53. Directeur du Centre prévention du suicide de Paris (CPS).

Marthe n'est plus retournée auprès d'elle. Notre Gremlins en était tellement contrariée qu'elle n'a plus voulu qu'aucune autre auxiliaire de vie vienne à sa place. En un sens, c'était mieux comme ça, car comment envoyer une autre aide à domicile après ce qui s'était passé ? Nous avons prévenu l'assistante sociale, l'équipe APA, le CASVP que Madame "J'te casse le nez" se retrouvait seule. La livraison de repas se poursuivant, elle n'était pas complètement sans assistance, un lien était maintenu. Tous nous ont rassurés, ça irait malgré tout. On verrait plus tard s'il y avait lieu d'organiser de nouveau notre venue.

Nous ne travaillons pas seulement pour des gentils, des faciles, des reconnaissants, des mimis, des touchants, des pauvres gens... C'est le sort de tous les services d'aide à domicile de tomber sur des tyrannosaures. La vieillesse ne nous transforme pas comme par magie en mamie confiture. Les vieux restent les jeunes qu'ils ont été et parmi eux, il y a aussi les pas sympas, les odieux, les insupportables, les vicieux, les tyranniques, les déjantés, les violents, les méchants. Il convient de les accompagner tous le mieux possible lorsqu'ils rencontrent des difficultés à vivre seul. Pour autant, à nos services aussi de veiller à ce que l'auxiliaire de vie puisse faire son travail sereinement et en toute sécurité. Rien n'est moins évident !

13.

Faciliter l'obtention de carte de séjour et l'accès à la naturalisation

Il n'y a pas assez de volontaires pour faire le métier d'auxiliaire. Aussi, faut-il faciliter l'obtention de carte de séjour pour les travailleurs étrangers qui eux sont nombreux à s'y engager. Aujourd'hui, cela est déjà possible mais les délais sont incroyablement longs et le dénouement incertain.

Par ailleurs, force est de constater que la promesse du gouvernement d'assouplir les conditions d'obtention de la naturalisation aux auxiliaires de vie ayant travaillé durant le premier confinement n'est pas tenue.

La complexité à faire renouveler une carte de séjour, au-delà de l'angoisse et du stress que cela génère pour son titulaire, fait perdre un temps précieux et occasionne de nombreuses absences.

Aussi, au-delà de la dimension humaine, il serait judicieux d'imaginer un chemin administratif facilité pour tous les métiers en tension et indispensables à la population.

*

Changement de planning

Une petite histoire qui illustre si bien ce que je souligne. Madame "Si tu fais pas ce qu'il faut pour mon père, je t'arrache les yeux" appelle, très énervée : « C'est quoi, ce planning ? Vous changez l'auxiliaire de vie et je l'apprends en recevant l'emploi du temps du mois prochain ? Vous me remettez immédiatement Fabienne, sans quoi je m'en vais vous faire la misère ! »

C'est très souvent que l'on nous menace de tout et du pire. Pour un planning, des horaires et des jours d'intervention qui changent, une auxiliaire qui ne revient plus, si on ne leur passe pas tout de suite la direction, si on ne rappelle pas assez vite… C'est curieux, ces gens qui pensent qu'on fera mieux notre travail si nous les craignons. La vérité, c'est que nous faisons toujours de notre mieux, que nous les affectionnions ou que nous les détestions, qu'ils soient sympas ou tyranniques, bienveillants ou méprisants. Malgré cela, le soutien à domicile ainsi mis en place est souvent imparfait. Faire avec les moyens du bord et du pragmatisme limite la manœuvre, mais c'est plutôt bien au regard des solutions dont nous disposons.

Myriam a eu la malchance de tomber sur cet appel. Elle essaie d'apaiser la fille en furie, mais sans pouvoir lui dire la vérité, compliquée... En même temps, son interlocutrice ne lui laisse pas en placer une: « Dafna, là, ça serait bien que tu la prennes. Elle me hurle dans les oreilles depuis quinze minutes à s'en casser la voix et je ne sais pas ce que j'ai le droit de lui dire ».

J'aime bien cette dame. Je comprends qu'elle se bagarre bec et ongles pour que Fabienne reste auprès de son papa. Elle est formidable, Fabienne. Ce monsieur de 103 ans a bien de la chance de l'avoir près de lui depuis bientôt deux ans (et réciproquement, lui aussi est adorable). Tous les deux s'entendent à merveille. Elle connaît chacune de ses habitudes, la maison est nickel. Avec elle, ce sont petits plats et bons moments. Ils ont plaisir à se retrouver chaque matin de la semaine et à passer ces quelques heures quotidiennes ensemble. C'est le bon duo, ce qu'il faut d'alchimie et de magie pour qu'un vieux monsieur survivant de la Shoah se lie d'amitié avec une jeune femme camerounaise et qu'elle veille ainsi sur lui.

Mais si c'est si doux, pourquoi les séparer? Nous n'en avons rien fait, Fabienne continuera de se rendre auprès du vieil homme. Peu importe ce qu'en dit le planning.

Plusieurs mois avant l'appel de la fille en colère, j'ai reçu l'auxiliaire. Cela faisait un moment que nous avions des soupçons mais à présent, plus de doute. Pour cette rencontre, pas de courriers officiels, pas de convocation. Afin de ne pas l'inquiéter plus que de raison, j'ai juste attendu qu'elle passe au bureau, comme elle le fait de temps en temps (pas souvent et pour cause). « Fabienne, je peux vous voir quelques minutes ? » J'ai bien vu sur son visage la peur et le doute. Elle était là, face à moi, rassemblant force et courage pour masquer son inquiétude. J'ai habillé ma voix de douceur pour poser cette question-là : « Fabienne, qui êtes-vous ? »

Je ne sais plus ce qui nous avait mis sur la piste, il faut dire que nous avons une certaine expérience maintenant. Pourtant, nous redoublons de vigilance pour que cela n'arrive pas. Toujours, la première réaction est de feindre de ne pas comprendre. Alors, je rassure : « Je ne veux pas vous créer de problème, mais si vous voulez que je vous aide, il faut me faire confiance. »

« Il est des hommes (et des femmes) déracinés de leur pays/ Et qui essayent de passer vaille que vaille/ Sur une autre terre que celle de leurs ancêtres et de leurs amours[54]. » À ce moment-là, les épaules retombent, délestées d'un trop lourd secret. Soulagée d'être ainsi démasquée, Fabienne me raconte une histoire que je connais déjà.

« La misère n'est mère de personne/ La misère est pourtant sœur des hommes/ Mais personne sur terre n'en veut pour fille[55]. » Alors, pour en finir avec cette vie sans espoir et subvenir aux besoins de sa famille, elle a laissé ses enfants à ses parents, elle est partie pour la France. Elle s'est dit qu'elle avait

---

54. *L'Exilé*, Serge Reggiani (1981).
55. Comédie musicale *Les Misérables* (1980).

suffisamment de cœur et de courage, que tout est possible à son âge, si elle a la force et la foi[56].

L'identité que je lui connais n'est pas la sienne, elle l'emprunte à une Fabienne camerounaise comme elle mais en situation régulière. Depuis deux ans qu'elle travaille dans mon service, ce n'est pas pour elle qu'elle cotise, pas pour elle la retraite à venir, pas plus que la Sécurité sociale. Ce n'est pas non plus sur son compte qu'est versé son salaire. C'est à la vraie Fabienne qu'appartient le RIB transmis le jour de la signature du contrat de travail. Une femme que je ne connais pas en dispose et lui en donne ce qu'elle veut bien. Le prix à payer pour la location de son identité. Respectueuse des lois, je n'ai jamais voulu employer de sans-papiers, mais à chaque fois que cela est arrivé malgré moi, je n'ai pas pu les abandonner.

Voilà pourquoi le nom de Fabienne ne figure plus sur le planning du vieux monsieur : après des mois de démarches interminables auprès de la main-d'œuvre étrangère, après avoir payé une taxe pour cela, pour la première fois depuis le jour de son

---

56. *Là-bas*, Jean-Jacques Goldman, Sirima (1987).

arrivée sur le territoire français, plus besoin de se cacher. Un titre de séjour lui a été délivré l'autorisant à travailler et voilà qu'elle porte son véritable nom.

Je veux bien prendre en ligne la fille du Monsieur, mais qu'est-ce que je vais bien pouvoir lui raconter ? Jamais bien su mentir, sur ce coup-là, je n'ai pas su improviser. J'ai pensé que la fille dont le papa avait utilisé un autre nom, d'autres papiers pour échapper à la Shoah comprendrait. Pas la même histoire, mais quelques similitudes, vous en conviendrez... Pas de promesses de mort, mais la mort certaine d'une vie meilleure. Alors, je lui ai tout raconté, je lui ai dit toute la vérité. « Ben, si je m'attendais à ça... Ça doit pas être facile tous les jours de gérer votre boîte. Alors, mon papa garde Fabienne, sa situation est régularisée. Mais du coup, comment s'appelle-t-elle ? » Ah ! Oui, il faut encore que je lui dise quel est son vrai prénom. C'est tellement dingue que c'est presque pire que de lui expliquer ce changement d'identité : « Bon, alors ce n'est pas une blague mais son prénom c'est... Brigitte Bardot ! »

« Un peu d'a-mour, Pa-pier ve-lours/ Et d'es-thé-tique, Pa-pier mu-sique/ C'est du cha-grin

Pa-pier des-sin/ A-vant long-temps Lais-sez glis-ser Pa-pier gla-cé/ Les sen-ti-ments Pa-pier col-lant/ Ça im-pres-sionne Pa-pier car-bonne/ Mais c'est du vent ! »[57]

Ceux qui louent leurs papiers n'ont pas froid aux yeux. C'est eux les salauds, pas ceux qui bossent : « Allô ? Je voulais vous prévenir qu'une personne utilise mon identité à mon insu pour travailler. » « Ah, je suis étonnée que vous ne m'ayez pas appelée il y a huit mois, lorsque son premier salaire a été viré sur votre compte ! » D'autres ont même essayé de jouer les gros bras avec moi, mais la plus gonflée, c'est celle qui, n'ayant pourtant jamais travaillé, m'a envoyé sa déclaration de grossesse. Espérant percevoir les indemnités de la Sécurité sociale, elle a interdit à celle qui faisait le job de venir travailler ! Et le truc de fou, c'est que j'ai dû licencier cette personne qui n'avait jamais mis les pieds dans mon service !

Chaque fois, un dossier a été monté pour qu'aucun des exploités ne soit plus à la merci des exploitants de la misère et de la pauvreté.

---

57. *Les P'tits papiers*, Régine (1965).

14.

UN MEILLEUR SALAIRE, MAIS PAS QUE

En créant mon entreprise, j'ai compris que nos salariés pouvaient être les sacrifiés du secteur. Notre réalité peut se révéler violente pour qui s'y engage au regard des moyens dont nous ne disposons pas. Composante indispensable à la réussite des missions qui sont les nôtres, l'organisation de nos services doit toujours tenter de prendre le contrepied d'une réalité compliquée.

Nous sommes nombreux à proposer temps pleins et CDI. Pas simple pourtant d'y parvenir, d'autant que les dispositifs publics dissuadent parfois les salariés d'accepter, CDD et temps partiel pouvant s'avérer plus intéressants au regard de la prime de précarité et d'activité. Pourquoi travailler plus si c'est pour gagner moins ?...

Responsabilité, autonomie, voilà de formidables leviers pour redonner sens et qualité à un métier malmené. Nul n'aime être dirigé d'autorité, c'est vrai pour moi, c'est vrai pour les auxiliaires de vie. Nous tous aspirons à être concertés, écoutés, autonomes. J'aime à penser que dans une équipe composée de professionnels impliqués et responsables, un chef n'est pas indispensable. Seul un cadre connu de tous et des objectifs clairs et partagés sont nécessaires pour mener à bien un soutien à domicile pour tous de qualité – ça et un financement adapté permettant de rémunérer correctement les professionnels. Cette conviction n'est pas juste vertueuse, elle contribue à la stabilité de l'équipe. Conséquences : moins d'absences et de turn-over qu'ailleurs…

L'amélioration des conditions de travail et de rémunération n'a pas pour objet de se donner bonne conscience. De cela dépend la qualité de nos interventions auprès de la population mais pas seulement. Sortir ces travailleurs pour la plupart pauvres (un truc de dingue, travailler et être pauvre !), majoritairement des femmes, de leur précarité, c'est apporter des réponses à des difficultés sociales dépassant largement le secteur du grand âge.

*

Madame "Qui ne parle pas très bien le français" a de la visite

L'histoire que je veux vous raconter se passe un samedi – eh oui, nous travaillons chaque jour de la semaine, week-ends compris. Lorsque Latie, auxiliaire de vie, arrive chez Madame "Qui ne parle pas très bien le français", elle la trouve heureuse et souriante : « Fille amie, moi dormir chambre », le tout dit en chuchotant, index droit posé sur les lèvres. Cette dame « porte en elle des chemins d'exil, des grands soleils d'anciens matins d'avril. Elle est comme orpheline d'une autre vie[58]. » Ça lui fait plaisir, à l'aide à domicile, de la voir en joie. Pas très vieille par rapport aux autres personnes qu'elle accompagne, 78 ans, ça reste relativement tôt pour avoir besoin d'un service comme le nôtre, samedi et dimanche compris. Mais elle est solide cette dame, pas du genre à se laisser terrasser par la maladie. La mort a bien essayé de la prendre en traître, ni vu ni connu je te colle une petite embolie. Mais sur ce coup-là, ses fils se sont bagarrés à ses côtés, bien décidés à ne pas la laisser se

58. *Elle imagine*, Nacash (1987).

faire emporter. Le Covid a tout fait pour les éloigner, les empêcher d'être à son chevet, mais dans cette histoire, l'amour triomphe de tout, ça fait un bien fou ! Après des semaines de soins et de convalescence, elle est rentrée chez elle, affaiblie, la mémoire défaillante, une perception du monde différente, mais bien vivante !

« Nettoyer, balayer, astiquer/ Kaz la toujou penpan[59]. » Bonne humeur communicative et entraînante, l'auxiliaire de vie chante dans sa tête, mais tous ses gestes sont silencieux, se pliant ainsi scrupuleusement aux consignes de sa protégée.

En milieu de matinée, l'invitée se réveille, une dame d'une quarantaine d'années avenante et souriante. Elle demande gentiment : « Où est Mamie ? ». S'ensuivent des retrouvailles dans le salon et petits mots tendres. Tous les ingrédients des joies simples qui donnent des couleurs à la vie. L'auxiliaire se fait discrète pour ne rien entraver du bonheur qui prend place dans la pièce d'à côté. Petite souris, fée du logis, elle continue à travailler

59. *Maldón (la musique dans la peau)*, Zouk Machine (1990).

aussi silencieusement qu'avant le réveil de la Belle au bois dormant.

« On a fêté nos retrouvailles/ Ça me fait de la peine, mais il faut que je m'en aille[60] ». Toutes choses ont une fin et c'est déjà l'heure de se dire au revoir : « Je te laisse déjeuner, Mamie, j'appellerai Tonton pour lui dire que je suis venue te voir, ça lui fera plaisir » et quelques secondes plus tard d'ajouter : « Peux-tu me redonner ton fixe ? Il a dit qu'il voulait t'appeler. »

Tonton ? La dame a la mémoire qui flanche, elle ne se souvient plus très bien de quelle couleur étaient ses yeux et quel pouvait être son prénom et quel était son nom, « il s'appelait, je l'appelais, comment l'appelait-on ?[61] ». Elle ne se souvient plus de Tonton, encore moins de son numéro à elle. « Vous, donnez numéro, Latie jolie ? », l'auxiliaire de vie s'exécute et note sur un petit bout de papier ce qui lui est demandé. Embrassades de loin, gestes barrières obligent, la jeune femme, après avoir promis de revenir très vite, s'en est allée.

---

60. *Il faut que je m'en aille*, Graeme Allwright (1967).
61. *J'ai la mémoire qui flanche*, Jeanne Moreau (1963).

Ce que je raconte là peut sembler sans intérêt (le bonheur, c'est souvent chiant lorsqu'on en est que le spectateur), mais la suite de l'histoire est épicée !

« Dans la nuit de vendredi à samedi, vers 3 heures du matin, l'interphone a sonné plusieurs fois. Comme ma mère entend mal et ne parle pas très bien le français, elle est descendue ouvrir la porte à une femme qu'elle a prise pour son infirmière. L'inconnue s'est installée dans l'une des chambres avec sa valise et y a passé le reste de la nuit ». Voilà ce que dit le mail du fils reçu le lundi suivant !

L'invitée n'était personne pour la vieille dame. Une femme perdue dans les nuits de Paris, sonnant à tous les interphones du premier immeuble dans lequel elle a pu entrer. Tout laisse à penser que l'auxiliaire de vie a, sans le savoir alors, délogé un bernard-l'hermite d'un coquillage qui n'était pourtant pas inhabité. En guise de Belle au bois dormant, c'est Pinocchio qui inventait un oncle imaginaire, pour repartir avec le numéro d'une vieille dame chez qui elle pourrait revenir plus tard (l'aide à domicile finira bien par s'en aller). Fallait oser !

Dans ce même message, il nous indiquait qu'il portait plainte en nom et place de sa mère. Latie s'en voulait mais comment imaginer, c'était si doux, si familier. Elle en était interloquée, retournée, estomaquée, choquée !

De vrais escrocs dans la peau de faux policiers ou sapeurs-pompiers. Carambouilleurs se faisant passer pour assureurs, vendeurs, prêcheurs, bénévoles aux Restos du cœur. Squatteurs, profiteurs, arnaqueurs ; plombiers, cambrioleurs ; tous ces charognards d'être en proie au désespoir, des isolés, des désorientés guettant parents et grands-parents fragilisés pour mieux les détrousser. Prédateurs acérés de nos vieux retraités, quelques-uns se font manger…

15.

Titres et formations pour s'occuper des gens âgés à domicile

Un autre sujet qui brouille sérieusement les cartes : pléthore de titres et de formations pour exercer les fonctions d'auxiliaire de vie. Déjà que ce n'est clair pour personne, mais si en plus, pour un même métier, il y a un million de noms et de diplômes, on va pas s'en sortir !

Tout le monde sait ce qu'est une aide-soignante, une infirmière ou une assistante sociale. Ces trois professions ont chacune un diplôme d'État qui se nomme comme le métier : diplôme d'État d'aide-soignante, d'infirmière, d'assistante sociale... C'est bien, on ne perd personne comme ça. Même les non-spécialistes peuvent devenir conseillers d'orientation pour ces professionnels. Il en est tout autrement pour le métier d'aide à domicile (mince, voilà que moi aussi, je les nomme différemment!). Nous disposons nous aussi d'un diplôme d'État en compétition avec bien d'autres formations, mais son titre ne reprend pas le nom du métier. Il s'agit d'un Diplôme d'État d'accompagnant éducatif et social (DEAES). C'est vraiment nul comme nom, ça ne parle à personne!

Cette étrange appellation, nous le devons à la fusion de deux précédents diplômes: AMP (Aide médico-psychologique) et DEAVS (diplôme d'État d'auxiliaire de vie sociale, en voilà un nom qui va bien!) pour n'en faire qu'un. Bonne idée, me direz-vous. Un diplôme qui permet de faire deux métiers différents, c'est super! Eh bien, non, si vous y regardez de plus près, vous devez vous décider pour l'une des deux spécialités et du coup, ce sont bien deux formations qui se cachent sous un seul titre.

*

Erreur de casting

Elle revient de quinze jours de vacances, elle devrait être détendue, mais Nafie est déjà en colère : « Non, mais qu'est-ce qu'elle a fait en mon absence, la collègue ? L'appartement de Madame "Trop sympa" est dans un état, je vous dis pas ! Elle n'a même pas descendu les poubelles chez Monsieur "Qui demande jamais rien" ! Et Madame "Qui se plaint jamais" dit qu'elle passait sa journée sur son téléphone ! »

Je comprends qu'elle soit fâchée, d'autant que nous avions pris soin de les mettre en doublon toutes les deux toute une journée pour que Nafie puisse lui faire toutes les recommandations avant son départ. Alors, vous imaginez sa déception, notre déception ! En plus, c'est un luxe que nous nous autorisons peu souvent, cette double journée n'étant financée par personne et pourtant, tellement nécessaire.

Nafie travaille avec moi depuis longtemps, c'est une battante, tout ce que le sort ne lui a pas donné, elle a été le prendre elle-même. Rien n'a jamais été facile et chaque victoire n'a été que la sienne et elle seule (un peu moi aussi, pour avoir été le témoin de sa persévérance) en connait le prix[62] ! Alors, batailler, forcément elle sait faire. Sur ce coup-là, elle a vraiment l'impression qu'on n'a pas été bons : « Faut pas garder des gens pareils, vous vous rendez compte ? »

Oui, je me rends bien compte, je suis complètement dépitée. Dans mon service, pas de grand chef du personnel pour la convoquer à midi : « J'ai une mauvaise nouvelle/ Vous finissez vendredi[63] ». Je l'avais pourtant déjà reçue. « Non, mais les gens sont carrément méchants, jamais contents[64] ». Larmes, sanglots, heureusement, il y a toujours des mouchoirs en papier dans mon bureau, c'est qu'on y pleure souvent. Je console : « Je ne vous oblige pas à faire ce métier, vous pouvez ne pas l'aimer, mais si vous continuez, faut s'y investir. Les personnes que nous vous confions ont vraiment besoin d'aide, qu'ils soient sympas ou pas ». Contre toute attente, elle me promet de se ressaisir. Elle reconnait s'être laissé aller, elle promet de nous appeler en cas de difficulté, elle assure que

---

62. *C'est ta chance*, Jean-Jacques Goldman (1987).
63. *Il ne rentre pas ce soir*, Eddy Mitchell (1978).
64. *Jamais content*, Alain Souchon (1977).

l'on peut compter sur elle. Je l'ai crue sincère. La suite, c'est Nafie qui appelle, fâchée, échec total.

« Non, mais vous faites aucun contrôle ? » Ça, c'est une phrase qu'on nous martèle souvent ! Alors, comment vous dire que nous n'avons pas les moyens de faire ce que nous faisons déjà, pas de temps pour autre chose. Soit on contrôle, soit on assure l'urgence des nouvelles situations, mais impossible de faire les deux. Pour s'assurer du travail bien fait, on compte d'abord sur le sérieux des auxiliaires et l'appel de Nafie prouve qu'on a plutôt raison. Ensuite, sur la co-vigilance de tous pour signaler les dysfonctionnements. Tout le monde, même de passage, a légitimité à nous appeler pour alerter. Ce n'est que pour les seuls au monde que nous restons vigilants et mobilisés. On piste aussi le peu d'auxiliaires pour qui on doute. Pour les autres, pas de nouvelles, bonnes nouvelles, c'est que tout roule. Je comprends que ça puisse ne pas être suffisant, mais à l'impossible, nul n'est tenu. C'est la phrase qui m'apaise lorsque le stress et le doute m'envahissent.

Alors non, on n'embauche pas le premier venu, et non, tout le monde ne peut pas faire ce métier, on refuse même des candidats. On en met, des filtres, pour ne pas se planter. L'erreur de casting, c'est le cauchemar de nos services, parce que va-t-on se séparer de cette salariée qui n'aime pas ce qu'elle fait, mais qui veut pas s'en aller ? Le droit du travail, c'est super lorsque ça protège de bonnes personnes, mais ça peut être aussi à double tranchant.

Le recrutement, plus que de se voir confier des personnes à accompagner, c'est le sujet. Dans mon service, c'est Rachel qui a pour mission de découvrir nos nouveaux talents. Plus compliqué que chercheur d'or, elle en fait du tri entre cailloux et pépites. S'agit d'être vigilante, exigeante et concentrée pour ne pas laisser entrer de mauvaises personnes, mais ne pas passer à côté des bonnes. Là, ça n'a pas marché.

« Poil dans la main payé à rien foutre [...]/ Qu'il est donc doux de rester sans rien faire/ Tandis que tout s'agite autour de soi[65]. » Pas à l'heure, pas aimable, pas d'initiative, pas d'envie, pas d'entrain. Les gens nous appellent les uns après les autres pour ne plus qu'elle revienne. « Par essence, elle est paresseuse/ Est-ce vraiment la paresse/ Ou

65. *Poil dans la main*, Jacques Higelin (1988).

trop de quoi, ou qu'est-ce?/ Apparemment/ Elle est heureuse»[66]. "C'est la ouate" (on dira que c'est son prénom) continue à faire parler d'elle: son planning est vide alors même qu'on manque d'auxiliaires. Un truc à nous rendre dingues!

Sa période d'essai s'est terminée depuis un moment (eh oui, là elle était top, évidemment), plus d'autres solutions pour se quitter que de la licencier. Les motifs séparés les uns des autres peuvent sembler légers, et difficile de m'y résoudre. Je tente un dernier truc: «Écoutez, vous avez besoin de ce travail et nous, on a besoin de vous. L'équipe a revu votre planning. Que des gens sympas, qui ont leurs têtes, mais fragiles quand même. Si vous vous loupez après ça, je ne pourrai plus rien faire...». «Je comprends, Dafna, merci à l'équipe de me laisser cette dernière chance!»

Y a des jours, je me surprends à rêver à une sorte de *Top chef* version auxiliaire de vie, une espèce de téléréalité qui donnerait à tous les généreux, les bienveillants en quête d'aventures humaines fortes et sincères de venir taper à la porte de nos services, et dissuaderait tous les autres.

---

66. *C'est la ouate*, Caroline Loeb (1987).

Madame “La ponctualité, c’est une qualité” nous alerte. Sa nouvelle auxiliaire de vie n’est toujours pas arrivée. « Je comprends, je l’appelle et vous tiens au courant… ». « Allô, “C’est la ouate” ? Oui, bonjour, c’est Valérie. La dame chez qui vous devriez être depuis vingt minutes s’inquiète que vous ne soyez pas arrivée. – Ah oui, non mais finalement, j’ai bien réfléchi. Ce boulot n’est pas pour moi, je ne reviendrai pas… ». « Et sinon, vous comptiez nous appeler pour nous en informer ? »

Le recrutement : le nerf de la guerre du médico-social, un calvaire ! C’est que ce n’est pas le tout de les trouver, encore faut-il parvenir à les garder. Souvent, les nouvelles candidates ne tiennent pas la journée, parfois elles ne se présentent même pas le premier jour. C’est à n’y rien comprendre. Un jour, pour un seul et même planning, on a fait signer 12 contrats ! Imaginez la colère des gens et de leurs familles de voir ici pareil défilé, mais rien ne tenait.

16.

Mon entreprise, une utopie réaliste

Je me suis improvisée cheffe d'entreprise mais je l'ai fait avec la formation qui est la mienne : je ne suis pas manager et je suis restée travailleur social. Je suis parfois l'assistante sociale de mes salariés, en tout cas, je leur viens souvent en aide. C'est une chance pour moi de pouvoir le faire. Je crois en la force du collectif, en l'appartenance à une équipe. Je me sens responsable dans une certaine mesure des personnes qui la composent. Leur situation, leurs peines, leurs joies m'importent.

La réalité, c'est que le monde est trop grand pour que je puisse le changer, mais dans mon entreprise, je peux, même si le cadre est contraint, faire un peu mieux, faire une différence.

Être cheffe d'entreprise, c'est l'opportunité d'être un colibri à la force décuplée. Je peux aider quelqu'un à obtenir ses papiers lorsqu'il a le projet de travailler dans mon secteur, je peux avancer à l'un de mes salariés l'argent nécessaire à surmonter une épreuve, je peux redistribuer les richesses, je peux encourager et financer la formation, je peux aménager un emploi du temps pour aider une aide à domicile en difficulté, je peux partager gouvernance et prise de décision, sans compter toutes les vieilles personnes, les gens malades ou en situation de handicap que nous soutenons et accompagnons à domicile. C'est à souhaiter que tout travailleur social crée sa boîte !

Même si rien ne m'oblige à faire plus, ce n'est pas un cadeau que je fais à ceux qui travaillent avec moi. Sans eux, il n'y aurait pas d'entreprise. Tout cela ne m'épargne pas les difficultés que tout employeur connaît, j'ai mon lot de déconvenues. Je n'échappe pas non plus à quelques rares prud'hommes (trois en quinze ans que je n'ai pas tous perdu). Mais force est de constater que cela a pour conséquence, au-delà de me permettre d'être en adéquation avec les convictions qui m'habitent, la réussite que l'on connait à mon service. Si j'avais pour objectif de cartonner, c'est précisément ce mode de fonctionnement que je déploierais.

*

Des idées à vomir

Une dame se présente dans nos locaux. C'est qu'elle ne se fait plus toute jeune et commence à peiner pour un tout, pour un rien. Elle sent bien que c'est le début de la fin, enfin, c'est ce qu'elle dit. « Je viens pour savoir comment ça se passe votre affaire pour le jour où j'aurai besoin ! »

« Elle a des cerises sur son chapeau, la vieille/ Elle se fait croire que c'est l'été/ Au soleil, on s'sent rassuré/ Il paraît qu'la dame à la faux/ C'est l'hiver qu'elle fait son boulot. »[67] Myriam l'accueille, sourire aux lèvres : « Asseyez-vous, je vais répondre à vos questions. » Diénaba, pas loin, prend le relai afin de permettre à sa collègue de dégager le temps nécessaire pour répondre aux questions de Madame "Cerise". Une équipe au top ! Alors, imaginez leur déconvenue lorsque comme ça naturellement, sans honte ni gêne, la dame lâche, tel un pet bruyant :

« C'est quoi ce que vous avez ? Elles sont colorées celles que vous envoyez ? Mais vous n'avez que

67. *La vieille*, Michel Sardou (1976).

ça chez vous ? Vous n'avez pas de blanches ? » À ce moment-là, c'est comme si j'avais accès aux pensées de Myriam en wifi. « C'est quoi son problème, elle vient acheter une robe de mariée ou elle a besoin d'aide ? »

Qu'aucune des personnes présentes dans nos bureaux ne soit véritablement de type caucasien ne la démonte pas, la dame au chapeau enchaîne : « Non, mais moi, je préfère une Française, bon... (soupir), elle serait d'où, celle que vous m'enverrez ? Si vous n'avez pas mieux, je peux accepter une Polonaise ou une Portugaise. Je ne suis pas raciste, mais faut pas compter sur les noirs pour faire bien le ménage et les Arabes, tous fourbes ! »

Par chance, nous nous insurgeons encore. Avec le temps, nous pourrions être blasés, ne plus relever, tant ce métier nous en fait entendre, mais ça nous frappe toujours au cœur avec la même intensité, et c'est tant mieux. Jamais rencontré autant de xénophobes décomplexés que depuis que je fais ce métier. À croire que tous les racistes de notre pays ont besoin d'aide à domicile pour eux, pour leur mère, leur grand-père...

Une dame était allée jusqu'à m'expliquer qu'elle n'était pas raciste mais allergique aux noirs : « Vous savez bien, Dafna, que leur peau sécrète une substance particulière, d'où leur odeur... » Je n'avais pas cherché à la raisonner. Je lui ai demandé un certificat médical attestant de cela, sans quoi je n'accéderai pas à sa demande. J'aurais tellement aimé être là le jour où elle l'a demandé à son médecin ! Évidemment, je ne l'ai jamais reçu.

C'est curieux, un raciste, ça croit être nombreux (bon, force est de constater que ça l'est), que tout le monde pense comme eux. Un jour, quelqu'un m'a dit, comme ça : « Dafna, entre nous, on peut se le dire. Les noirs, les Arabes, c'est du bas de gamme (Bas de gamme ! Faut oser !). Vous les embauchez faute de mieux. » Et la personne qui m'a sorti ça n'était même pas vieille. Non pas que les vieux aient le droit d'être racistes, mais je leur en veux moins quand ça vient d'eux. Mais là, un mec de mon âge, comment est-ce possible ? Le « entre nous », c'est souvent qu'on nous le sert, parfois même, on nous le lâche par téléphone. C'est qu'en plus, ils sont sûrs d'évaluer la couleur d'une peau au son d'une voix. Balaises, les gars !

« Nous », c'est qui ? « Nous », les gens avec des idées dégueulasses. « Nous », capables de hiérarchiser l'humanité, « nous » la classant, la divisant en « races » ? « Nous » qui plaçons les blancs au sommet de la pyramide ? « Nous », hétéro d'origine chrétienne, ni juif ni musulman, tous des faux blancs ? Mais non, on n'est pas entre « nous », moi je ne suis pas « nous ». Honte à moi et à quiconque d'être un jour ce « nous » !

Si Myriam n'avait pas été aussi interloquée, elle lui aurait dit que sans les noirs et les Arabes (pour la plupart français, au passage), il n'y aurait personne pour s'occuper des vieux dans notre pays, enfin du moins, en Île-de-France. À croire qu'ils ont le cœur suffisamment grand pour venir en aide même à ceux qui nient leur humanité. Mais elle n'a pas pour autant perdu le cap : « Vous pouvez me demander de vous envoyer quelqu'un de compétent, vous pouvez souhaiter quelqu'un de sympa avec qui vous allez vous entendre, vous pouvez attendre de nous que nous vous envoyions une aide à domicile super organisée, mais pour le reste, faut pas y compter ». Ça, c'est toutes les semaines qu'il faut le répéter…

« Le temps ne fait rien à l'affaire / Quand on est con, on est con/ Qu'on ait vingt ans, qu'on soit grand-père/ Quand on est con, on est con »[68] (le mot « connard » aurait été plus approprié, mais ça sonne moins bien). Si nous entendons souvent des horreurs, il est finalement rare que les gens les pensent vraiment. Lorsque noirs ou Arabes se présentent pour venir en aide, les voilà tout à coup blancs. C'est que celles qu'ils s'imaginent n'existent pas. Un fantasme, un préjugé qui ne colle pas avec la réalité proposée. Heureusement, il nous arrive aussi de travailler pour des gens qui n'osent pas s'approprier les choses, encore moins les gens. « Ceux qui veulent bien n'être qu'une simple fenêtre pour les yeux des enfants/ Ceux qui sans oriflamme et daltoniens de l'âme ignorent les couleurs. »[69]

Mais dans ce qui se joue ici, il semblerait bien qu'on en tienne une vraie ! La vieille au chapeau scrute le visage de Diénaba. Voilà que j'entends aussi ce qu'elle pense : si des noirs travaillent même dans les bureaux, qui va-t-on lui envoyer chez elle ? Un sourire narquois au coin des lèvres, du mépris

68. *Le temps ne fait rien à l'affaire*, Georges Brassens (1961).
69. *Les gens qui doutent*, Anne Sylvestre (1974).

dans les yeux, elle acquiesce à tout ce qu'explique Myriam. « Elle serait pas un peu arabe, cette petite ? Décidément, ce service n'est pas pour moi. » Elle se lève sans demander son reste, toujours le même rictus sur sa face figée et la voilà qui disparaît. Nous, tous hallucinés mais soulagés.

« Et à toutes ces taches qui vous jugent à la figure/ Je leur ferai une justice avec mes chaussures/ Quand ils voudront sortir, là ! Ce sera terrible/ Je leur dirai/ Je crois que ça va pas être possible/ Pas être possible, pas être possible. »[70]

70. *Je crois que ça va pas être possible*, Zebda (1998).

17.

Du lien et de l'attachement

Je ne crois pas qu'on puisse bien faire ces métiers sans attachement et émotion. Les projets de nos services et leur fonctionnement doivent permettre de tisser et cultiver le lien pour aider, soutenir et bien accompagner, enfin le mieux possible.

Que signifie « apprivoiser » ? « C'est une chose trop oubliée », dit le renard. Ça signifie « créer des liens… ». Et la personne ainsi apprivoisée devient, pour le professionnel, unique au monde, quand bien même nous en avons en charge des dizaines analogues. Ne pas se sentir anonyme, confondu parmi des centaines d'autres, semblables par la situation qu'elles vivent et pourtant si différents. Être pris pour soi et ce que l'on est et non uniquement un objet de soin et de soutien. C'est ce que j'espère pour les miens, c'est ce que je porte dans le service que j'anime.

L'attachement, les émotions que nous éprouvons ne se commandent pas ; ils s'accompagnent pour trouver une juste place. L'auxiliaire de vie qui se rend chaque jour auprès de personnes fragilisées, pour aider et soutenir, s'attache, et c'est une bonne chose. Comment ne pourrait-elle pas nouer une relation de lien et de complicité alors qu'elle est au cœur de l'intimité, le témoin des difficultés, souvent des souffrances, parfois des désespérances ? Cet attachement est même indispensable, il est vecteur de tendresse, de douceur, de complicité, tout aussi essentiel que la technique, la connaissance théorique nécessaire pour bien accompagner.

Je milite pour un fonctionnement cultivant ce lien. Dans mon service comme dans beaucoup d'autres, des binômes aidant-aidé se forment, peu importe l'optimisation des plannings et de la pagaille qui en découle lorsque l'auxiliaire de vie habituelle s'absente. La personne aidée a besoin que ce soit toujours la même professionnelle qui se rende auprès d'elle.

Nous pouvons nous attacher, créer ce lien et être professionnel. Sans cela, quelle plus-value que des humains s'occupent d'autres humains ? Avec le temps et l'expérience, souffrir moins lorsque la personne nous quitte, mais souffrir quand même parce qu'on éprouve des émotions même lorsqu'on est professionnel.

Cet attachement, ce lien, est nécessaire tout le temps entre tous. Il est vrai entre famille, proches et aide à domicile. C'est vrai aussi entre la vieille dame, le vieux monsieur et nos services, sa famille et nos services. Comment confier ceux qu'on aime à quelqu'un ou à une équipe avec qui nous n'aurions pas noué confiance et un peu de sympathie ? C'est possible mais difficile. C'est plus doux lorsqu'on se connaît, se reconnaît.

*

Un remplacement qui se passe mal

L'auxiliaire de Madame "Confuse et désorientée" est en vacances. Madeleine la remplace pour quinze jours et sa première journée s'avère bien compliquée. Elle avait l'air pourtant sûre d'elle lorsqu'elle a rencontré la vieille dame avant le départ de sa collègue. Le fils était présent aux côtés de l'aide à domicile habituelle. À toutes leurs recommandations, la remplaçante répondait : « Ne vous inquiétez pas, je connais mon métier. » Une chance que de pouvoir ainsi disposer de tant d'informations avant d'intervenir auprès d'une vieille dame qui ne saura répondre à aucune question le jour où elles ne seront que toutes les deux. « Elle a les souvenirs qui toussent et la mémoire qui bégaie/ Le temps a filé en douce sans lui en parler/ Elle a beau faire au mieux, elle a beau sans cesse essayer, ce qu'elle a vu de ses yeux s'est délavé. »[71] Mais non, Madeleine connaît son boulot, elle est diplômée, ça ne pourra que bien se passer.

La petite-fille passe ce jour-là, ce n'était pas prévu, mais elle tombe bien. Sa mamy (avec un Y)[72] n'est pas levée, n'est pas lavée, pas habillée non plus. L'aide à domicile a bien essayé, mais elle n'y est pas arrivée. Avec douceur, elle réveille sa grand-mère, lui promet qu'elle pourra se reposer une fois qu'elle sera propre et en beauté. À en croire la chanson de Brel[73], après « du lit au fauteuil », ça sera du « lit au lit ». Alors, même si la vieille dame a

71. *Allez reste*, Boulevard des Airs ft. Vianney (2018).
72. Ce n'est pas une faute, elle signait tous ses petits mots avec un « Mamy » à ses petits-enfants.
73. *Les vieux*, Jacques Brel (1963).

98 ans, pas question de laisser arriver cette dernière étape plus tôt qu'elle ne devrait.

Madeleine ne se la raconte plus du tout à présent. Elle avait oublié que pour bien faire ce métier, il convient de connaître le mieux possible les habitudes des personnes qu'elle accompagne. C'est souvent pour ça que les remplacements se passent mal. Comment déjà connaître quelqu'un que l'on aide pour la première fois ? Humblement, elle suit et complète les gestes de la petite-fille. Ensemble, elles changent, nettoient et habillent la vieille dame.

Passage en cuisine, « allez, Maminette, mange un peu », avant de retrouver le confort du fauteuil du salon. Petite femme ratatinée au visage de bougie fondue, elle s'enfonce depuis quelque temps dans une autre dimension.

Aimée et entourée, son maintien à domicile repose essentiellement sur la présence et la vigilance de son fils et sa belle-fille dont le jardin est mitoyen au sien. Sans pour autant être fils unique, cette proximité est une chance pour la vieille dame, mais fait peser une charge considérable sur ceux qui sont tout près.

Cette petite-fille de 45 ans regarde le salon minuscule qu'elle trouvait si grand lorsqu'elle était enfant : elle y dormait souvent le samedi avec d'autres de ses cousins. Plateau télé et *Top 50* au programme d'une fantastique soirée qui se répétait chaque semaine. « Un SMS vient d'arriver... Mamie est bien fatiguée, mais j'suis plus un enfant/ L'horloge tourne mais son cœur se suicide et moi je rêve, je rêve du bon vieux temps[74]. »

98 ans est un bel âge pour abdiquer, se laisser glisser, s'en aller dormir dans le paradis blanc où les nuits sont si longues qu'on en oublie le temps[75] (le tout sans cocaïne). La voilà qu'elle retrouve les baleines, qu'elle parle aux poissons d'argent. Comment vous dire, qu'elle oscille entre deux mondes, d'autres réalités.

Lorsque son fils négociait le passage d'un service comme le mien, il y a de ça maintenant plusieurs années, elle s'en offusquait et résistait. Il ne s'agirait pas de croire que c'est une mamie gâteau. C'est qu'elle a du caractère, pas le style à faciliter la vie de ceux qui l'aiment. Il y a sept ans,

---

74. *L'horloge tourne*, Mickaël Miro (2011).
75. *Le Paradis blanc*, Michel Berger (1990).

elle cédait tout de même. Pour garder la face, elle disait à tous : « Mon fils m'a pris une femme de ménage. » C'est mieux, c'est plus classe que de reconnaître que le temps qui passe nous diminue. Deux passages par semaine, puis trois, puis cinq, puis tous les jours, plusieurs fois par jour. Celle dont elle ne voulait pas n'est pas plus femme de ménage que vous et moi. Auxiliaire de vie, c'est elle par chance qui intervient dès le premier jour. On égare les valises qui gardent nos moments et se vident de nos remises à pas de géant[76]. Dans cette tempête de confusion, elle est l'arrimage solide entre les univers de la vieille femme égarée et le nôtre. Delphine touche et caresse une dame qui ne voit plus depuis longtemps, parle fort au creux d'oreilles qui entendent mal. Nul doute qu'il faut s'aimer beaucoup pour créer un lien si fort.

« Où vas-tu, turlututu ? … Elle descend de la montagne à cheval… Tiens-moi la main mais laisse-moi dormir. » À présent, Madame "Qui parle aux poissons d'argent" comble ses phrases des mots qui lui manquent par des comptines : « Une souris verte… Ne me lâche pas la main, Dafna. »

76. *Allez reste*, Boulevard des Airs ft. Vianney (2018).

Cette vieille dame n'est pas l'une des bénéficiaires de mon service. Ce n'est pas mon équipe qui organise le passage de Delphine et de ses collègues. Je ne travaille pas pour elle. Non, moi, je suis la petite-fille de passage ce jour-là. Soutenant (de temps en temps) et adorant une grand-mère vieillissante à qui je rends un peu du temps et de l'amour qu'elle m'a donné. Le fils si dévoué est mon père, aussi je connais dans ma chair le stress du changement pour les familles que j'accompagne dans ma vie professionnelle, la fatigue que les couacs et les loupés occasionnent pour mes parents et à travers eux, tant d'autres aidants. Le vieillissement de la population est tel que les professionnels du domicile aussi ont des proches accompagnés par d'autres services, rien n'est cloisonné. C'est une réalité que chacune et chacun d'entre nous peut vivre à un moment donné dans sa propre famille.

« Toi le rire de mon enfance/ Toi l'odeur de mon école/ Toi mon amour perdu d'avance/ J'ai peur que tu t'envoles… »[77]

---

77. *Allez reste*, Boulevard des Airs ft. Vianney (2018).

18.

Complexité et morcellement du secteur

D'innombrables services d'aide à domicile se sont créés depuis la loi Borloo de 2005. Et même si depuis la loi ASV de 2015, l'ensemble du secteur a basculé dans le champ de l'autorisation, nous estampillant tous « services médico-sociaux », il reste compliqué pour la population de savoir laquelle organisation choisir lorsque, diminué par l'âge ou la maladie, l'intervention d'une aide à domicile s'avère indispensable et pour cause… les aides à domicile dépendent d'une multitude de conventions collectives selon qu'elles travaillent pour un particulier employeur, dans une association, dans une entreprise ou pour le secteur public.

Pour les services, c'est également la grande dispersion, que nous soyons entreprises, ESUS, associatif, fonction publique ou entreprise publique. En fonction de nos statuts, nous aussi dépendons de conventions collectives différentes, nous ne sommes pas fléchés sur le même OPCO, n'avons pas accès aux mêmes financements… et pour couronner le tout, huit fédérations représentent les employeurs du secteur, c'est beaucoup. Compliqué de faire corps et de parler d'une seule voix dans pareil contexte.

Il y a pourtant depuis 2015 un élément de taille qui réunit l'ensemble des services, quels que soient nos statuts : le cahier des charges de l'autorisation, sacro-sainte bible des services médico-sociaux et belle reconnaissance de qui nous sommes. Il détermine le cadre de nos interventions. Son niveau d'exigence y est fort et impose une évaluation complexe pour l'obtention de son renouvellement.

Si les leviers existants étaient réellement utilisés, si les financements couvraient l'ensemble de ces exigences et nos services davantage accompagnés et contrôlés par nos tutelles (aujourd'hui, les départements), il n'y aurait pas besoin d'envisager d'autres dispositifs pour s'assurer de notre qualité.

Épilogue

Il y a des milliers d'histoires que je n'ai pas encore racontées, et d'autres qui ne sont pas encore arrivées, mais qui ne sauraient tarder. Notre réalité dépasse la fiction. Je pourrais ne faire qu'écrire sans plus jamais travailler. Il suffit d'ouvrir la porte de mon bureau et de tendre l'oreille. Il y a tant de vies, d'animations et de rebondissements dans un service d'aide à domicile. Il s'y joue tant de petits et grands drames, de rencontres. Il s'y tisse tant de liens d'humour et d'affection. Je pourrais raconter encore et encore. Rien ne se fige, rien ne s'arrête.

Nous continuons à travailler tellement pour rien et nous nous faisons encore trop souvent défoncer par des Messieurs "Super-vénère" qui ne mesurent pas la force et l'implication des professionnels qu'ils sollicitent.

Contre toute attente, un tuteur a été nommé pour venir en aide et protéger Madame “Seule au monde”. Il faudra encore quelques semaines pour qu’il se passe davantage. En attendant, Helena continuera de faire de son mieux et nous, d’être là pour elles deux.

Monsieur “Je vous donne ma liste de courses par la fenêtre” vit à présent dans un appartement propre et désencombré. Il ouvre volontiers sa porte à qui veut bien passer, mais son aide à domicile reste son seul lien avec le reste des humains.

Monsieur et Madame “Qui s’aiment à la folie” ne sont jamais revenus dans leur logis. Mathilde a essayé d’avoir des nouvelles, mais en vain. Nous les espérons ensemble réunis, n’habitant pas trop loin de chez l’un de leurs fils, mais je crains que ça ne finisse pas aussi bien.

Monsieur “Fondu du lobe” a définitivement basculé dans une autre dimension. Il ne pelote plus personne : il crie, menace. Sans pouvoir toucher à rien, Solange vient chaque jour s’assurer qu’il va bien. Nous avons alerté, mais rien n’y fait… Nous voilà tristes spectateurs du pire qui arrive.

Monsieur “Tout nu dans sa serviette” n’est plus dévêtu. Il a fini par partir vivre en EHPAD.

Françoise en était soulagée pour lui, pour elle aussi. La situation s'est compliquée, mais le plan d'aide, lui, n'a pas bougé. Comment l'accompagner en ne venant qu'une heure dans la journée ?

Monsieur "J'ai rien à gagner, rien à perdre" a été à nouveau hospitalisé. Je ne crois pas qu'il retournera un jour dans sa chambre d'hôtel, je ne sais pas si c'est même souhaitable.

Je n'entends plus parler de Madame "Je n'ai besoin de rien". Pas de nouvelles, bonnes nouvelles. C'est que ça roule. Croisons les doigts pour que ça dure.

Contre toute attente, celle qu'on pensait ne plus jamais accompagner, a rappelé. Madame "J'te casse le nez" n'a plus jamais frappé, mordu ou agressé (enfin, jusqu'à présent). Elle s'entend même super bien avec celle qui vient !

Madame "Si tu fais pas ce qu'il faut pour mon père, je t'arrache les yeux" s'est habituée au nouveau prénom de la fantastique aide à domicile de son papa, mais continue d'en rire : c'est pas tout le monde qui peut dire que Brigitte Bardot bosse chez son père.

La femme perdue dans la nuit n'est jamais revenue chez Madame "Qui ne parle pas très bien le français". Latie a été bien secouée par cette histoire et redouble de vigilance lorsqu'elle croise un nouvel invité chez l'un de ses protégés.

Nous avons toujours un mal fou à recruter, il nous arrive encore de commettre des erreurs de casting. Pas de recette infaillible en matière de recrutement. Heureusement, nous avons aussi la chance de rencontrer de belles personnes et lorsque c'est le cas, on s'y accroche à coups de CDI, de formations et de temps pleins.

On continue à refuser toute forme de discrimination, on ne bosse toujours pas pour les vrais racistes. La diversité de cultures, de croyances et de non-croyance, et d'origines de celles qui aident et soutiennent est en soi une discrète illustration de l'humanité qui nous lie tous les uns aux autres et évince, sans grand discours, bien des préjugés.

Ma grand-mère vit toujours dans sa maison. Elle m'explique, entre deux comptines, que lorsqu'elle fêtera ses 100 ans, on mangera des cornichons à la russe et on boira du champagne. L'essentiel, quoi !

Mon équipe d'invisibles est encore et toujours là, petite mais solide : Mathilde, Lucie, Mélanie, Clarrise, Paul, Sébastien, Habiba, Marie et Mélissa. Rachel, Sophie et Ève. Les Valérie aussi (Myriam,

Mariam, Diénaba, Jasmine, Fouzia, Fatoumata et Valérie). C'est sûr qu'aucune d'elles ne bosse pour la gloire, pas plus que Seb. Ce secteur, c'est plus de coups que de caresses pour les professionnels. Mais moi, je vois, je sais ce que la population leur doit à eux, comme à tous ceux qui donnent comme eux, ici ou ailleurs.

N'est pas aide à domicile qui veut. Il faut talent et cœur, force et générosité. Sans toutes celles que je compte dans mon service, je n'aurais aucune histoire à raconter, personne à accompagner. Merci de continuer malgré les conditions compliquées. Comptez sur moi pour faire entendre vos voix.

Parvenir à recruter et garder les bonnes personnes reste notre challenge absolu. C'est le sujet et une terrible difficulté. Nous n'y arriverons pas sans la réforme repensant conditions de travail et rémunérations de celles qui sont au plus près de la population. Imaginez si, un jour, les aides à domicile étaient payées à hauteur de leur utilité !

Petit pense-bête pour ceux qui font les lois

Pour faire super court, quelques solutions pour accompagner mieux et plus la population à domicile :

- Permettre à nos services d'œuvrer le plus en amont possible par des actions de prévention ;
- Reconnaître les auxiliaires de vie comme le premier échelon des professionnels de l'aide et du soin, et leur permettre par délégation d'effectuer certains actes de soins financés par l'Assurance maladie ;
- Donner les moyens aux services de jouer pleinement leur rôle de coordination de l'ensemble des activités prestées à domicile ;
- Renforcer notre rôle en matière d'adaptabilité des logements, de mise en œuvre d'aides techniques, de solutions de répit auprès des aidants, de lutte contre la dénutrition, de lutte contre l'isolement ;

- Fusionner l'Allocation personnalisée d'autonomie (APA) et la Prestation de compensation du handicap (PCH) afin qu'un financement équitable puisse être apporté à la population, quel que soit l'âge, et que seul le degré de perte d'autonomie soit retenu comme critère d'évaluation ;
- Annualiser les plans d'aide pour avoir la possibilité d'utiliser les heures d'un mois sur l'autre tout au long de l'année ;
- Accorder à nos services les mêmes moyens que ceux des EHPAD ;
- En finir avec les habilités/tarifés, les CPOMisés. Plus de subventions fléchées sur les services, mais des plans d'aides individuelles à la hauteur de chaque situation ;
- Financer des plans d'aide individuelle en phase avec la réalité des coûts de nos services, l'exigence du cahier des charges de l'autorisation et de la nécessaire revalorisation des rémunérations et des conditions de travail ;
- Garantir les mêmes conditions de travail et de rémunération pour les aides à domicile, les auxiliaires de vie, quels que soient les statuts des services dans lesquels elles travaillent :

convergence de nos conventions collectives, même prévoyance et mutuelle. Le jour où nous serons financés de manière identique, alors nous pourrons employer de manière identique.

– Reconnaître que nos services sont les pivots du soutien à domicile en nous finançant pour la coordination que nous faisons déjà ;
– Permettre à nos services de devenir de véritables services autonomie assurant aides et soins en nous dotant d'infirmières et aides-soignantes, mais aussi prévention globale avec ergothérapeutes, nutritionnistes, psychomotriciennes, orthophonistes…
– Assurer un véritable contrôle via nos tutelles quant au respect du cahier des charges de l'autorisation afin de garantir à la population le sérieux de tous les services existants ;
– Renforcer l'attractivité du secteur à travers des exigences fortes de qualité de vie au travail : véhicules de services, carte professionnelle, gratuité des transports, accès simplifié au logement, aux modes de garde d'enfant, obtention de titre de séjour et accès à la naturalisation.

Il y aurait tant d'autres points à aborder encore sur la formation et son financement, les parcours professionnels, le diplôme qualifiant et son titre, l'organisation, le soutien aux proches aidants, la gouvernance de nos services… La loi que nous appelons tous de nos vœux ne devra, quant à elle, n'en oublier aucun afin de garantir à chaque citoyen le soutien à domicile dont il a besoin.

Ingrédients pour dirigeants

- S'inspirer de la permaculture pour cultiver son entreprise. Penser développement durable, prendre soin des humains (de soi et des autres), créer l'abondance et redistribuer les surplus. Petit supplément d'âme indispensable pour qu'à financement égal, le résultat soit meilleur.
- User de tous les petits leviers dont nous disposons : partage, transparence et clairvoyance, de l'empathie et de l'empathie !
- Déroger aux règles établies lorsque la situation humaine le nécessite.
- Dire lorsqu'on ne sait pas quoi faire, demander conseils, partager gouvernance avec les parties prenantes.
- Donner à voir toutes nos histoires, communiquer l'envie, raconter combien les auxiliaires de vie sont indispensables à notre pays, montrer combien leur métier fait sens, a de l'importance et, ainsi, contribuer à redonner l'attractivité indispensable à un secteur qui ne peut rien sans salariés.

Aux professionnels du secteur

Rassemblons-nous, œuvrons ensemble, concentrons-nous sur nos convergences et mettons de côté ce qui nous désunit et les guerres de chapelle. Soyons force de propositions communes, portons aujourd'hui ce que nous espérons pour demain. Pour qu'enfin et collectivement, nous parvenions à prendre le virage domiciliaire que nous espérons tant pour la population, mais aussi pour nos proches et nous-mêmes.

Table des matières

Achevé d'imprimer en février 2022 par Corlet Imprimeur - 14110 Condé-en-Normandie
Dépôt légal : février 2022 - N° d'imprimeur : 22020428 - Imprimé en France